文化人生丛书

我在鲁编室

徐斯年 著

南京师范大学出版社

图书在版编目(CIP)数据

我在鲁编室 / 徐斯年著. —南京：南京师范大学出版社，2017.9
（文化人生丛书）
ISBN 978-7-5651-3385-5

Ⅰ.①我… Ⅱ.①徐… Ⅲ.①回忆录—作品集—中国—当代　②鲁迅研究—文集　Ⅳ.①I251　②I210-53

中国版本图书馆CIP数据核字(2017)第113735号

书　名	我在鲁编室
丛书名	文化人生丛书
作　者	徐斯年
责任编辑	张元卿
出版发行	南京师范大学出版社
地　址	江苏省南京市玄武区后宰门西村9号(邮编：210016)
电　话	(025)83598919(总编办)　83598412(营销部)
	83598297(邮购部)
网　址	http://www.njnup.com
电子信箱	nspzbb@163.com
照　排	南京理工大学资产经营有限公司
印　刷	江苏淮阴新华印刷厂
开　本	787毫米×960毫米　1/16
印　张	18.75
字　数	232千
版　次	2017年9月第1版　2017年9月第1次印刷
书　号	ISBN 978-7-5651-3385-5
定　价	60.00元

出 版 人　彭志斌

南京师大版图书若有印装问题请与销售商调换
版权所有　侵犯必究

前言

"鲁编室",人民文学出版社鲁迅著作编辑室的简称。它的前身是1950年11月成立的以冯雪峰为社长的"鲁迅著作编刊社",次年雪峰出任人民文学出版社社长兼总编辑,编刊社于1952年随之迁京并改今名;作为该社下属的独立编辑室,专门负责鲁迅著作的编辑出版业务。

我和鲁编室的关系,可以分为三期。

第一期是"结缘阶段",即1977年至1979年10月。

1975年11月1日,毛泽东向中共中央政治局批转周海婴的信件,表示同意编辑出版一部新注释本《鲁迅全集》。毛主席下达的政治任务,自然受到上层的高度重视和全民的热烈拥护。当时采取的是"以工人阶级为主体"、"打'人民战争'"的方法,先把鲁迅作品单行本分给一些大省市,由它们各自成立注释组,分别撰写新注。

我所在的旅大市,由市委宣传部长带队,进京极力争取,得到一项编注上半本《集外集拾遗补编》的任务(下半本分给了山东)。市里又把这个集子里的重要文章分给各大企业单位和事业单位,于是下面又出现了许多"鲁迅作品注释组"。《集外集拾遗补编》收的都是佚文,参考1958年版《鲁迅全集》的旧注解决不了问题,何况基层注释组的工人大哥、大姐们,文化程度又都不高呢。所以,首先需要有人帮助他们阅读原文。又于是,市委宣传部牵头,组织起一个由高校文科教师担纲的"中心组",负责总体事务和辅导工作。

我进中心组的时间较晚,其中有个政治原因:"文革"后期,在"深挖'五一六'"和"一打三反"运动中,我被加以莫须有的罪名,剥夺公民权,送往农场监督劳动;直至"林彪事件"之后,方才恢复公民权,回校工作,其实仍属"控制使用"。这样的身份,要进"注释中心组"几乎是不可能的。但是,一则因为"中心组"里的几位老师都不是"中国现代文学"专业的,研究鲁迅佚文颇不容易;二则因为他们和我关系都很好;三则可能由于我给鲁编室发来的《故事新编》新注征求意见稿写过几十条意见,受到某种关注;四则那时"左"的风气已经有所收敛,所以还是被吸纳进来了。

入组之后,先是忙于给下面注释组的工人大哥、大姐们讲解原文,接着就和他们一起出差,指点他们如何查找资料。1977年8月之后,注释工作中"左"的干扰进一步得到排除,旅大市的"中心组"接过全书(上册)的注释任务,我与另一位同事受命担任注文执笔。

那时鲁编室还在虎坊桥,进京与之联络的都是宣传部长和几位"老组员",但在大连召开的上册注释定稿会和在济南召开的上、下册统稿会上,我认识了代表鲁编室出席会议的陈早春和李文兵。他们既是1979年来大连商调我的"使者",也是此后长期"同在一条战壕作战"的最早的两位"京中"战友。

这就是我与鲁编室"结缘"的经过。

第二期是"驻社阶段",即1979年10月至1981年初。

除《集外集拾遗补编》之外，还有《古籍序跋集》、《译文序跋集》、《书信》集和《日记》集，也都是初次注释，工作量很大。各地的新注初稿完成之后，都集中到鲁编室来，责任编辑人手不够。于是，由中宣部发函向下面借调人员，到鲁编室来担任相应分卷的责任编辑。我就这样到了北京，先是担任《集外集拾遗补编》（即1981年版《全集》第八卷）的责编，后又担任《古籍序跋集》（收入第十卷）的责编。

这一年多的"驻社"经历，给我留下的记忆是极其丰富、极其生动、极其深刻的。本书第一篇写的便是当年的工作、生活情况，它的题目也就被我用作了书名——《我在鲁编室》。这"在"，既意味着"人在"，也意味着"心在"。

第三期，可以称为"两栖阶段"，即1982年至2005年。

八一年版《鲁迅全集》出版之后，鲁研界不约而同地提出编纂《鲁迅辞典》的设想，随之出现两个编纂班子：一个以鲁迅博物馆的朋友为主，一个以人文社鲁编室的朋友为主。我属于后一班子。先做前期工作：确定体例、分工；各自选择词目，制作卡片——我们这个班子要求在卡片上登记该词目在十六卷《全集》里每次出现的卷次、页码、行次（包括"暗指"，即文中并未出现词目文字，但内容叙及它的）。那时电脑尚未普及，全靠手工操作，事务极其繁琐，但是价值很大。然后根据卡片撰写释文——我们这个班子要求除解释词目的一般意义外，还须全面概括鲁迅对它的运用、论述等情况。这也为释文的撰写以及统稿工作带来很大难度。

1983年，两个班子终于合并，我被任为《鲁迅大辞典》的执行编委。为了给《辞典》统稿，有时是李文兵来苏州常住一段时间；有时是我去北京，时间短，就住东中市的人文社招待所，时间长，则依然住在社里。参与统稿的，还有马蹄疾、颜雄、王景山、陈漱渝、李允经、韩之友等。李文兵总管其事，王士菁先生是副主编

（主编为林默涵），对我们的工作、生活非常关心。2001年，八一年版《鲁迅全集》的修订工作（即2005年版的编注工作）也铺开了，我又被"内定"为该版《全集》编委（人文社出版的《鲁迅全集》均无编委会名单，故曰"内定"），并承担第十卷的修订任务。此时《辞典》定稿尚未结束，在两项任务重合的情况下，更须不时地往北京跑。这个"两栖"阶段，我在鲁编室"长住"的时间，加起来大概也要超过一年。

"简朴的生活，圣洁的事业，紧张的工作，蓬勃的朝气——这就是我记忆中的鲁编室。"通过《全集》注释工作和《辞典》编纂工作，我的科研能力也得到很大提高。

收入本书的十五篇文稿分为两组：前五篇为一组，可称"记事与怀人"；后十篇为一组，包括几篇肤浅的论文和几篇不太肤浅的田野调查报告，广义上均可称为"工作札记"。

《试论鲁迅的〈科学史教篇〉》是我第一篇在正式刊物上发表的文稿（1963年"反右倾"运动中，我即因有"反'三面红旗'"言论而获得一项"特殊政治待遇"，包括不能公开发表文章）。

因为《集外集拾遗补编》收有鲁迅早年写于日本的《破恶声论》，所以我认真地反复重读了同一时期的《科学史教篇》、《文化偏至论》和《摩罗诗力说》，觉得1958年版《鲁迅全集》的《科学史教篇》题注以及李何林先生《鲁迅的生平与杂文》一书中的相关阐释，都未抓住《教篇》主旨，所以写了这篇《试论》。

重读此文，未免汗颜。《科学史教篇》实为一篇关于西方科学史和科学哲学的论文；它与《文化偏至论》、《摩罗诗力说》共同构成并体现着鲁迅早期的"立人"思想。这两点我在当时是看到了的，但是我的文章里遗留着"文革"时期把鲁迅当作政治工具的"左"倾余风：《科学史教篇》对于研究鲁迅早期思想固然非常重要，但在清末中国思想界的影响毕竟有限，而我却硬要把它拉到"革命"与"保皇"、"唯物"与"唯心"的"两条路线斗争"中去"上纲上线",无论在观念上还是在行文上,都明显地带有"文革"时期的"大批判"文风。《〈鲁迅与辛岛骁〉的一点补充》中也存在类似的文风问题。这样去写鲁迅,貌似"拔高",实则相反:不仅把复杂的历史背景简单化了,而且由于认知肤浅而会导致实际上"贬低"鲁迅。例如,《科学史教篇》的历史观并不是线性的,论及欧洲中世纪时,鲁迅就说:"宗教暴起",既压抑了科学,但也"洗涤"了社会精神;此一消长,"亦无利害之可言"。该篇所体现的哲学观念,也不是二元对立、非此即彼的"零和观",不仅未曾提及"唯物""唯心",反而倒是既重"物理",也重"圣觉",既崇尚科学,也褒扬艺文的。我的文章却回避了这些方面。

可见,"文革"的受害者同样摆脱不掉"文革思维",而编注1981、2005年两版《鲁迅全集》和编纂《鲁迅大辞典》的过程,同时也是逐步消除鲁迅研究领域以及我本人所受"左"的影响的过程。另一方面,在上述工作中,我也更加懂得了何谓"科学精神",那就是鲁迅说的不为实利"婴心","仅以知真理为唯一之仪的"的精神。

这十五篇文稿都曾公开发表,收入本书时,前五篇中有几篇作过一些增补和删节(即对互相重复过多的内容进行技术处理);后十篇中,对《鲁迅和〈吕超静墓志〉》做了"两篇合一"的加工,其他各篇,则除改正错别字和使用不规范的标点符号、有时略加增补之外,一律保持原貌——对于"汗颜文字",尤不进行丝毫改动。至少,在"不悔少作"和坚持科学精神方面,我是真诚地向鲁迅学习的。但是,往事记忆会有出入,史料研判难免失当,仍望识者不吝指正。

2017年2月24日于姑苏香滨水岸

目 录

前　言 /001/

我在鲁编室 /001/

仰之弥高　近之弥亲——我心中的林辰先生 /010/

锡金先生和他的信 /022/

我的记念——忆子衍兄 /031/

怀宗棠兄 /036/

试论鲁迅的《科学史教篇》/044/

读鲁迅《会稽禹庙窆石考》/060/

《鲁迅与辛岛骁》的一点补充 /068/

鲁迅和《吕超静墓志》/073/

鲁注拾稗 /085/

关于唐人小说《古镜记》作者王度的考证 /097/

绍兴目连戏散论/112/

鲁迅和中国传统文化/150/

《中国小说史略》(第一至十三篇)疏解/161/

2005年版《鲁迅全集》第10卷修订札记/232/

后　记/286/

我在鲁编室

1979年10月,当我来人民文学出版社向鲁编室报到时,正值下班之后,见到的是满腔热忱的包子衍,嘻嘻哈哈的朱正,还有一见如故的"大同乡"马蹄疾。他们都是先我到社的借调编辑。我出发时,身负的"莫须有罪"尚未"结案";交谈之后得知,他们三位不仅也是"文革"受害者,而且朱正、子衍的"案情"竟然比我还要严重!

当时的感想是:"这个鲁编室,胆子不小,身手不凡!"

所谓胆子不小,指的是十一届三中全会召开虽然已近一年,地方上的政治气候却是"乍暖还寒",借调我们这样的主儿,难免要冒相当的风险;所谓身手不凡,指的是陈早春、李文兵他们去办借调我的交涉,背后有中宣部的商调函为"靠山",否则压在我头上的那个"铁盖儿",是撬不动的。

现在看起来,鲁编室此举,恰恰是"两个'凡是'"气数已尽的消息之一。

不久,我和子衍、朱正几乎同时收到各自单位寄来的平反通知。我的原单位还要求本人回去,亲自见证销毁有关档案材料。我没回去,只写了一封信,大意是:本人是否在场见证无关紧要,紧要的是今后执行什么路线,否则被销毁的档案是很容易"重建"的。

果然,事后得知,他们还真"留了一手",无奈"路线"毕竟不同了,没有得逞。

所以,我至今犹不相信"解放区的天"全是"明朗的天"。当年那些善于"留一手"者,有些肯定已经高升,并且一面高票通过"三讲",一面仍在躬行不义。

朱正"文革"时身负的"罪名"十分吓人,以至调京之前犹未恢复公职,只能在长沙的建筑工地上打工维生,所以我们都叫他"朱师傅"。这位朱师傅的神通却很广大,记得十一届五中全会闭幕的消息,就是当天晚上他从李锐家回来,向我们传达的,其中包括胡乔木调任中央书记处书记等信息。也正因为胡乔木要进书记处,《鲁迅全集》编注工作的"最高领导"也就改由林默涵担任了。这一年的阴历年,我们都没回家,春节就在社里过。林默涵特地让秘书送来几张参加人民大会堂联欢会的入场券,以示对借调人员节日坚守岗位的慰问。

所以,在鲁编室,我们头顶的天是绝对明朗的。同仁之中,我原来认识的不过两三位;然而,无论社内的、借调的、还是各注释组临时前来参加定稿的,个个一见如故,相待以诚。人人都不考虑"名利"二字,都全心全意扑在工作上,同时也决不会受到一丝一毫的"干扰"。

借调我们担任责任编辑,是为了加快《鲁迅全集》注释定稿和出版工作的进度。当时,前五卷已经定稿发排;我们到位后,定稿组乃由一个扩充为四个:三种《且介亭杂文》及《译文序跋集》为一组,《日记》、《书信》为一组,《中国小说史略》、《汉文学史纲要》为一组,三种《集外集》为一组。我作为《集外集拾遗补编》

图1　朝内大街166号人民文学出版社

注释的执笔者之一和责编，先参加第四组，成员还有林辰先生、李文兵、韩之友、陈琼芝，以及作为原注释组代表的杨占声和邹恬；后来，我又作为《古籍序跋集》的责编，与林辰先生及第三组的周振甫先生和降云合成一个定稿组，原注释组的代表是陈翔耀先生。

编辑室对工作的要求极为严格、细致。作为责编，我们必须遵循这样的工作程序：首先，对"征求意见本"（即社内印行的、作为原注释组定稿本的"红皮本"——原注释组的未定稿本则是各组自行印行的"白皮本"）进行加工，包括统一格式体例，核对每一条注文的原始资料，决定注文取舍，进行文字加工，补写应注而未加注的条目。《集外集拾遗补编》和《古籍序跋集》是新编的，还要最终决定入编篇目和编辑体例。《补编》此类问题的决策，就是林默涵同志亲自前来听取汇报并且最终"拍板"的。

责编的加工成果形成打印稿后进入第二步，即由定稿组对打印稿进行逐条、逐字、逐标点的讨论。这种讨论不仅十分认真，而且非常热闹，往往争得面红耳赤；涉及资料问题，责编或原注释组代表若拿不出第一手的确证，是很难"过关"的。第三步，责编根据定稿组讨论结果，修改、剪贴打印稿（包括查补资料，重写部分注文），形成定稿，送林默涵（前面几卷是送胡乔木）审阅。他的审读细致到了连标点问题都不放过的地步，批示也很具体。第四步，责编根据他的意见再做修订，由编辑部主任王仰晨（大家都亲切地叫他"王仰"）签字发排。付型之前，王仰还要对每一卷的终校样逐字逐句做印前审读（后来似乎李文兵也分担过此项工作）。

我所承担的两种书稿，涉及敏感政治问题很少，但是文献、史料的查阅量十分浩瀚，常常需费大海捞针的工夫，既有上下求

图 2　白皮本和红皮本

索的艰辛,也有椟中得珠的喜悦。关键在于必须下死工夫,不放过任何一个疑点,力求条条"资料见底"。我们的工作成果,有许多都是这样的:往往跑了上千里路,访了不少知情人,读了无数资料,花了大量考证工夫,反映在注文里,无非增减、改动一个标点、一处纪年或一个地名而已,毫不起眼。

　　查访资料的过程中,公安系统常帮大忙。注《鲁迅全集》还要惊动公安局？在业外朋友听来,大概颇觉不可思议,而这正是事实。例如,上海市公安局存有解放前的部分户籍卡,不少人物资料（如张资平等）的突破,即得力于此。黄萍荪的线索,我就是在该局旧户籍卡上获得的。从卡上还知道解放初他曾被卢湾分局拘捕,于是再向分局函询,竟然得到全部讯问记录的复印件,并且查明了他的下落。后来,黄先生自己也"露"了"面":在《新文学史料》上发表过回忆文字。

　　更有"踏破铁鞋无觅处,得来全不费工夫"的惊喜。

　　1979年底,我回原单位办理调转苏州的手续。在饭桌上,一位名叫颜邦一的研究生坐过来说:"老师,我向您提供一条和鲁迅有关的线索——颜黎民是我叔叔,他给鲁迅写信时署的不是假名。"

　　这可真是惊人消息！因为,1936年4月颜黎民曾两次致函鲁迅,都得到及时回复,但是鲁迅在15日回信的末尾说:"你把自己的名字涂改了,会写错自己名字的人,是很少的,所以这是告诉我所署的是假名。"后来许广平在回忆录中用肯定的语气重复了鲁迅的判断,而1958年版《鲁迅全集》相关注释,则沿用了许广平的说法。

　　颜邦一提供的信息是对以上判断的彻底颠覆。他又对我说:"叔叔的事情,我父亲最清楚。详情你可写信问他。"颜父是本溪钢铁公司的总工程师,我当即按颜邦一提供的地址,给他父亲写了信,却如石沉大海,不见回音。返京之后,我请人文社党委组织部向本钢党委组织部发函,要求协助调查。这次迅速得到答复,颜邦一的父亲写满几页信纸,详细介绍了颜黎民的身世:原籍四川梁平,生于1913年;给鲁迅写信时是北平宏达中学学生,收到第二封回信不久即因"共产嫌疑"被捕入狱。抗战时曾任新四军营长,又因"托派嫌疑"而受审查。卒于1947年。本钢党委组织部还十分严肃地、十分郑重其事地在材料上加盖公章,特地注明:该同志政治历史清白,不是"造反派"云云。原来,颜黎民是位革命烈士,"文革"中审查他哥哥即颜邦一父亲时,弟弟的"托派"问题又被重新牵扯出来,邦一父亲心有余悸,所以不敢回复我用个人名义发去的函件。这份本钢发来的材料转给了《书信》、《日记》组,1958年版的相关注释从而得到订正。

上述资料,当时都作为书稿档案上交了,想必还在。

朝内大街166号的建筑呈"口"字形,那时,二楼右面的一竖和上部的半横,都是"人文"的招待所;三楼则分别为社的单身宿舍和"鲁编"办公室。大天井里并不安静,上半年经常听到叮叮当当的修理暖气管声,下半年则不时传来拉煤、卸煤声。我对这些音响倒不厌烦,因为这是人文社"生存状态"的一部分。

当年管理招待所的是位女同志,大家叫她"小郝",报到之后,就在她那里领钥匙、换饭票。房间里,硬板床上铺着灰色的被褥——就是八路军、新四军和解放初期干部服的那种灰色,令我见了倍感亲切。办公桌上放着信封一扎,稿纸两本,信纸、便签、工作手册各一本,还有红、蓝墨水和红、蓝圆珠笔,毛笔。这是"鲁编"秘书赵琼大姐在每人入住之前必定预先摆好的,她是一位非常负责、极有条理的好管家。

借调人员一般两人住一小间;教授级的享受单间待遇,如秦

图3 原鲁编室部分同仁合影(80年代中期)
前排左起:陶庆军 陈早春 朱 正 林 辰 张伯海 赵 琼 殷维汉 王永昌
后排左起:降 云 胡玉萍 徐斯年 何启治 李文兵 张小鼎 王玉梅(?) 陈琼芝 陈琼芝丈夫

牧(和夫人,其实还是双人间),陈涌,蒋锡金先生,郭豫适先生。我到得晚些,所以初期的合住者流动性较大,间或也有非"鲁编"的客人,其中一位便是作家冯苓植。"二冯"是好友,因此冯骥才也常来串门儿;天热,没电扇,大家都赤膊,他的白晰皮肤给我留下深刻印象,常会联想到《水浒》里那位水军头领张顺的绰号;还有那柄折扇,扇面是他手绘的花卉,非常漂亮。1980年秋,我改住三楼办公室,一度享受"单间待遇",房内另有一张空床,常供周振甫先生或林辰先生睡午觉。他们如果不来,中饭后没地儿休息者都可利用,记得的有严家炎、冯夏雄(冯雪峰长子)、袁良骏等。

工作昼夜兼程,节假日也常不休息;然而大家又很会偷闲,玩起来也很投入。记得曾经结帮前往东四看午夜场电影——法文版的《莫里哀》,连锡金先生、林辰先生都参加;散场回社,大门已锁,二老竟跟我们一同爬栏杆。又曾把酒持螯北戴河,然后跑到海滩上,蒋锡金先生和应锦襄大姐高唱英文歌,中青年们则疯闹一气,活像顽皮的中学生……

简朴的生活,圣洁的事业,紧张的工作,蓬勃的朝气——这就是我记忆中的鲁编室。

2000.11.7;2017.2.25 补订

仰之弥高 近之弥亲
——我心中的林辰先生

鲁迅曾把自己的回忆比作水中搅起的鱼鳞，我对林辰先生的回忆也是一些鳞片。因为，在我的心目里，林老是一位仰之弥高的前辈学者，我既不可能描绘出他的全貌，更不可能深入他的知性世界和情感世界。但是，下面这些印象，却是真切而深刻的。

林老的"奢侈"

林老是整洁而简朴的。

花白的头发，永远向后梳掠得整整齐齐。"鲁迅型"的双眼，在镜片后面闪着深邃与和祥。夏日多半穿件白衬衣；冬天经常在棉袄外面套一件灰色的中式罩衫。最贵重的"礼服"，应是那套也是灰色的毛料中山装，还有那件蓝灰色的呢大衣，好像都是赴朝鲜访问那年置办的。

据师母罗老师说，林老对饮食有点儿挑剔。我也亲眼见到过，他对着罗老师送来的饭菜皱眉叹气，说："弄这样多，干什么嘛！"原来，他挑剔的是过于丰盛、精细。当然，他也有偏爱的口味。有一次在陈早春家共餐，林老对腊味赞不绝口；又有一次，

图 4　林辰先生与本书作者合影(80 年代中期)

陈琼芝带来一罐自炒的朝天椒,我们几个都不敢问津,林老却乐于下箸,因为早春,琼芝是"辣不怕"的湖南人,林老是"不怕辣"的贵州人。

1979年我到鲁编室报到时,林老夫妇也住在社内(好像因为红星胡同的房子在修理),隔壁是秦牧夫妇。说是"优待专家",其实除了多两只沙发外,待遇和我们一样——也是两人一间,不过夫人照料生活比较方便而已。

罗老师说,林老每晚洗脚颇有讲究:双脚泡在盆里,手中拿着书,边洗边读。需不断地为他续加热水,一次总要洗上个把小时。这种情况,有一次去他们房间,被我碰到过,这大概是林老日常生活中最大的"奢侈"了。

林老的"把关"

刘茵、何启治的报告文学《播鲁迅精神之火》,叙林老为《鲁迅全集》定稿把关,描绘他说出"不好"两字的情景,相当传神。

我是《集外集拾遗补编》和《古籍序跋集》的责任编辑,这两个定稿组的主心骨,都是林老。

因为上述两个集子都涉及佚文、佚稿,所以首先面对的是收录标准问题。林老对于"认真鉴别是否确实出于鲁迅手笔"这条原则,把得很严。例如《〈欧美名家短篇小说丛刊〉评语》、《〈蜕龛印存〉序》和《维持小学之意见》,就是林老坚持剔除的,因为起草者是周作人。《惜花四律》,由于当时没有见到《周作人日记》,所以未被剔除;但是林老不止一次对我说:这四首诗固然写得圆熟,却缺乏"鲁迅风"。

对于所收佚文佚稿应该"相对成文","表达一定思想内涵"这条标准,林老也把得很严。我这里保存着孙用先生的一张便条:

斯年同志：

12日大函及"告白"抄件，都收到了，谢谢！

不收土偶说明及录大人赋等等，已悉。原来我以为是漏掉了，请谅之。

孙用上

11.13

这应该是1979年的事。"'告白'抄件"，指现收入《集外集拾遗补编》"附录一"的《周豫才告白》的抄件，是孙先生要的。"土偶说明及录大人赋"，指《集外集拾遗补编》工作本（"红皮本"）"附录一"中原来收入的《两幅手绘土偶等图的说明》和《录〈大人赋〉数十字赠斐君矛尘》。在定稿组中讨论时，林老认为这两篇和《致国务院国徽拟图说明书》、《儿歌六首抄存》、《题〈淞隐漫录〉》等都不符合前述标准，所以亦宜剔除。孙用先生知道后，并无异议。

为了最终确定《集外集拾遗补编》应收篇目，在定稿组工作基本结束时，林默涵同志专门召开过一个会议，与会者还有鲁迅博物馆的同志。默涵同志十分尊重林老的意见，这次会议定下来不予收录的文字共达二十多篇（包括少数应列入其他集子的）。

八一年版决定不收的上述篇目，现在有不少又被2005年版收进来了。这也许是个见仁见智的问题，但林老掌握标准的思路，还是值得我们学习、研究的：这涉及"作家全集"的内涵和编辑体例问题，具有普遍意义。

讨论注释条目时，林老最关注的是资料的翔实性：仅有第二手资料的，务求查到并引证原始资料；考据性的注文，倘若仅有单文孤证，只能客观引用，决不轻下断语。遇到一些待查的问题,林老常常说:可以查一下某某书(或某某刊)。我们循着他指示的方向去检索,总会有所斩获。

所以,当林老用那浓重的贵州口音说出"不好"(分别读若第三、第四声)两字时,至少在我们的定稿组里,是进入注条的文字修饰阶段了。于是,大家(包括林老自己)拈词酌句,提出各种行文方案。最后,主持会议的李文兵总是问:"林先生,怎么样?"林老通常会肯定一个相对稳妥的方案,说:"就这样吧!"——要得到林老的"好"字评语,是不容易的。

林老把关,严格而又从善如流,十分尊重他人的意见。八一年版《全集》的注释体例规定不加校注。我在加工《古籍序跋集》中《〈嵇康集〉考》的注释时,发现正文原稿存在一些疏误,而这些疏误又是无法进行技术处理的,必须补加校注性的注条。林老和周振甫先生认真审读了有关资料后,完全接受上述方案。我的主要参考资料之一是戴明扬的《嵇康集校注》,林老说:戴明扬在鲁迅的基础上,下功夫做了专书研究,他的校注的确更加翔实。

这里我还必须说说周振甫先生。《古籍序跋集》的责任编辑原是周先生。对于我接手之后所做的调整体例、增补注文等工作,周先生听完说明,总是笑眯眯地表示支持和首肯。我从他和林老身上,都深切地感受到前辈学者那种和煦有如春风的气度,至今铭记,终身受益。至于上述两个集子八一年版注释中存在的问题,责任完全在我。

林老的臧否

我的脑海里,时时会浮现出林老讲话的几种姿势:站在你的面前,双臂下垂,两手五指轮番伸展、收拢——这时林老大概有点儿累了。同样站在你的面前,右臂上屈,左手搭在右手的臂弯上——这时林老多半对话题相当专注。端坐在沙发或藤椅上,两手搭着扶手,双目时而四顾——这经常是林老侃侃而谈的时候。倚着被子,半躺在床上——此为林老午休时谈话的姿势,最是闲适,话题往往也最漫无边际。

林老搬回红星胡同之后,有一段时间我享受过"单间"待遇。他中午一般不回家,经常在我房间里的那张空床上午休。所谓午休,通常就是靠在被子上闲谈,漫无边际的内容中,经常包括林老对学问的阐释和对人物的臧否。

林老评论人物最重品格,对周作人就是这样。谈到某位国学专家和某位唐宋词专家,林老也总是叹一口气说:学问真好,可惜气节有所缺欠!他又总是用"不太喜欢"这四个字,来概括自己对上述人物的情感取向。

林老在谈话中还常常启示我:对于历史人物,要作横向比较,要把他与同时代的、学术地位、文学地位相近的人物多加权衡。这样可以避免只见树木不见森林。

1983年5月9日,林老寄给我一篇他所写的关于苏曼殊的文章,并在信中比较系统地谈及上述见解:

……近年浙江、江西、广东、北京都出版了苏曼殊的诗集或小说集,报刊上也时见有关曼殊的文章,评论一般都偏高。多年不出曼殊著作,有的人一旦见曼殊作品,便惊叹为一种新发现,不免称许过当;有的人则是赶时髦,平时胸中既无所蓄,连起码的基本知识都没有,率尔操觚,自然只能是信口开合。这几年来,对周作人也是如此。不知这种一哄而上的风气,要何时才能消除。

我们又曾谈及某权威学者的一部重要论著,林老说:确实学贯中西，有很多东西我们是根本不懂的；不过，我不太喜欢他的写法。——他又用了"不太喜欢"这一表示情感取向的短语。据我领会，"写法"也者，可能是针对那种"笔记式"体例而言的，略嫌零碎吧？林老对陈寅恪先生的《金明馆丛稿》等论著，似乎表现得更加"喜欢"。二者之间，或许蕴含着某种对比：林老在研究问题和撰写论著的方法上，似乎十分注重"专门"和"会通"的辩证关系。

林老的"童心"

《全集》定稿工作繁重而紧张，但是大家都舍得抽点儿时间，看场把电影，松弛一下神经。我于是自告奋勇，担任起"文娱委员"来，负责选片子、买电影票。

东四影院上映法国巨片《莫里哀》上下集，那天只能买到午夜场的票了。回来一说，报名却仍非常踊跃，如果没有记错，包括郭豫适、包子衍、王锡荣、朱正、韩之友、王自立、陈子善、陈琼芝、应锦襄，而且连蒋锡金先生和林老夫妇也坚决要去，加上我，一共十三人。"驻社部队"于是倾巢而出（其时林老还未搬回红星胡同，秦牧夫妇则已返归广州）。

电影散场，已是次日凌晨两点多钟。一彪人马，沿着寂静的朝内大街，高谈阔论地往回走。然而，离人民文学出版社越近，我就越谈论不起来了：因为社里规定，每晚十一点半就锁大门。管收发室的那位师傅（我们背地里叫他"老爷"）脾气特别坏，平时就惹不起，现在不用说很难叫醒，即便叫醒了，一顿臭骂必定难逃——他才不会顾及林老和蒋先生的面子哩！

到得门前，不知是谁怯怯地扣了两下，就缩手了。计议一下，决定爬围栏！栅栏加上基墙高约两米，虽有两道横杆可以踏脚，但铁栅顶上不仅排列着锐利的矛尖，而且绕有铁蒺藜，可不

图 5　铁栏杆，矛尖上的铁蒺藜现已拆除

是容易攀越的。问蒋先生"行不?"答曰:"没问题!"再问林老,也说:"可以,可以。"(不"可以"又能怎样呢?!)

略经部署,先跳入两位男士,作为接应;另两位爬在栅栏上,主要负责摁下铁蒺藜;其他人则帮助女士和老先生们攀登。蒋先生不愧是同济大学足球队守门员出身,爬得相当矫疾。林老被大家拉的拉、推的推、搀的搀,也顺利地过了关。全体平安到家!

回顾这次严重的"犯禁"行动,大家心里都偷着乐,仿佛回到了调皮捣蛋的青少年时代。同时,我们惊喜地发现,无论豪放的蒋先生还是儒雅的林先生,他们也都保留着一颗淳真的童心。

林老在苏州

1981年初,我离开鲁编室回到苏州。10月下旬,林老在夫人的陪同下,与王仰晨同志同赴杭州,参加鲁迅诞生百周年学术会议。他们于北归途中,特地在苏州下车,为的是与我一聚。

我是从大连调到苏州的,还处在人比较生、地不太熟的阶段。当时的苏州也很落后,像样的宾馆不屑接待一般内宾(一般内宾也住不起),全城根本叫不到出租车。所以,我对林老一行的接待,委实怠慢得很。住的是市府招待所里没有卫生间的普通客房;滂沱大雨之下,委屈他们乘坐的是俗称"猪八戒"的三轮摩托车。游完虎丘和几个园林后,在松鹤楼为他们接风;我想让林老领略一下小巷风情,就带他们走一条卵石铺就的小街。不料他老人家走得十分吃力,问罗老师,才知道林老脚底生有"鸡眼",我的疏忽给他增添了原可避免的痛苦。这一切,都令我十分内疚!然而,林老夫妇和仰晨同志毫不计较,真情实意地沉浸在三吴的暖山柔水和重逢的怡然自得之中。

当时学校住房紧张,家父退休来苏,只好和我暂时合住在一间12平方米的单身宿舍里,内子朱蓉芳和女儿再来,就是地道的"三世同堂"了。林老他们的光临,固然令陋室更显局促,但是气氛却很欢快温馨。

家父学的是教育学和心理学,稍比林老年长,早年曾就读于浙江萧山的湘湖师范。于是乎,他们谈陶行知,谈杜威,谈沈玄庐;由沈玄庐又说到刘大白、杨之华、施存统、恽代英……话题很多,交流甚洽。林老返京之后于12月3日来信,表达深情厚谊的同时,还不忘向家父和内子致候。这些,都给我们留下了亲切的回忆。

我是不保存信件的,林老的来信只找到四封。上面所说的那封信之前,至少还有一封被遗失了。因为,我离开北京时带回《集外集拾遗补编》的一条"待查"问题:《破恶声论》中"乱之上也治之下也"二语的含义以及是否具有文献依据,一直没有解决。返校之后,无意中竟在《庄子·天下》里找到了原文。我于是立刻致信林老,报告这一发现,并请他在看校样时补上这条注释。林老也很高兴,马上回了信,这才是他给我的第一封信。林老后来的信,也有被我遗失的。现在想想,倍感可惜!

林老的遗憾

我应何启治兄之约,就唐弢先生所撰《鲁迅的故事》写了一篇书评,发表在《光明日报》。有一晚,林老在我和子衍兄合住的房间里谈天,朱正兄从唐先生家回来,带给我一册《晦庵书话》。扉页上题着这样几行文字——"斯年同志:一个作者最大的愉快,不在于他的作品得到了别人的称赞,而在于他在作品里苦心经营的观点,得到别人的同感。赠此小书,以表谢意。唐弢一九八〇年于北京。"

我从未见过唐弢先生。朱正说:这样的题签,可是不能多得的呀！林老说：唐弢先生这本书很好，角度选得巧妙，风格从容不迫，没有"学院气"。林老又说，他自己也想写一本类似的书，书名已经起好（可惜我记不起来了），话题拟选得更宽泛些，每个话题又想谈得更深入些。我体会，林老所"经营的观点"，可能还是要贯彻"注重会通"的理念，就像他写《鲁迅事迹考》那样。我们都敦促林老赶快动手来写，他伸开两手说：箱子里的书都摊不出来，现在怎么能写啊！

这件事我们一直没有忘记。我返校时，子衍兄说：能不能以请林老到你们那里给研究生上一点课为由，生活安排得舒适一点，配个助手，让他老人家摆脱俗务，把这书写出来？我们又一再说过，林老还应该写一本《鲁迅传》，因为曹聚仁先生点名有资格的三位作者中，健在的只有林老了。为此，我确实做过一些试探，可惜既无权又乏力，未能如愿！

林老在1983年5月9日给我的信里说："颇思在此秉烛之年，勉力写点小东西，而精神日衰，脑力迟钝，效率很低，虽有一点小计划，也常不能实现。"12月6日的信中，谈及病况时又说："医嘱少看书，不可用脑，而这对我辈说来，是很难办到的。许多工作等着去做，有时不免感到着急。"——前面所说的那些设想，他也是一直放在心头的。

那几年里，我曾几度赴京，都住在东中市人民文学出版社招待所的半地下室里。地上就是林老居住的楼房，所以每次都去拜访，但总不像过去那样，可以经常见面、领教了。

大概是1986年，我又住到社里，参加《鲁迅大辞典》的定稿工作。暑假女儿来京，我带她同去拜访林老，陪同的是张小鼎兄。林老的双脚已经只能"挪动"了，视力据说也大不如前，晚上七点来钟了，还没吃晚饭。我们请他先吃一点点心，他说不饿。他的思维仍然清晰敏捷。又谈起了那个"书话式"的计划，林老说:已经动手了,但是现在这个样子,还能做什么呢?!我们只好说些"身体要紧"之类的空话,赶快换一个轻松的话题。八时许,林老的儿子下班回来做晚饭,我们就告辞了。

　　大街上高楼林立,华灯璀璨,北京确乎繁华得多了!可是我们的林老还没吃晚饭!女儿悄悄地对我说:"林爷爷的桌子上,蚂蚁好多哦!"我的心头涌起一股酸楚……

　　这是我和林老的最后一次见面!

　　还是鲁迅:他说自己那些回忆的鳞片,都是混着血丝的。我对林老的回忆,则难免夹着一种莫名的苦涩。对于这种苦涩,熟悉林老的朋友,想必也有同样的体味罢!

2003.6.26

　　按林辰先生生于1912年,卒于2003年5月1日,时值"非典"猖獗,据说告别会上,除家属和单位一位代表外,前往送别者仅三人。差可告慰的是,《林辰纪念集》和《林辰文集》已由人民文学出版社和山东教育出版社分别出版,林老的在天之灵应可安息了!

锡金先生和他的信

5月28日得到蒋锡金先生逝世的噩耗,因为行动不便,竟无法前往电信局发一封唁电。翻检信件,找到他的几封来函,勾起了我的许多回忆……

关于《鲁迅诗本事》

锡金先生给我的第一封信未署年份,回想一下,应该是1977年。当时我给一家内刊写了篇十分幼稚的稿件,认为鲁迅《自题小像》一诗的写作年代,不应排除1901年的可能性。文章不是针对蒋先生的,但我知道他持的是"1903年说",而又找不到他的《鲁迅诗本事》一文来拜读;稿件虽已寄给编辑,心中总觉得不踏实,所以就于6月8日冒昧地给蒋先生发了一封信,请教他的持论根据及在何处可以找到《鲁迅诗本事》。

先生的回信写了6页稿纸,先为因故迟复而致歉,接着详细地介绍了《诗本事》的写作经过,着重批评了"虚岁说"的不可靠(我的稿件主要采用的正是此说)。先生的信不仅使我认识到自己思维方法的偏颇,更为动人的是令我看到了一位学者的学术品格。先生在信中谈到他对"神矢"一典的解释时,说了这

图 6　蒋锡金先生(1915—2003)

样一段话:

> ……我并不认为说鲁迅由婚姻的遭遇而激发了爱国与救国之思,就会"减弱了思想的意义"。我觉得那只是一种"犬儒学说",对于那种"学说",我永远不想发表意见。因为对于"犬儒",本来是不必和他们谈什么是非和真理的。他们是不需要这些的,谈之无益,也不足与谈!

"犬儒"云云,其所指我是清楚的:《鲁迅诗本事》一文发表之后,曾经受到围攻,"削弱思想意义"等语,就是围攻者当时常用的"左"倾话语。在那个什么问题都可以上纲为"政治问题"而且确实已经转化为沉重的政治压力的年代,蒋先生的处境可想而知。然而,二十年来,他始终坚持着自己的观点,丝毫没有削弱过对于"犬儒学说"的鄙视,这里不仅表现着"惟真理是崇"的学术品格,而且蕴含着一种道德力量和政治操守。我所得到的锡金先生的第一封信是严肃的,他把上述想法毫无保留地告诉给了一个素不相识的后辈,他的心灵又是敞开的。

后来,在1981年5月21日的信中,蒋先生又提到"给77级的学生开了一周四小时的'鲁迅诗歌研究'的专题课",一面讲课一面发讲稿,"今天发出去的题目叫《〈自题小像〉与'婚姻说'》,把朱安女士也请进文章去了。别人一定又要说我'不严肃'的,但我是板着面孔讲的。"还说,拟把《诗本事》扩充为《鲁迅诗直寻》,以"毕尽吾说"。《诗直寻》我仍未能拜读,但是,作为从这一角度研究问题的先行者之一,蒋先生那一贯坚持的学术自信以及严肃而不拘谨的治学态度,始终令我十分敬佩。

笔记和夜谈

我所保存的锡金先生的另几封信，都写于1981年。这是在人民文学出版社鲁编室朝夕相处两年之后了，所以信的内容显得十分生动活泼，处处显示着先生的真性情。

在鲁编室时，蒋先生住在二楼；我和包子衍兄长期同室，住在三楼，斜对面则是两位女士——应锦襄和陈琼芝的办公室兼卧室。蒋先生和子衍兄都在《日记》、《书信》定稿组，那是一个涉及史料问题最多、也最能"吵架"的群体，白天没吵够，蒋先生会在晚上"打上门来"，找子衍兄辩难。他常常带来自己那些别具特色的笔记，每本都是由后向前记的，而且用彩色笔清晰地区分出不同的内容——"蒋先生的笔记"，在鲁编室是享有盛名的。

后来，蒋先生就不单是为"辩难"而"登楼"了，而是一到晚上，想来就来，谈话内容也变得海阔天空、鱼龙漫衍起来。两位女士发现我们这边有蒋先生的动静，总会过来；我们听到"女生宿舍"有蒋先生的声音，也总会过去，因为聆听并参与他的宏论高谈，实在是一件非常快乐的事。这种"深夜沙龙"的常客，还有林辰先生以及郭豫适、朱正、韩之友、王锡荣、王自立、陈子善等"驻社弟兄"。林辰先生和蒋先生属于同辈，而我们这些"弟兄"，则大概都比两位老先生要小二十岁甚至四十岁（王锡荣那时不过二十来岁），然而两位先生却都和我们结成了"忘年交"。蒋先生的后几封信里，充溢着的正是这种亲切的感情。

关于"切克切克"

这要从我的"切克"说起。

1980年，大概是10月间的某夜，朋友们在翠华楼为朱正兄饯行；回到社里，又聚到蒋先生房中，继续我们的"深夜沙龙"。

其间，一位朋友来找王锡荣，请他上楼爬窗，取她忘在办公室里的钥匙。锡荣恰巧不在，我就接了这个任务。

人文社办公室的天窗，窗门是往下翻的，左右各有一根细铁链拴着，保证它只能开到九十度。夏日里，办公室门常会被风吹关，没带钥匙的就得爬天窗进去开门或取钥匙。这活儿不易做：得从外面搬把椅子，站在椅上，双手把住天窗框，用"引体向上"姿势将身体拔将上去；再用双手改按窗框，继续上引，直到能将身体斜过来，把一只脚伸入窗框，踩在室内的书柜顶上；然后慢慢转移重心，让整个身体挪入柜顶，跳到地上，才算成功。平常干这活儿比较熟练、从未失手的，就是王锡荣和我。

可能因为刚喝过酒，平衡能力不如平时，我在"挪体入内"环节，下意识地用手按了一下那扇挂成九十度的窗门。细铁链不堪重负，断了，连人带窗门，一同跌到地面。

这间办公室就在蒋先生宿舍顶上，楼下的他们只听到"轰"的一声，有如楼上扔了一袋粮食什么的。大家上楼一看，门仍锁着；里面的我躺在地上，起不来了，只好侧身"匍匐前进"，爬将过去，把门打开。韩之友赶紧背上我，由陈琼芝和王锡荣（这时他回来了）扶持着下楼。社里出车，把我们拉到积水潭医院。拍片结论为胯骨摔裂，幸而不用开刀、打钢钉，医嘱只需卧床静养。工作是不容耽误的，所以《古籍序跋集》后一段的定稿工作，只得委曲林辰、周振甫、陈翔耀三位老先生和降云小姐，天天围坐在我的床前开讨论会。此时和我合住的是郭豫适先生，日常生活蒙他照料最多，愧疚之至！

年底我已痊愈，学校几次催返；王仰晨同志仍不放心，执意让王锡荣护送回家。不久，听说蒋先生在福州也摔了一跤，我就赶紧去信慰问。

先生于1981年1月25日给我回信，风趣地说："自从阁下被'切克切克'以后,我也确在去岁12月之30日傍晚在福州的没有灯光的五四大街上被'切克切克'了一下。……诚如阿Q先生的教导我们有云:人生在世,是总不免会被'切克'与'切克'的。"

又不久,我在苏州校内从"老虎灶"打开水回宿舍,暖瓶塞子突然蹦脱,左手烫伤。蒋先生闻讯,又回信说:"接廿日来书,甚喜。——不包括你的又被'切克'了一次,左手被烫伤,长了大小一串水泡在内。——我是绝不再被此'切克'的,因我在家,自己不提暖壶。茶杯里喝空了,我也可以不喝。故可保证。"后来,在5月21日的信中,他还曾用怕"被'切克'劫去",来形容担心信件的遗失。

按"切克"一词,出典于当时在京同看的一部电影《古堡幽灵》,那里面的幽灵们出现时,嘴里都发出"切克切克"的声音。自此,这个词儿就被我们用来指代一切不愉快或不太"体面"的遭遇。"被切克了一下",近乎"见了一次鬼"也;在上面所举的第三个例子里,"切克"又被蒋先生用作了名词。

北戴河的"切克"

其实在鲁编室时,蒋先生也是常遭"切克"的,不过他却总能逢凶化吉罢了。且不说喝醉酒后,不止一次从床上滚到地板上而犹呼呼大睡;只说北戴河休养,他跌的那一跤,就够让大家心惊肉跳了。

1980年夏天,社里组织大家去北戴河疗养一周。这是八一年版《鲁迅全集》定稿期间唯一一次时间较长的集体疗养,大家都很珍视,相约一本书也不带,玩个痛快。

住的是党中央的招待所,就是当年开"北戴河会议",发出"千万不要忘记阶级斗争"号召的地方。食宿条件不算好,连林辰先生、周振甫先生和蒋先生都住不上现在最普通的那种"标准间"。然而,环境极佳,出门便是海滩;海滩左侧有一个浴场,据说邓小平来时,就在那里游泳的。

有一天,晚餐之后,包子衍兄满脸焦急地跑到我们房间说:"不好了,蒋先生摔了一跤!"大家当然也大惊失色,立刻跑到三位老先生居住的房区去探望。只见林先生和振甫先生坐在藤椅上,蒋先生正从他的房中走出来,一边往肘部擦着什么药,一脸若无其事的样子。

原来,蒋先生冲完凉,出浴室时在走廊上踩住了自己的拖鞋,虽然跌破一点皮,却安然无恙。

大家说:蒋先生,可得当心呀!毕竟上岁数啦!

蒋先生说:没事没事!不要忘了,当年我是同济足球队的守门员!所以一个前滚翻,就站起来了!

推算起来,那年蒋先生六十五岁,虽然瘦,筋骨却真结实;精神状态更为年轻,喜欢跟我们以及更年轻的姑娘、小伙子们(如降云、胡玉萍、陶庆军、魏新民等)打成一片。离开北戴河前,几个小伙子到渔船上买回一大筐刚打上来的梭子蟹,大家围坐在门厅里,持螯饮酒,赏月听潮。兴犹未尽,一群略带醉意的中年人和青年人,便嘻嘻哈哈地簇拥着蒋先生,到海滩上去唱歌联欢。蒋先生自告奋勇,与应锦襄大姐用英语高歌一曲《友谊地久天长》,获得热烈的掌声和喝彩声。

蒋先生好饮,但酒量有限;锦襄大姐很少喝酒,却自称"高阳酒徒"。返京的火车上,不知什么时候,不见了他们两位。直到出北京站时才见他们归队,锦襄大姐若无其事,蒋先生则不仅步履蹒跚,而且舌头也有点儿大了。原来他们溜到餐车上喝了一路,这场赛事,"同济守门员"终于不敌"高阳酒徒",又被自己的酒量"切克"了一下。

菰蒲之思

蒋先生是宜兴人,他常常说:自到上海念中学之后,从未回过老家。算来该有五十多年了罢!

对于这种"忆江南"的情结,我是感同身受的,因为我也在东北呆过二十年。

锡荣兄护送我回家,可谓尽职尽力之至,不仅"押"抵苏州,而且一直送到黄埭,内子的家里。那时,从苏州到黄埭需走水路,坐"梅村班"、"周庄班"之类的小火轮。

穿过浩淼的阳澄湖,进入港汊,一片典型的水乡景色顿时扑进眼帘。鱼栅在平静的水面刻出腐蚀版,鹅群于斜斜的坡岸染成水彩画。从前舱壁上长方形的船窗里,观赏着这些连续闪现的画面,令人不禁想起电影《早春二月》的片头。

黄埭一向以炒瓜子闻名于沪上,这个集镇当时还保留着几分古朴的喧哗。一条小街,长达数里,却狭窄异常,两面店家,几乎可在楼上隔街握手。纵横的石桥,则为小街的密封式延伸,敲出明亮的节奏。从人群里,仿佛十分容易找到"林老板"和"老通宝"们的身影。

上面这些印象,传到在北京的蒋先生那里,自然更加激发了他对故乡的思念。他在来信中写道:

> 王兄锡荣已于13日归返,道及尊处之街坊屋舍风光甚详,颇令人忽兴菰蒲之思。拙荆此番首次南游,至无锡望太湖而兴叹,颇有乐不思北之意;她至苏州,仅观虎丘及诸园林,尚未知天平之云烟浩渺、鱼龙漫衍之状,殊不足以小天下也!他日另有机缘,定当相携造访。

我没有忘记蒋先生的夙愿,曾经为促成他的还乡之行,从侧面做过一点工作。先生的信件,当有一两封被我遗失,因为我曾去信,为不能参与长春会议而致歉,并稍微叙及上述"侧面工作",先生亦有回信的。

记不清是1982年还是1983年,蒋先生和夫人真的相携还乡了。因为是宜兴市"官方"安排、接待的,我就没有参与,想不到因此而失去了和蒋先生最后见一次面的机会!

2003.6.12

我的记念——忆子衍兄

"鲁研"界朋友里,子衍兄的能吸烟,是出了名的。和他水平相近的,有早春、文兵、之友等,我要差一些。每当我们将聚会时,妻常常说:"你们几个凑在一起有什么事?还不就是抽香烟!"

我们凑在一起,当然并不"就是抽香烟"。

十一年前,我带着个"犯了严重政治错误"的"罪名",拎着只手提箱,走进人民文学出版社的内院。刚在房中坐定,冲进来一个高个子,说道:"斯年你来啦!我是包子衍。不是说昨天到的吗?我坐在窗口望了一天!"接着介绍作息时间,编辑室情况,哪里可以买到早点。他也是"客人",却俨然是个主人。就这样认识了,一见如故。这时想起,陆晶清先生对我说过:山东省有个中学老师,几十年坚持钻研鲁迅日记,掌握了大量资料,写出了几本草

图7　包子衍(1934—1990)

稿。原来就是他！他可以算是上海人，却没有多少"海味"。朴实，坦诚，有如北人。

不久就告诉我，他当过"右派"，而且是在真诚地起来反击"右派"的时候当上"右派"的。不久，又来了个朱正，戴过的"帽子"更加吓人。我们都钦佩鲁编室的头头实在有魄力，不怕担"罗致什么什么"的罪名。虽然当时都未平反，我们却也都很坦然，因为自信从来就不是什么什么，而且仿佛还觉得本来就该当集中时间和精力来啃啃鲁迅著作似的。那时候，大环境不坏，小环境——以中共鲁编室支部为核心的这个集体——更好。子衍兄是如鱼得水，我的感受和他一样。

子衍又善熬夜。我也熬，熬不过他。他推荐说，北京价廉物美的夜宵是油茶面。我一到晚上八点多就肚子痛，喝下面茶往往更痛。子衍说那是溃疡，因为甜食增加胃液的酸度，刺激更强。又拉来王自立、王锡荣和虞枳华兄（上海鲁迅纪念馆大陆新村故居管理者）一同会诊。三个"医生"，极其严肃地开出一服药：痢特灵加 B_6，附一张画满格子的卡片，详细填着每日应服剂量，疗程一周，按日递减。服后三天，果然见效。至今不知患的是胃溃疡还是十二指肠溃疡，反正十一年来从未再疼。

日以继夜地奋斗了将近两年，社里安排大家参加北戴河休养。那是最愉快、最轻松的几天。事前相约，谁也不许带书，彻底玩他个痛快。子衍自然也玩得很痛快，然而与他相关的细节不大想得起来。吃过螃蟹后，坐在海滩上疯，连锡金先生都引吭高唱英文歌《友谊地久天长》，子衍似乎不怎么疯。然而有件事记得很清晰：蒋先生摔跤，惊而无险，子衍却把这事看得很严重，慰问、验伤、找药之外，一直自责没有照料好先生。絮絮地分析原因，絮絮地说："虽然蒋先生体质好，到底年龄不饶人，可不能再出这样的事了，还有林辰先生和周振甫先生呢！"

对他人,他一直是这样满腔热诚,完全把别人的事看成自己的事。生活中如此,学术上也是如此。我为了《集外集拾遗补编》和《古籍序跋集》的部分注释,读过一点金石资料。他很高兴,劝我选择"鲁迅和金石"这个课题,进行系统研究。还说:"我已经积累了一套卡片,可以全部送给你。"平时他常戏称自己为"烦琐派"。他们《日记》组是几个定稿组中最热闹的。常常他抱一盒卡片,潄渝抱一盒卡片,你抽一张,我抽一张,争得沸反盈天,锡金先生谓之"打扑克"。子衍则常对我赞叹蒋先生的那摞笔记本:有时从前往后写,有时从后往前写,夹以彩色笔的记号、文字,缤纷炫目。我知道子衍卡片的分量和上面所凝聚的心血,未敢贸然接受他的美意;老实说,更主要是因为我的懒散和畏难,实在觉得奔来奔去借资料,看有些人的眼色,太苦,太寒心,所以不敢选择这难度很大的跨学科课题。

今天遇着林辰先生,他又劝我选这个课题。我仍以"老实说"对之,心里却想起子衍兄,想起他以微薄的薪金作为"科研经费"所进行的浩繁查访,想起他那些要用麻袋来装的卡片和资料,想起他的《鲁迅日记》注释、《雪峰年谱》等坚实成果,想起他十一年前的建议和美意。直到现在,和他比起来,我还是这样的懒散,这样的平庸!

穿着方面,子衍十分随便,但衣服洗得及时,干净。八〇年夏天,北京颇热。他拉我到东四商场,各买了一条西装短裤。裤脚比较长大,我们晃里晃荡,走来走去,很是得意。南归后,他与桂嫂来苏州,我和妻去招待所看望。两位太太不约而同地提起这两条"大裤衩",不约而同地实施毁灭性攻击。从此,我和子衍再也不敢穿它们了。

回到上海之后,子衍的衣着显然整齐起来,偶尔甚至有点"时髦",例如贝雷帽也亮过相。虽然一家三口挤在一间房子里,成年的女儿只能在晚上临睡时搭出一张小铺,对付着过夜,但饮食毕竟正常、讲究多了,而且他开始注意营养,开始喝一点点白酒并且为此十分自豪(他本来是没有酒量的)。处处可以发现桂嫂对他的体贴关怀,处处可以感到小小的家带给他的温暖。当然,他仍照样吸着香烟熬夜,照样搞他的"烦琐派"研究;还是那么坦诚、热情,把别人的事当作自己的事。

听到他动大手术的消息,我吃过一惊。知道手术效果良好,已经出院,又放了心。不久赴沪出差,和锡荣骑着自行车去水电路的新居看他。人也白胖了,烟也戒掉了,已经开始成本成本地查阅《申报》合订本,津津乐道地大谈所发现的新资料,拟进行的新课题,感叹过去功夫下得不够,学问做得不扎实。

桂嫂说,出院在家休养,他最关心的是报和信。每天要跑许多次,出去看邮递员来过没有。最高兴的是读朋友们的来信。我在心里暗暗自责:这两年冗务缠身,加上懒散,给他写信实在太少,有点"无事不登三宝殿"了——不过,这也是他的来信中常写的一句话。妻让我带去几盒花粉皇浆,他手足无措地对桂嫂叫道:"祖怡,你看你看,斯年带东西来了!这,这!这……!"仿佛那是什么宝贝。

今年六月间,听说他的病又复发,我没有十分在意,因为上次见面,他是那样地"健康"。妻说,什么时候,我们一起带女儿去看看她的"包老伯伯"吧!(苏州小孩皆称"伯伯"为"老伯伯"。女儿四、五岁时,全家和子衍兄同游东山,她走累了,是"包老伯伯"背的。)当时正值期末事繁,我又要准备进京,终于未能成行,心里还暗暗地想:上次手术切除的,不就那么一小粒良性肿块吗,这次即使是癌,总不至于"那么快"吧!

七月初,我在京突然接到长途电话:妻的颈椎病发作,速归。同时风闻,子衍兄的声音有点变了,怕不好。很想趁这次短期返苏,抽天把功夫去沪看看他,又因家有病人,未下决心。仍然宽慰自己:系里一位同事,不是发现变声之后几年才动手术吗,而子衍兄的体质比他强得多。然而,返京前一天,讣电来了,落款"陈",大概是梦熊兄发的。因为赴京车票已经拿到,连追悼会也未能赶去参加。

直到现在,我在情感上还不能接受这个事实:生命力如此旺盛,那样热情、坦诚的子衍兄,已经永远离别我们而去了!他正当盛年!

报纸上在表彰"文艺界的焦裕禄",我想类似的优秀分子,在学术界、文化界,何止一个、二个、十个、百个!实在太应该表彰,实在表彰得太少!也许杞人忧天,我又希望万勿只因他们"价廉物美"而加以表彰。价太廉,物是很难保其美的。看看《光明日报》上的讣闻栏里(不知子衍兄的名字上过此栏否),五十多岁的知识分子,未免太多,还能"经久耐用"下去吗!何况,失去丈夫的妻子和失去父亲的女儿,她们内心的伤痛,别人是很难感同身受的!

写这些有什么用?子衍兄已经离我们而去了。去了,就是永远回不来了。

写这些也许还有点用,至少,希望那些惯于"拼命"的中年朋友,多注意些自己的健康。"悠着点儿"吧!鲁迅不是提倡"韧"吗,肉体倒下去,精神还怎么"韧"?

作为文章的结束,这可能是条多余的尾巴,然而,也许子衍兄的在天之灵,并不嫌它多余。

1990.8.27

怀宗棠兄

一

图8 马蹄疾(陈宗棠,1936—1996)

对宗棠兄,我是先闻其名,后见其人的。先闻之名不是"陈宗棠"而是"马蹄疾"。记不起什么时间了,或许是"文革"之前,或许是"文革"后期;也记不起是他写的什么文章了,似乎并非鲁迅研究领域,因为读后就想到"马识途",接着就认为:这马蹄疾应该是位老先生。

我在纪念包子衍兄的一篇文章中,谈到七十年代末奉调至人民文学出版社报到,参加八一年版《鲁迅全集》编注工作的情景;也就在那一天,同时见到了鲁研界的三大资料名家:包子衍、朱正、马蹄疾(还有一位陈漱渝,则相见稍晚几天),并且知道了马蹄疾不但不是老先生,而其姓名实为陈宗棠。但是,我和大家一样,仍习惯地叫他"老马",而非"老陈"或"宗棠"。我们四人确乎一见如故。老马是绍兴人,我外祖家在绍兴府属的诸暨;他来自鞍山,我来自大连,都出诸辽宁,而且皆在那块土地上吃透了"大革文化命"的苦头,所以,相互之间又多着几分话题。

一见如故的表现之一,便是讲话没有遮拦,大家直来直去。我带去一篇稿子,写鲁迅与金石学的,其中谈到朴学,观点仍有"左"的痕迹。他看过后一句客气话也没说,劈头就讲:"朴学绝不是烦琐哲学,指责它逃避政治也似是而非。这门学问了不起,应该重新评价,充分肯定它的价值。"这一批评十分中肯,一针见血。它反映着当时我们这个群体里的学术空气,也典型地表现着一种"交友之道"。在我们之间,这种"交友之道"是贯彻始终的。

1991年,为了《鲁迅大辞典》的定稿事宜,我们又在人民文学出版社共事将近半年。《辞典》的"书籍"部分,原稿所收条目太少,老马领受增补任务,钻在鲁迅博物馆的资料库里奋战数月,完成了60万字的增补稿。可能时间过于仓促,稿子还嫌粗糙,社方让我负责审读加工。此时的老马已是辽宁省的省级文化名人,还有九三学社沈阳市委常委等等响亮头衔;彼此又都是定稿组成员,换了别人的稿子,我至少不会贸然接受,但接老马的稿,我没有顾虑。他也说:"你就尽管改吧!"根据编委会定下的原则,加工后的改定稿变动相当大,他看后除对几处提出商榷外,全都表示同意,并且说:"你花了这么多气力,我得有所酬劳。"我说:"这是什么话,咱们谁跟谁!"——他是真诚的,我也一样,大家都是为工作、为学术、同时也为朋友负责。他的话语里流露出一种心态:当他自以为得到别人的帮助时,仿佛有着一种"负债感",尽管朋友之间无此必要,但这仍令我十分感动。

朋友们常说老马"精",这个"精"字,除"精明能干"这一含义外,还有一层不太恭维的意思,那就是"工于心计"之类。后一层意思,我们也当面对他说过,话还讲得更加一针见血;但是,以上两个例子,说明老马之"精"又是与"无私"联系在一起的。

老马的无私,还表现为事业上的顾全大局,注重团结,没有"壁垒"。当初,《鲁迅大辞典》有两个班子同时在进行,选题既重复,又分散了鲁研界的力量。我属于其中的一个班子,对上述情况颇感痛心,但又苦于难以有所作为;他属于另一个班子,很快就挺身而出,并有所作为了。大概是1983年罢,有一天,文兵、漱渝二兄莅苏州见访,带来一个好消息:两个班子终于合并了,而老马正是极力呼吁、力主联合的发起者。他之所以能够发挥这样重要的作用,除有全局观念外,还因为他和鲁研界各方面的朋友关系都好,常常有形无形地成为大家之间的纽带。这条纽带是多么可贵,尤其在当前,又是多么急需啊!

二

他属于那种福也享得,苦也吃得的人,特别是能吃苦。在生活方面,其善于"对付",亦即生存能力之强,给我印象尤为深刻,也尤为我所不能企及,因此就常常受惠于他。

人民文学出版社是把我们完全当作自己人的,其好处在于毫不见外,我们十分自如;但也有不好处,就是没人管。1991年我到社里时,鲁编室原任秘书赵琼大姐已经退休,连圆珠笔、红墨水、纸张、橡皮都找不到(这与编注《全集》时不同,那时赵琼大姐会把这些准备得好好的)。遇到这种情况我大都找老马,他出去转一会儿,就什么都划拉来了;不仅此也,还能为我们"争取"到诸如提包、纪念册之类"福利待遇"。于是,他就当然地成了我们几个人的"福利委员"和"生活委员",报销单据、领取伙食津贴之类杂差,他全主动包办了。

社里只供应一顿午餐,早晚两顿都得自行觅食,在这方面我似乎比他能"对付"——早餐一律酸奶加面包,晚餐上街解决。他说:"那怎么行!时间长了身体要垮。"不知从哪里划拉到一只电炉,自己开起"小灶"来,并叫我只管去共享;我却不敢领教他的小灶,仍照原样对付。这年北京冷得早,十一月初就开暖气,偏偏我的办公室兼卧室不能通气,对付了几天,冻得腰痛。他知道了又说:"那怎么行!身体要垮的。"一面告诉小鼎兄先给我加被子,一面替我"告状",同时停下小灶,将电炉送了过来以供取暖,教我操作规程,关照注意安全,于暖气未修复阶段,使我在寒夜钻进被窝之前免于受冻。办公室和卧室里使用电炉是违反社规的,对此我们实在万分抱歉,然而这只电炉确乎功劳不小。社里既然把我们当自己人(也许更因为把我们当作自己人里的客人),对它也就睁一只眼闭一只眼了。

三

生活确实有点清苦,却过得很愉快,还常常穿插着一些小喜剧,老马就当过喜剧的主人公。

一天上午,小鼎跑来对我说:"昨晚老马'被擒',是场好戏,吃午饭时咱们让他当众坦白!"

我们的午餐向来热闹非凡,可称之为"午餐沙龙"。地点是刘苇和郭娟的办公室,除两位女主人外,我和小鼎为常客,老马住在对门的小电话间,不必出屋就可边吃边参加交谈,也算半个主人;经常端着饭盆过来客串的,则有颜雄、郑言顺、关克伦等。谈话内容天南海北,或指点江山,或激扬文字,或大发牢骚。

这一次,果然先把老马从对门传了过来,勒令从实交代。他坐在一张方椅上，双手把着椅面，几分尴尬、脑门冒汗（他很会出汗）地"交代"了全部事实经过。

当时，他在《辞典》定稿组里负责编目和组织誊清，誊清工作由一位社外的小姐承担。昨晚十时许，这位小姐打来电话，请教抄稿中遇到的一些的问题，可能问题较多或较复杂，通话时间也就较长；末了，小姐顺便说到最近牙痛，老马就热情地介绍了一些自我治疗的方法。他刚放下话筒，铃声又响，这回耳机里传来的是太太小薛的声音。老马"交代"的通话内容极其生动，摘要如下——

小薛：你这电话怎么老拨不通？

老马：刚才是占线。

小薛：你跟谁通话呀？

老马：工作上的事。

小薛：半夜三更，跟人家小姑娘，哪有这么多嗑儿可唠呀？

老马（吃了一惊）：她是抄稿的，问些问题。

小薛：抄稿还抄什么病啊痛啊么？

老马（大吃一惊，发现有点儿"跳进黄河洗不清"了）：……

原来小薛在总机房工作，她在机房挂的北京长途，没拨通，但也没挂断，于是"监听"到了夫君的通话全程，于是老马只得束手就擒。

小薛我早就认识，知道她和老马伉俪情深，老马也常对我讲小薛怎样在最艰难的处境下，给他以巨大的支持。1979年夏，她带着两个虎头虎脑的儿子来北京，一家四口，睡觉在办公室打地铺,吃饭自支煤油炉对付,我就品尝过老马送来的煤油炉菜肴。8月全家回鞍山,是我独自送他们上的火车。所以,待大家把老马取笑够了,我说:"这样吧老马,在座的只有我是小薛的熟人。由我出面,郑重邀请小薛到北京来过年。第一,好久不见,热闹热闹;第二,大家作证,确认你的无辜;第三,请小薛主持,由在座诸位成立一个监管组,代她执行监管任务,只许你老老实实,不许你乱说乱动。"众人又大笑,皆云此法甚善。事后,我马上与小薛通电话,代表大家发出邀请,当然也替老马作了证。其实小薛本来就没当回事,只在电话里笑了一番。她答应来京,但要迟几天,为此我们特地留下一条大鱼,等她到后一同享用。

这虽是一出喜剧,然而再一次证实老马虽或"精明",为人却无城府,有时甚至相当天真。对于自己,他是不藏不掖的。他属于那种一眼看得透的人。

我认为,老马的上述品质,在文化人、特别在文化名人中,是极为难得而且可贵的。

四

对于老马的精力充沛,勤奋,出活儿之快,朋友们是一致公认的。时至今日,一想起或听人提起"马蹄疾",我的脑海里总是马上就会浮现出一幅瘦骨伶仃的老马伏案疾书的图景,图中的他总是赤着膊,脑门上热气蒸腾,当然,背景总是夏天。按理夏天脑门是不至于热气蒸腾的,所以这图像似乎经过下意识的"合成",带有某种写意性。

勤奋使他在鲁迅研究领域获得了斐然成果,皇皇十部著作、八十多篇文章具在,人所共知。香港《大公报》说他的作品"以考证翔实胜,无论是鲁迅书信研究还是鲁迅和他的同时代人研究,他都能挖掘出崭新的资料,令人赞叹不已",可谓定评。在这方面我们有时有所交流,包括关于文公直的材料。我还十分钦佩他的《水浒》研究,这是有"切身体验"为证的。

1979年分别不久,收到他一封信,托我代为抄核容与堂或贯华堂本(究竟哪个本子记不清了)《水浒》资料。当时我几乎天天跑柏林寺线装书库,这是不费力的,很快就完成了任务。过了一年,就收到他寄赠的《水浒资料汇编》第二版,这是增订版,所以后记里提到我替他跑柏林寺的事。此书是他几十年心血的结晶,收罗完备,编排科学,考订精审,委实可以传世。"大革文化命"时,小薛为保护这部手稿还冒过风险。我不教、也不研究古典文学,所以后来未再翻检。又过了十四年,因为研究武侠小说要写一篇关于《水浒》的文章,老马这部书可帮了大忙,所需要的材料应有尽有,不知为我节省了多少翻检原始文献的时间和精力,真正功德无量!特别令我高兴的是,从中极为简便地查到了黄人(摩西)以社会学观点评论《水浒》的资料,而对近代资料的重视,正是老马此书的特色之一。有些从事理论研究的人看不起资料研究,这正像空军因为自己能上天就看不起陆军一样荒谬。上述切身体验使我更深刻地认识到,像《水浒资料汇编》这样的资料研究成果,其价值有时是远在某些理论文章之上的。

五

我的《水浒》论文写好不久,关克伦兄来到苏州,带来老马病重的消息,朋友们正在酝酿如何给他一些力所能及的支持。克伦兄返京不过几天,我就接到了噩耗……这情景正像当年接到子衍兄的噩耗那样:我实在难以接受精力弥满的老马会走,会走得这么快的事实,甚至不容我们哪怕表示片纸只字的慰问之意!

听说,他在入院之后,曾特地回到家中,仔仔细细地把尚未审毕的《鲁迅大辞典》稿件包好扎好,并向家人作了交代。不久,这几包方方正正的稿件摆在了我们面前……略可告慰宗棠兄的是：我与景山、允经、文兵三位一起，完成了他的这份未竟之业，也稍稍弥补了我自己内心的遗憾。

一听到他得的是不治之症，当时我未经思索就从脑中跳出直觉：这是长久"对付"的积累！这是不分白天黑夜拼命苦干的积累！同时想起五年前所写纪念子衍兄那篇小文里的几句话——

"希望那些惯于'拼命'的中年朋友，多注意些自己的健康。'悠着点儿'吧！鲁迅不是提倡'韧'吗，肉体倒下去，精神还怎么'韧'得起来？"

同辈诸友多已脱离中年时代了，然而仍望珍重！

1997.10.23

试论鲁迅的《科学史教篇》

鲁迅的早期论文《科学史教篇》,是我国近代思想史上一篇难得的文献,也是研究鲁迅早期思想的一份重要资料。当前,在华主席为首的党中央领导下,一个为提高整个民族的科学文化水平而奋斗的伟大革命运动,正在蓬勃展开。以历史唯物主义的观点研究鲁迅这篇论文,对于肃清"四人帮"在科技领域和思想领域所散布的谬论的流毒,提高对科学技术和"四个现代化"的认识,以至促进社会科学更好地吸取、借鉴现代科学技术的成就,都有现实的意义。但是,在过去的一些有关论著中,对于这篇论文的主旨及其历史意义的理解,似乎还不完全一致。本文试图就此进行一点初步探讨。

一

和鲁迅的许多早期论文一样,《科学史教篇》写于中国的资产阶级革命派与堕落为保皇派的改良派展开政治思想大论战的时期。

面对着西方帝国主义的侵略,当时清王朝统治下的中国,已经彻底暴露了社会制度的腐败和经济、科技的落后。向西方学习,形成了一股不可阻挡的潮流。然而,西方建立资本主义文明的基本经验究竟是什么?包括近代科学技术在内的"西学",它的基本内容究竟是什么?在当时的中国,究竟应当怎样吸取和利用西方的先进的自然科学成就,才能真正改变积贫积弱的现状?对于这些问题,不同的中国人,有着不同的回答。而这,也正是革命与保皇两条政治道路的斗争之中经常触及的一个问题。《科学史教篇》站在革命的立场上,从一个方面回答了上述问题。

这篇论文包括三大部分:(一)导言。(二)对西方科学史上三个时期(古希腊罗马时期、中世纪、近代)的科学发展概况及其正反面经验的评介。(三)结论。

"故震他国之强大,栗然自危,兴业振兵之说,日腾于口者,外状固若成然觉矣,按其实则仅眩于当前之物,而未得其真谛。……虑举国惟枝叶之求,而无一二士寻其本,则有源者日长,逐末者仍立拨耳。"——这是鲁迅在文章结末部分,针对改良派把西方科学技术仅仅归结为"兴业振兵"之术的谬论所做的严厉批判。他认为,改良派对科学技术的这种认识,违背了科学的"真谛",而只有认清并把握科学的"真谛",才能使科学在改变中国贫穷落后现状的革命事业中,发挥它的伟大作用。

《科学史教篇》充分肯定了科学作为"先驱"的力量,在促进生产的发展,推动社会的改革方面的伟大作用。但是,当时的鲁迅毕竟不可能从自然科学是生产力这一理论高度,来阐明科学的"真谛"。他在《科学史教篇》中所阐述、论证的,着重于科学的唯物主义本质。

西方的科学技术形成于近代和现代。但是,它又是源远流长的,就其传统来说,可以一直追溯到古代。历代的科学,既有其连续的继承性,又存在很大的差异性。只有从千差万别的历史现象中抓出自然科学的主要矛盾,才能认识它的性质。鲁迅在文章的开头就指出,科学的性质,在于"以其知识,历探自然见象之深微,久而得效,改革遂及于社会"。科学,是人类对自然界的客观规律不断深入的认识、掌握和运用。离开了对"自然见象之深微"的正确认识和掌握,也就谈不上科学的效用。所以,他在分析西方近代科学的成就时,虽然充分肯定科学促进生产的发展给人类带来"实益",洗涤人们的精神,推动社会的改革,在造成"十九世纪之物质文明"的过程中发挥了伟大的作用;但是他又指出,科学之所以产生如此巨大的功效,根本原因在于"治科学之桀士"们认清并把握了科学的本性,他们不眩于"实利","仅以知真理为唯一之仪的",并为此而贡献终生。前者为"果",后者为"因";前者是"子",后者是"母"。基于对科学本性的这一认识,鲁迅在评价古希腊罗马的科学时,并不因其构思验实不如现代而加以贬抑,相反,他高度赞扬那时的科学"毅然起叩古人所未知,研索天然,不肯止于肤廓","运其思理","冀直解宇宙之元质"的精神;认为其"思想之伟妙",精神之开阔,实为近代、现代科学的"真源"。分析中世纪的教训时,鲁迅着重指出,封建的、宗教的政治思想统治,以"道德上之义务与宗教上之希望"扼杀科学传统;科学不再是"知真理"、"探求自然之大法"的事业,而成了神学的奴仆,这是那时科学中衰的原因。鲁迅认为,历史的正反面经验都说明,要发展科学,要使科学成为认识自然,改造自然,进而推动社会改革的巨大动力,必须首先认清科学本身的性质。"若眩至显之实利,摹至肤之方术",那是舍本求末,决然无成的。

《科学史教篇》还十分强调科学的方法对于建立和发展自然科学的重要意义。这里明显地把科学史经验的总结,提高到了哲学上认识论、方法论的高度。文中指出,古希腊罗马科学的局

图 9　弗兰西斯·培根（培庚）(1561—1626)

限之一，在于缺乏"名学"即逻辑学之助；而中世纪"以注疏易征验，以评骘代会通"，重"博览"而轻"发见"，这种"方术之误"（这里指思想方法的错误），导致了当时许多"学士"的劳而无功。关于西方的近代科学，鲁迅着重分析了培根的实验归纳法（"内籀"）和笛卡儿的唯理论的演绎法（"外籀"），考察了这些方法论产生的背景，肯定了它们的历史作用，指出了它们的局限性。他指出，培根的归纳法主张"初由经验而入公论，次更由公论而入新经验"，这对于科学研究中的"悬拟夸大之风"起了矫俗的作用；但是光靠直接经验，是难以"探新理，且更进而窥宇宙之大法"的。笛卡儿的演绎法主张"由因入果，非自果导因"，重视理论思维的作用，对于过重经验，可为校正之用；然而由于只偏重"思理"，其方术亦属"不完"。鲁迅总结近代杰出科学家的实践和成就，说明以上两种方法论只能视为科学史上的"匡世之法"，都还不是近代科学的完整的方法论。他指出，只有"内籀"、"外籀""二术俱用"，才能进一步认识客观真理，"而科学之有今日，亦实以有会二术而为之者故。"从而告诉人们：科学的方法是在科学的实践中产生、发展的，它又反过来给科学的发展以重大影响。科学的方法必须尊重实践的经验和理性的论证。它随人们对自然的认识的深化而发展，总是引导人们不断地探索真理、向前看。

与以上两点相联系，鲁迅在文中还反复阐明了什么是科学的态度。他认为，科学既然是"以其知识历探自然见象之深微"的事业，既然以"知真理"为唯一"仪的"；科学的方法既然摒弃一切不从客观实在出发的、违背理性的臆断和谬说，那么，科学工作者就必须"常恬淡，常逊让，有理想，有圣觉"，不为"实利""婴心"，惟"举其身心时力，日探自然之大法而已。"他在阐述这种科

图 10　勒内·笛卡儿（特加尔）(1596—1650)

学态度的同时,又驳斥了有的人主张"知识的事业,当与道德力分"的观点,指出如果脱离一定的"道德力"的"鞭策"而"惟知识之依",为科学而科学,其作为是"可怜"的。在鲁迅看来,上述科学态度,本身就体现着一种道德力量。所以他特别详细地介绍了法国大革命时期,进步科学家为反抗侵略、保卫年青的资产阶级共和国而做出的杰出贡献,赞扬了这种"科学和爱国"的精神。

如上所述,《科学史教篇》通过西方科学史正反面经验的总结,主要从科学的性质、科学的方法、科学的态度三方面,阐明了科学的"真谛"。当时的鲁迅已经完成了"弃医就文"的思想历程。他认定:科学不能救国,但救国离不开科学。认清、把握科学的"真谛",并首先用之以改造"人性",乃是当务之急(这一点详见下文)。这就是《科学史教篇》的"纲",也就是其主旨之所在。

以上对于《科学史教篇》主旨的理解,与有些成说是有分歧的。

鲁迅这篇论文的思想内容很丰富,当然远不止于上述方面。在研究鲁迅思想时,引证、分析此文的其他内容和观点,自然是必要而且有意义的。但是,如果是评价这一篇具体文章,研究它在近代思想史和鲁迅的思想发展史上的价值,那就不可不从全文着眼,分清它的"纲"和"目",它所论的主要矛盾和次要矛盾;不可不区别"这一篇"的"矛盾特殊性"和鲁迅早期思想的"矛盾普遍性",并研究二者之间的辩证关系。

《鲁迅全集》旧注认为,此文主要"说明了科学在改造自然、推动社会进步和增进人类生活的幸福方面所起的作用。"[1]诚然,科学的这些作用,文中是经常论述并加以肯定的;但是如前所

---

[1] 《鲁迅全集》第一卷,人民文学出版社1958年版,第497页。

述,文中又强调指出,如果只着眼于科学的物质方面的功效而忽视科学的根本"仪的",那是"倒果为因","欲以求进,殆无异鼓鞭于马勒欤,夫安得如所期?"因此,《鲁迅全集》旧注对于此文主旨的概括是否失之肤廓?这是值得商榷的。

有的同志把"主张要历史地对待文化遗产"和阐明科学与"实业"的关系,从而批判了天才论,作为此文的两个主要内容①。其实在原文中前者是论及对古希腊罗马科学的评价时提出的一个标准;后者的大前提,还是只有把握科学的"真谛"才不致"倒果为因";而且,关于生产对科学的决定作用,文中并未充分展开论证。这两个观点,对于研究鲁迅的早期思想,无疑是有意义的;但在简介《科学史教篇》时,将其作为此文的主要内容,是否有以"目"代"纲"之嫌?这也是值得商榷的。

二

一般地说,鲁迅的许多早期论文,都反映了中国近代史上革命派对保皇派的思想大论战,都相当深刻地批判了改良主义的反动路线;特殊地说,《科学史教篇》的主要历史意义,在于从思想路线的角度批判了改良派,对于资产阶级旧民主主义革命的思想理论基础的建设,做出了贡献。

在革命与保皇的论战中,改良派的思想家严复,曾经攻击革命派的主张"不本科学,而与公理通例违行"②,宣称只有他的"教育救国"论才是本诸"科学"的。同一个"科学",当着改良主义还有其进步性的时候,曾是严复据以批判封建统治思想,增强人们

---

① 见李何林《鲁迅的生平与杂文》,收入安徽师大阜阳分校中文系编《鲁迅的生平及杂文》,1974年。

② 转引自王栻《严复传》,上海人民出版社1976年版。

变法图强的信心的思想武器；然而到了民主革命浪潮高涨的时候，却变成他用以反对革命的"理论根据"了。这说明自然科学，虽然就其本性来说是唯物主义的、革命的，但是具体时代、具体阶级、具体人物的"科学观"，却又不能不打上时代和阶级的烙印。在这一方面，曾经从严复的著译接受过不少积极影响的鲁迅，当时已远远超越了他的前人，走上了时代的前列。

列宁说过，自然科学自发地主张唯物主义的认识论，唯物主义和自然科学是完全一致的。鲁迅在《科学史教篇》中对于科学"真谛"所做的历史分析和深刻阐明，有力地捍卫了唯物主义的世界观，批判了改良派用"科学"的外衣掩盖起来的唯心主义世界观。

改良派中的大多数（严复在这方面比他们高明），都把西方的自然科学归结为"物质"之"长技"，"形质之学"。这一观点与十九世纪末西方出现的"物理学中的新思潮"有共同之处。这种"新思潮"也把自然科学歪曲成一种"只具有在技术上有用的处方价值"的符号的公式，把科学的传统归结为"功利主义的技术"。这种谬论的要害，在于"否定不依赖于我们的意识并为我们的意识所反映的客观实在的存在"，宣扬"唯心主义的和不可知的认识论"（列宁《唯物主义和经验批判主义》）。中国的改良派用肤浅的功利主义歪曲科学，也正是抹杀自然科学发展过程中所形成的唯物主义世界观和反映论的认识论，反对人们以其作为认识自然、改造自然，认识中国、改造中国的思想武器。鲁迅在文章里一再批驳了这种唯心主义的伪科学。他通过历史的分析告诉人们：科学绝不是"至肤之方术"和"有形应用科学"。他认为近代的西方自然科学所以先进，根本不在"方术"，而在于随着生产和技术的进步，使整个自然科学从经验科学变成了理论科学，进而转化成为唯物主义的自然认识体系。科学的认识论传统是既重"征验"又重"会通",既"成以手"亦"赖乎心"的;"悬拟夸大之风"和视"一二琐末之事实"为"大法之前因",都是反科学的。在鲁迅看来,科学的上述唯物主义本质与科学的远大功效是一致的,抛弃了前者也就得不到后者,而只能"获恶果"。中国的改良主义思潮和西方的"新思潮"只承认科学的功利性而不承认科学能够无限地认识外部世界的实在性,从而割裂了科学和客观实在的一致性。鲁迅则通过他的论文说明:科学是人类对客观世界实在性的不断深化的认识。科学之所以能在变革客观世界的实践中发挥伟大作用,正由于它正确地反映了客观世界的实在性,掌握了"宇宙之大法"。

毋庸讳言,《科学史教篇》论及上述问题时,存在某种"非功利主义"的倾向(这与鲁迅同一时期所写的其他论文中关于文艺的"不用之用"的观点,有一致之处)。能不能因此就说这是"唯心主义"呢?不能简单地下此结论。第一,鲁迅并不否定科学应发挥其巨大功效,而只否定对科学取其"苃叶"不求"本柢"的倾向。第二,文中强调治科学者"必常恬淡",不应为"实利""婴心",针对的是假科学之名以营私利的倾向,指出事业心和科学的态度的重要性,而并不是笼统地抹杀一切功利。从文中对于法国大革命时期科学家的爱国行为的赞扬,可以看出作者自有其远大的功利观。第三,一般说,功利主义或非功利主义,并不是区别唯物主义和唯心主义的标准。在思想史上,唯心主义既可以以非功利主义的面目出现(如中国的宋明理学和欧洲中世纪的经院哲学),也可以以功利主义的面目出现(如前述西方的"新思潮"和中国改良派的"金铁主义")。问题在于需要对有关观点的实质和形成这些观点的社会条件进行具体分析。鲁迅早期这方面的观点虽然不无偏颇之处,但是联系对改良派的论战的背景,总观他早期的思想体系,可以看出《科学史教篇》中某些

"非功利主义"的言论外壳之下,仍然包含着唯物主义的内容。

严复作为资产阶级的启蒙思想家,曾经认为只要找到科学及科学所赖以建立起来的科学方法,也就找到了西方的真理。他特别重视培根的实验归纳法,宣称"公例无往不在内籀"①。严复的经验主义的方法论虽然有着某种唯物主义的倾向,但由于他片面地认为"可知者止于感觉"②,终于由经验论走向了不可知论。这反映了改良派政治上的软弱性,也反映了严复的思想武器——机械唯物论和形而上学的局限性。

《科学史学篇》既批评了偏于"内籀"的方法论,也批评了偏于"外籀"的方法论,而把近代科学的巨大进步,归结于"二术俱用"。其认识路线,和严复这样的改良主义思想家,显然也是不同的。值得进一步探讨的是,鲁迅所说的"二术俱用",是不是仅仅限于"形式逻辑"的范畴?

近代的自然科学发现,揭示了客观世界更深入、更本质的运动形式。在这种情况下,过去作为自然科学的思想理论基础的机械唯物主义和形而上学——包括经验论的方法论——,逐渐成为阻碍人们进一步认识自然、改造自然的桎梏了。科学的发展,迫切地要求建立辩证唯物主义的理论思维。近代一些杰出的自然科学家,虽然在自己的科学实践中不同程度地、自发地运用了辩证思维,但是很少有人能自觉地从方法论的高度认识和指出建立唯物辩证的思维方法的重要意义。另一些人,则由经验主义走向了浅薄的功利主义、不可知论和神秘主义(从这个意义上说,中国的改良派所继承的,正是"西学"的这份糟粕)。鲁迅在《科学史教篇》中未能从正面明确地提出唯物辩证法,也

---

① 转引自王栻《严复传》,上海人民出版社1976年版。
② 同上。

图 11　艾萨克·牛顿(奈端)(1643—1727)

没有站在辩证唯物的理论高度来对形而上学进行更为深入的批判；但是，他确实从认识论的高度指出了机械论和形而上学的局限性，提出了建立新的思维方法的要求。

鲁迅文中曾举出牛顿（奈端），作为"会（内籀、外籀）二术而为之者"的一个杰出代表。牛顿在哲学上本是形而上学的、机械论的唯物主义的拥护者，以过分推崇归纳法和声称不喜欢"假说"而著名；为什么鲁迅却誉之为"偏内籀不如培庚，守外籀不如特嘉尔，卓然中立，居中道而经营者"呢？原来牛顿的科学成就，不仅建立在实践的发现和对机械的自然现象的观察之上，而且还建立于他在科学实践中所创造的伟大数学成就之上，恩格斯因而曾在《自然辩证法》中称他为"微分和积分"的"完成"者。牛顿既然在自己的科学研究中创造、发展、运用了近代数学的伟大成就，这就必然地把辩证的理论思维方法带进了自然科学领域。对于哲学理论上过高估计归纳法的牛顿，鲁迅却能正确指出他在科学实践上的"偏内籀不如培庚"，并把"二术俱用"的方法论作为"科学之有今日"的普遍经验加以总结。这说明他在重视实践的基础上，充分认识到了理论思维对于科学研究的重要意义。"正当自然过程的辩证性质以不可抗拒的力量迫使人们不得不承认它，因而只有辩证法能够帮助自然科学战胜理论困难的时候"[①]，鲁迅的上述认识显然体现了他对近代科学新成就及其意义的深切理解，反映了科学对于唯物辩证法的迫切要求，表现了朴素的辩证唯物主义思想。还值得注意的是，《科学史教篇》中明确地阐述了"世界不直进，常曲折如螺旋，大波小波，起伏万状，进退久之而达水裔"，"且此又不独知识与道德为然也，即科学与美艺之关系亦然"的观点。文中还运用这一观点，从历史的

---

① 恩格斯：《自然辩证法·导言》，人民出版社1971年版。

运动、发展、变化之中,对于诸如科学与社会的相互关系、科学与"道德"的相互关系、科学与生产的相互关系、科学与政治的相互关系、科学与其他意识形态的相互关系以及历史上科学的衰落、高涨现象各自的因果关系和二者之间的因果联系等,进行了一系列相当精辟的分析。这说明早期的鲁迅不仅有着朴素的辩证唯物观点,而且他已试图用这种观点来考察各种历史现象了。上述思想方法,都不是"形式逻辑"所能概括的。

《科学史教篇》也讲了科学和救国的关系,然而它同改良主义的"科学救国"论、"实业救国"论、"教育救国"论,是截然对立的。

科学对于人类社会发展的促进作用,主要表现在两个方面:一方面,科学作为生产力,促进生产技术、生产工具、生产方式等的发展,从而推动社会经济基础的变革;另一方面,科学以其思想方法影响人们的世界观和方法论,推动着意识形态的革命。《科学史教篇》对科学的前一方面的革命作用,作了充分的肯定,但是,从当时中国的社会现状和作者当时的政治、思想观点出发,文中又更注重于研究并阐明科学的后一方面的革命作用。文章结束部分批判了改良派的"兴业振兵"说后指出,当时中国社会的"本根之要",既不在于"尊实利",也不在于"摹方术",而在于迫切需要一种"不为大潮所漂泛,屹然当横流","能播将来之佳果于今兹,移有根之福祉于宗国"的人。鲁迅认为,科学有助于造就这样的人:"科学者,神圣之光,照世界者也,可以遏末流而生感动。时泰,则为人性之光;时危,则由其灵感,生整理者如加尔诺,生强者强于拿破仑之战将云。"鲁迅这里所说的"人性",当然有其特定的阶级内容。他把科学看成"人性之光",强调的是科学在改变人的思想方面的重大作用。这反映了当时中国的革命派,要从西方的自然科学中寻求思想武器,用新的、革命的世界观和方法论来武装国人头脑的迫切愿望。鲁迅并且认为，要达到上述目的，除自然科学外，还应从西方资产阶级民主主义的人文科学和文学艺术吸取思想营养。在无产阶级尚未以革命的领导阶级登上中国的政治历史舞台，马列主义尚未传入中国的二十世纪初期；当着中国处于"不变更生产关系，生产力就不能发展"，"没有革命的理论，就不会有革命的运动"，"政治文化等上层建筑阻碍着经济基础的发展"①的时候，鲁迅的这一思想无疑深刻地反映了社会革命的要求。他不仅看出了"民主"离不开"科学"，更看出了只有争得"民主"才能为科学技术的发展扫清道路。

学习西方的时候，首先着眼于从西方自然科学中吸取一种新的世界观和方法论以武装中国人的头脑，在这一方面，鲁迅与严复有着相似之处。但是，鲁迅所吸取和"消化"的科学思潮，已经突破了机械唯物论和形而上学的局限，反映着朴素的辩证唯物主义；严复则始终束缚于前者之中。鲁迅重视用科学来改造"人性"，其"立意在反抗，指归在动作"（《摩罗诗力说》），走的是民主主义的社会革命的道路；严复主张用科学来"开民志、新民德"，其立意在"民之可化至于无穷，惟不可期之以骤"，终于从"教育救国"的改良主义，走向了顽固保皇的反动道路。这里反映了二十世纪初期，中国人学习西方的两种态度、两条道路的对立。

当时，在革命派对保皇派的政治思想大论战中，以孙中山为首的革命派主要着眼于批驳改良派的政治观点，而无暇顾及思想路线的斗争（孙中山直到1917年写作《建国方略》前后，才着手哲学理论的建设）。革命派中以章太炎为代表的"国粹主义"

---

① 毛泽东《矛盾论》。

者,虽然一定程度上觉察到了"三十年"来学习"西法"的流弊,提出了某种思想革命的要求;但是,他们也把"西学"归结为"形质之学",将其与"精神道德之学"和"国粹"对立起来,主张以前者为"客观",后者为"主观"加以会通。他们终究未能在思想路线上同改良派彻底划清界限。由此可以进一步看出:鲁迅的《科学史教篇》,不仅对于改良主义思想路线的批判是深刻而有力的,而且对于资产阶级旧民主主义革命的思想理论基础的建设,其贡献也是适时、独特而又杰出的。

1978.2

读鲁迅《会稽禹庙窆石考》

鲁迅先生毕生爱好金石文字之学，前期尤专，但所撰写的金石考据专文并不很多，最近发现的《会稽禹庙窆石考》[1]，是其中颇可宝贵的一篇。此文对于会稽禹庙窆石铭刻题字的辨析，时代和形制的考证，都在汲取前人成果的基础之上，做出了新的贡献。

禹庙窆石题字可分三类：一为篆书刻辞原文；二为后人题咏；三为后人题名。宋代典籍如《嘉泰会稽志》、王顺伯《金石录》等，谈及篆文刻辞时都说"难以考辨"、"不可读"，可见年代久远，文字早已模糊。清康熙初年张希良曾拓之，以意属读，得二十九字（王昶《金石萃编》称，"其释文今未得见"），并考定其行款为五行，行十六字（见平恕《绍兴府志》卷七十五；按鲁迅文中曰张希良辨为"五行，行二十六字"，疑有误）。笔者最近于绍兴文管会所见拓片，其第一、二行与后三行残字之间，有两行空档，据此，篆文有可能为七行。

---

[1] 载《光明日报》1978年11月1日第3版。

图 12 会稽禹庙窆石

在鲁迅之前，王昶（《金石萃编》）、杜春生（《越中金石记》）、翁方纲（《复初斋文集》）、阮元（《两浙金石志》）、俞樾（《春在堂随笔》）等，都曾对尚可辨认的三行残字作过考释，现将鲁迅和前人的考释结果综录如下（其中凡独识或所辨有异者，皆于字下注明识者姓氏及异字，行款则据阮元所考定）：

□□□□□□□甘(鲁迅)□日(杜、俞)□□丹(翁)□王石
□□□□□□□符(翁)乾象①并𧰼(翁)天文晦彳(鲁迅)②
□□□□□□□□言(鲁迅)真□元(翁)黄□□

以上共得十七又半字（王昶所释尚有"年"、"一"二字，杜春生曾辨其非；《嘉庆山阴县志》又有"四"、"其"二字，未知属行，以上四字皆不录），鲁迅比前人多识二又半字。

鲁迅文中又对刻于窆石的龙朝夫题诗及其序，作了详细的辨释。

杜春生《越中金石记》以"从事郎阶惟宋元有之"，定此诗时代下限为元末。鲁迅则在文中同时提及石上所刻赵与陛及员峤真逸题名。按赵与陛，嘉兴人，宝庆二年进士（《嘉兴府志》）；员峤真逸为元人李倜（士宏）之号，官至集贤侍读学士，河东太原人③。此二人之题名，亦可证明杜春生对于时代下限的推测是合理的。

关于龙朝夫诗序及正文，此前，杜春生曾辨得七十七字，《嘉庆山阴县志》得六十字，阮元得六十四又半字，王昶得五十八字，翁方纲得五十九字；俞樾单辨其诗，得五十二字。现再将鲁迅和前人对此诗及其序文的辨释，依前例综录如下（行款据杜春生

---

① 此字仅存上半部之"⺈"，鲁迅辨作半字；他人多定为"象"，皆系"以意属读"。
② 笔者所见拓片，此字甚清晰，为"𧰼"；又龙朝夫诗左下方两行篆文残字中，还可辨篆文半字"ⵑ"（即"彳"）。
③ 见夏士良《图绘宝鉴》、戴表《元剡源草》、《铁网珊瑚》。

《越中金石记》）：

□□□□年(阮)九月□一(鲁迅)日從事郎吳(王、阮)
□□□□□□□□□龍(鲁迅)朝夫(阮作"天",嘉庆志作"大")
因(鲁迅;杜作"同")被命斋祀南镇(以上四字杜氏独识)瞻(鲁迅)拜
禹陵赋此诗以纪盛□云
沐雨(嘉庆志作"东海")櫛風無暇日胼胝還見聖躬勞
古柏(翁作"旨酒",王、俞作"古陌")參天表(杜)元氣梅梁赴(鲁迅;杜及嘉庆志作"近"、翁作"通"、俞作"起")海作波濤
至今遺迹衣冠在長使(俞;翁作"夜")空(王、阮作"安")山鬼(俞、阮、王作"魖")魅號(王、杜作"逃")
欲覓冢(杜)陵寻窆石山僧为我剪蓬蒿

以上共得八十六字，鲁迅比前人多识三字（"一"、"龍"、"瞻"），辨异十字（"夫"、"因"、"沐"、"雨"、"古"、"柏"、"赴"、"空"、"鬼"、"號"）。

由于上述题字漫漶难读，辨识不易，除依据字形外，还需"以意属读"。鲁迅的辨释，在许多方面不仅继承、总结了前人成果，而且超越了前人。例如篆文第三行第八字，笔者所见拓本仅存残画古，鲁迅据篆法辨为"言"，十分准确，这是识前人之所未识。又如龙朝夫诗第四句"梅梁赴海作波濤"，前人或释"赴"为"近"，或为"通"、为"起"，这说明此字形体已十分模糊，而释者所属之"意"，亦于"大同"之中颇有"小异"。按《嘉泰志》："梁时修（禹）庙，唯欠一梁，俄风雨大至，湖中得一木，取以为梁，即梅梁也。夜或大雷雨，梁辄失去；比复归，水草被其上。人以为神，縻以大铁绳，然犹一时失之。"《四明图经》则云"夜或风雨，飞入镜湖与龙斗"。旧志云，窆石之上，原刻宣和中杨时有题名秦少游

图 13　会稽禹庙窆石亭

诗"一代衣冠埋窆石,千年风雨鏁(同锁)梅梁"句,即用"梅梁"一典,而偏重于"縻以铁绳"之说。审精拓本,龙朝夫诗"梁"下之字存残画"赴",可知虽用同一典故而所偏重却与秦诗相反。俞樾、杜春生、翁方纲等释为"起"、"近"、"通",不仅字形与残画不符,而且于典亦皆不切;鲁迅释为"赴",则既与典故贴切,也与残画相符,可以视为定论。再如该诗第六句"长□空山鬼魅号",王昶、阮元因未辨首二字与第四字,而以"空"为"安",显然错误。俞樾、翁方纲分别以第二字为"使"、为"夜",鲁迅则存疑。王昶、俞、阮释"鬼"为"魖",于"意"虽切,但平仄不调(上句末三字为平平仄,则此句末三字当为仄仄平,而"魖"字平声),杜春生、王昶以"号"为"逃",平仄虽谐,但与"空山"犯复。鲁迅则定此二字为"鬼"、为"号",凡此亦属确论(按以上二字笔者所见拓本已难辨残画,所以无从就形体进行论析)。鲁迅所作出的这些新贡献,不仅表现了他在金石学方面的造诣,而且也反映了他在文字学、史学、文学等方面的深厚修养和严谨邃密的治学态度。

我国的金石学作为一门独立的学科,形成于宋代,有着悠久的历史。但是清代以前的许多学者,往往笃信载籍而忽于实物,因此真器和伪器莫辨,史实与传说不分;清代乾嘉朴学突过前人,于载籍之外重视了验实,然而仍未挣脱唯心主义和封建迷信的束缚。这也反映在对于"窆石"形制、性质的考证上。"窆石"之名,见于宋人洪适《隶释》;赵明诚《金石录》则称其文为"窆窒铭"(何焯以为"石"当为"窒"即"室")。对它的解释,历来众说纷纭。归纳起来,大致有"碑桓"、"镇妖(或镇墓)石"、"石船"三说。

《万历会稽志》、《嘉庆山阴志》等,引《礼记·檀弓》郑注,以为"窆石"是古代引绳下棺的"碑"、"桓"之属(即所谓"下棺之具")。然而郑注云,古之碑桓皆用木,此则为石;古制"天子六绋四碑、诸侯四绋二碑",此则仅为一石。所以,"碑桓"说是牵强的。明人彭梦祖《禹穴辨》引无支祁故事,以为"窆石亦镇压水怪在下"①。韩阳《窆石亭记》则云"或谓下棺之后以此石镇之"②。然而,古籍所载关于夏禹的种种事迹多属传说;夏禹究竟是否葬于会稽,禹穴究竟在今之"禹庙告成观"还是在"阳明洞天",历来都有歧议。本身尚待证明的文字资料,自然不能作为论定实物的科学依据,因此"镇妖(镇墓)石"之说,亦不免出于傅会。

"石船"说见于宋人乐史所撰《太平环宇记》等古籍,历代绍兴地方志多曾引载其说,但从未明确认定"石船"即"窆石"(绍兴城东十五里有"石帆山","石船石帆"故事很可能本是与窆石无关的独立的传说)。可见其神话传说部分,即使古人,也未用以作为论定"窆石"性质的根据。但是,鲁迅认为,阮元取《太平环宇记》中关于孙皓刻"石船"之背以述功的记载,再证以天玺刻石篆文,从而断定窆石篆文为三国孙氏所刻,这一论断是正确的。因为,宋人断为汉代,"俱无其证";张希良谓"盖汉代展祭之文",因其释文未得见,亦无其证;而阮元所举史料得到实物的印证,例如禅国山天玺刻石不仅篆文与窆石相类,而且形制亦相近③,因而是可信的。

所谓窆石究竟是什么东西呢?鲁迅在阮元考证的基础之上明确指出,它就是"碣":"盖碣自秦以来有之,孙皓记功其上,……岂以无有圭角,似出天然,故以为瑞石与?晋宋时不测所从来,乃以为石船,宋元又谓之窆石,至今不改矣。"这一论断是综合考察了古代刻石的形制,又以实物为主要依据,对载籍进行了去伪存真的辨析而作出的,因而是科学的结论。碣是古代

---

① 引自《道光会稽志》,1938 年 1 月绍兴县修志委员会刊本,卷十五"陵墓"之部。
② 同上,卷十六"古迹"之部。
③ 详见吴骞《国山碑考》及马衡《凡将斋金石丛稿》第 171 页。

刻石的一种，近代考古学家马衡曾经著文专论其与"碑"之别："《史记·秦始皇本纪》言刻石颂德者凡七……其文必先曰立石，后曰刻石，或曰刻所立石。所谓立石者即碣，《说文》（石部），'碣，特立之石'，是也。"①综合琅琊台刻石、泰山无字石（以上秦碣）、裴岑纪功刻石（汉碣）、禅国山刻石（三国孙氏碣）等秦汉三国实物，其制皆"在方圆之间，上小下大"，"刻辞则环刻于其四面"②。禹庙窆石的形制、刻辞的时代，与以上实物皆有一致之处。可见鲁迅的论断，正是以科学之光，扫清了数百年来笼罩于"窆石"之上的迷雾，揭示出了它的本来面目。

继承乾嘉朴学的传统，着力于采用科学的方法，这是鲁迅前期治史的特点之一，而这也正是我国近代金石博古之学的特色。鲁迅先生在建立、发展中国近代金石文字学方面的成就和贡献，值得我们重视并进一步加以研究和总结。

1978.11

---

① 马衡：《凡将斋金石丛稿》，中华书局1977年10月第1版，第67页。
② 马衡：《凡将斋金石丛稿》，第67、127页。

《鲁迅与辛岛骁》的一点补充

《吉林师大学报》1978年第三期刊载的熊融同志《鲁迅与辛岛骁》一文,钩稽、阐述了鲁迅与辛岛骁(兼及盐谷温)的文字交往,为批驳陈源之流当年诬蔑鲁迅"抄袭"盐谷温的谰言,提供了重要的资料。我想再介绍一点与此有关的盐谷温方面的资料,作为该文的补充。

鲁迅在《关于小说目录两件》的按语中说:

> 墨憨斋冯犹龙好刻杂书,此目中有三种,曰:《平妖传》,《新列国志》,《笑府》。记《孔德月刊》中曾有考,似未列第二种。自品青病后,月刊遂不可复得,旧有者又被人持去,无从详案矣。①

经查,鲁迅提及的这篇考证文章,是马廉从日本《改造》杂志现代支那号译述的盐谷温(1878—1962)在东京帝大的讲演稿,

---

① 《鲁迅全集》第七卷,人民文学出版社1958年版,第442页。

题为《明代之通俗短篇小说》①,连载于《孔德月刊》第一、二期(1926年10月、11月)。盐谷氏这篇讲稿,主要根据他所见到日本内阁文库所藏的汉书珍本和日本宫内省图书寮所藏的《舶载书目》,详细介绍、考证了明代短篇小说"五大宝库"——"三言"(《喻世明言》、《警世通言》、《醒世恒言》)"二拍"(《拍案惊奇》初、二刻)及其"精粹"《今古奇观》四十卷的版本沿革和渊源关系。盐谷氏在讲稿的末尾有这样一段话:

  此五大宝库之中,中国小说史略著者鲁迅氏所见者,仅为《恒言》,及《初刻拍案惊奇》两种。而吾人研究中国小说者,得读其余内阁文库所藏之:《古今小说》,重刻古今小说之《喻世明言》,与《二刻拍案惊奇》;并据宫内省图书寮所藏之舶载书目,得读《警世通言》之题言,序文,目录,实为莫大之欢欣也。爰不嫌繁杂,多所引证,亦仅将吾人所得之欢欣,略为供献于海外,以表微意云耳。②

鲁迅与盐谷温的文字交往,见诸《鲁迅日记》最早的一次是1926年8月9日。马廉在盐谷氏讲演稿的按语中说:"盐谷氏本文,在《改造》杂志发表后,又于八月以后《斯文》杂志中,继续登有《关于明之小说三言》一文,大致无甚出入。"③据此可知,盐谷温的讲演稿发表于8月之前。他在并未与鲁迅发生直接的文字交往之时,就已仔细地阅读、研究过《中国小说史略》1925年以前的版本。盐谷氏这篇讲稿发表并介绍到中国的时期,恰如熊融

---

① 按1958年版《鲁迅全集》第七卷注释中,把这篇文章说成马廉本人的著作(见第820页),是不确切的。
② 《孔德月刊》第二期(1926年11月)第35页。
③ 同上,第39页。

同志文章所说,是陈源等的"流言蜚语传布的当时";它又恰好出之于陈源所称的被"剽窃"者之口,因此就成为揭破"正人君子"谎言的一个特别有力的证据。

从上引那段话可以看出,盐谷温是把鲁迅的《中国小说史略》,作为"海外"(这里主要指中国本国)的权威性著作而加以十分重视的;以至于"不嫌繁杂"地专门发表这样一篇讲演,将自己在日本"所得之欢欣""供献"给以

图14　盐谷温(1878—1962)

鲁迅为代表的"海外"研究者。文中所表露的对鲁迅的诚敬,不言自明。从这个意义上说,盐谷氏的讲演,正是为鲁迅的《中国小说史略》提供补充。

鲁迅在《华盖集续编·不是信》中回击陈源的"流言"时曾指出,《中国小说史略》的撰述,除"第二篇"及"论《红楼梦》的几点和一张《贾氏系图》"是根据盐谷氏《支那文学概论讲话》而外,"其他二十六篇,我都有独立的准备"。试将1930年改订之前的《中国小说史略》第二十一篇("明之拟宋市人小说及后来选本")与盐谷氏这篇讲演略加对照,就可以看出,1925年之前,鲁迅并未获悉盐谷氏所介绍的有关资料,就已经"独立"研究,得出了某些与盐谷氏一致的结论。例如,关于宋话本《京本通俗小说》与"三言"的渊源关系,盐谷氏在讲演中,以所见《舶载书目》中"天启甲子(四年)豫章无碍居士"题本《警世通言》目录及内阁文库藏天启丁卯(七年)可一居士题本《醒世恒言》,与《京本通俗小说》相较,考出前者采自后者之八篇,论定"三言""实为搜集远自

宋元人之旧作近至明末盛行之新作也。"①鲁迅则根据当时他所能见到的王士禛《香祖笔记》中关于《通言》的考证资料和可一居士题本《醒世恒言》，指出《通言》中《拗相公》一篇、《恒言》中《十五贯戏言成巧祸》一篇，皆出自《京本通俗小说》，从而论定《通言》"盖兼采故书，不尽为拟作"，而《恒言》"亦兼存旧作，为例盖同于《通言》。"②他并且通过分析《恒言》内容，指出其取材于晋唐之前者多"失生气"而"宋事十一篇"却"颇生动"，由此进而论定《恒言》"或尚有采自宋人话本者"③，同样阐明了《京本通俗小说》与"三言"的渊源关系。鲁迅1925年前对这一问题的研究，在方法和论点上，既与盐谷温1926年的讲演有"异曲同工"之处，又有其独到之点，从中不难看出他在中国小说史研究方面的深厚功力、独特见解及其在国际学术界的重要地位。对此，当时的盐谷温作为一个研究中国文学的日本学者，是完全承认并加尊重的。

另一方面还要看到，在社会科学（包括所谓汉学）领域，和在自然科学领域一样，国外学者所达到的许多成就，也是人类共同的精神财富。这里同样没有"国界"之分；同样应该通过国际学术交流，互相补充、互相促进，以求有关学科的进一步的发展。鲁迅本着"拿来主义"的恢宏气魄和谦虚谨慎的科学态度，在中国小说史的研究方面，也一贯重视学习、借鉴、吸取国外学者的成就和长处。1930年改订《中国小说史略》时，他在"题记"中对于盐谷温"发见"、"考索"三言"的学术成果，作了充分的肯定。并且为此特地修改了《史略》的第二十一篇，吸收了盐谷温关于

---

① 《孔德月刊》第一期（1926年10月）第20页。着重号为笔者所加，下同。
② 见《中国小说史略》1925年北新书局版。
③ 同上。

《古今小说》与《喻世明言》渊源关系的考证及其所列《宋明通俗小说流传表》等研究成果。修订本《史略》考证冯梦龙的生平、著述时,在原有关于冯梦龙增补《平妖传》的资料之外,转引了盐谷氏所提及《古今小说》绿天馆主人序文的有关资料;又进一步指出:绿天馆主人所说的"茂苑野史",也就是增补《平妖传》的"龙子犹"即冯犹龙,即冯梦龙。这是鲁迅在吸取盐谷氏学术成果的基础之上所作出的新贡献。(本文前引《关于小说目录两件》的案语,实际上就涉及了这一点,但因鲁迅手头没有盐谷温的讲演稿,所以"无从详案"。这同时也说明了《史略》改订本为什么引用盐谷氏《明之小说"三言"》一文,而未提及其讲演稿的原因。)1931年9月16日,鲁迅"以《中国小说史略》改订本分寄……盐谷节山教授三本。"[①]其中大概也包含着将其新发现贡献给日本学术界的"微意"吧!正如引进并发展国外的自然科学成果决然扣不上"爬行主义"的帽子一样,在社会科学领域有鉴别地吸取、发展国外学术界的成就,与"抄袭"、"剽窃"或"今人"所说的"投降主义",也是根本扯不到一起去的。从这个角度说,现代文学史上这件"旧案"的镜子,就不只是照见了陈源之流的"谎狗"面目,而且也照出以"四人帮"为代表的那伙"屠头"的嘴脸了!

1978.12

---

① 《鲁迅日记》,人民文学出版社1976年版,第751页。

鲁迅和《吕超静墓志》

在1969年《南齐刘岱墓志》石出土之前,《吕超静墓志》石是存世的唯一南齐墓志石;而鲁迅1918年6月所撰《〈吕超墓志铭〉跋》①,则是考证《吕超静墓志》的一篇权威文献。全文贯穿着科学的方法,严密的论证,早已成为给《吕超静墓志》断代的定论。本文着重介绍一些有关的史料,以供进一步研究鲁迅这篇跋文的参考。

《吕超静墓志》石的出土、流传经过

丁巳年(1917)阴历五月,绍兴一位名叫陈国贤的金石爱好者,在该县兰亭附近灰灶头村,发现一块被人当作铺路石的古碑,据说是两年前烧石灰的工人掘出的,同时出土的还有瓦罂、铜镜各一枚。他花了五元大洋,将此碑买回,洗去沙土,看出是块墓志石,上面有一百多个尚可辨识的文字。次年四月十二日,绍兴《越铎日报》第三版"越州要闻"栏,刊出一则题为《灰灶头地方发现隋朝残碑》的消息(按顾燮光在所著《梦碧簃石言》中曾引

---

① 收入人民文学出版社1958年版《鲁迅全集》第七卷。

述这则消息并录刊范寿铭为此墓志所撰跋文,但他和范寿铭一样,都把报纸的日期误写为"十一日";这是因为那天《越铎日报》第三版背面的第八版错印了日期,而顾、范二人都未发现)。这则消息仅说"绍属谢家桥相近灰灶头地方发现隋朝残缺不完之墓志",而未具体说明发现时间。顾燮光在《梦碧簃石言》中又据张拯亢所撰跋文,称发现时间为"丙辰(按即1916年,亦即民国五年)十一月",这是可信的,因为张拯亢是陈国贤的妹夫,当较了解详情。鲁迅跋文称"于民国六年(按即1917年丁巳)出山阴兰上乡",则未确。

关于墓志石的发现地点,说法更不一样。《越铎日报》称"谢家桥";张拯亢、顾燮光、范寿铭均作"螭阳谢坞";而鲁迅跋文则称"兰上乡"。按谢家桥和谢坞虽然同属一区(当时为第六区,今为漓渚区),但并非同地异名。谢家桥在谢坞东南约六公里,靠近诸暨县,当时属朱华乡,今属兰亭公社;谢坞则靠近阮港(鲁迅家族的祖坟即在此地),当时与螭阳村等同属集庆乡,今属解放公社。经了解,墓志石的具体出土地点"灰灶头地方"包括两个自然村(上、下灰灶),村人主要以烧制石灰为生。这两个村子位于谢坞和谢家桥之间,距谢坞较近(约两公里),而离谢家桥较远(约三公里)。上述关于发现地点的歧说,大约出之于对"灰灶头"所属行政区划的不同理解。鲁迅所说的"兰上乡",则是比较笼统的提法。查《绍兴县志资料》,清末民初该县所属乡镇,并没有以"兰上"为名的;但《嘉庆山阴志》引《一统志》、《水经注》云:"兰渚山在山阴县西南二十七里,即《越绝书》勾践种兰渚田及晋王羲之修禊处。宋祥兴元年会稽唐珏等以玉函葬宋陵骨于此。有兰上里。"可见"兰上"是兰亭(包括"冬青冢"所在地区)一带的古称,而"灰灶头"恰恰距兰亭最近。诸说之异,其实不过是对"灰灶头"这个具体地点的不同说法,并无根本分歧。

据笔者了解,墓志石为开灰石工掘出后,先未引起重视,被放在娄家坞村"拦水缺"(张拯亢跋文则云"铺石路中")。陈国贤发现、收购此石之后,其姊丈张拯亢首先为之作跋,断为"隋炀帝大业五年"物。《越铎日报》发表消息,当在此之后。不久,陈国贤的长兄国惠就赠给鲁迅一枚拓本;次年,越中金石拓本收藏家徐㫋孙又赠以较精的拓本一枚,鲁迅得以校写释文,并撰成《〈吕超墓志铭〉跋》。己未(1919年)春日,顾燮光"以重值向陈氏购得"此石,后来虽有"以此石归范氏(按指范寿铭家属)收藏"①之说,其实大概并未实行,而一直由顾氏珍藏于杭州。1951年,浙江省文管会从顾燮光的兄弟顾遹光处征得此石,1962年后由浙江博物馆收藏,笔者就是在该馆库房见到此石的。

罗振玉《石交录》论及此志时说:"郡人范君寿铭考为南齐物,甚是。惟吕君名'超静':'超'下'静'字可辨。而署之曰《吕超墓志》,则其疏也。"②这里关于墓主姓名的辨正,是符合实际的。鲁迅当时释墓主姓名为"吕超",是因为拓工有精粗之分,他所见到的拓本没有拓出"静"字,而又不可能亲审原石的缘故。《鲁迅日记》,1923年6月8日、1924年8月22日,先后有购"《吕超静墓志》"各一枚,后以其一赠人,另一本则自存的记载。可见后来他一直关心着对于此志的研究工作,并且是知道其新进展的。有的同志以此字被"土锈掩盖","初拓本"必然不清来解释这个问题③,并不一定符合事实,因为《越铎日报》刊载出土消息时所附释文,就是有这半个"静"字的。

鲁迅所撰《〈吕超墓志铭〉跋》,最初与他校写的墓志释文一

---

① 见《梦碧簃石言》乙丑三版卷二,《南齐〈吕超墓志〉》顾燮光按语。
② 《松贞老人遗稿》卷四。
③ 苏子愚:《鲁迅先生〈南齐吕超墓志跋〉与〈吕超静墓志〉》,《书法》1978年第二期。

同发表于1918年6月24、25日《北京大学日刊》第一七○、一七一号"文艺"栏。与墓志石同时出土的那面古镜,鲁迅定其名为"吴郡郑蔓镜",并亦为之撰有详尽、精审的跋文,已与墓志铭跋一同收入1981年版《鲁迅全集》第八卷,手迹则藏北京鲁迅博物馆。

与墓志的保藏、传布有关的几个人物

与《吕超静墓志》的保藏、传布有关系的几个人物,和鲁迅大多有过直接、间接的交往。这里就笔者调查所得,略作介绍。

鲁迅在跋文中说,首先赠他以墓志打本的,是"陈君古遗"。据知情者介绍,此人名国惠,字伯祥(又作伯翔),号天籁,笔名古遗,绍兴阮港陈家台门人,毕业于浙江两级师范学堂优级史地科,大约生于1874年,卒于1942年。鲁迅任山会初级师范学堂监督时,陈古遗曾在该校执教;1914年后,又于省立五中(即原绍兴府中学堂)任教,以该校师生为主创办的《燊社丛刊》第二期(1914年12月出版)所载社员名单上,就有"陈伯祥"的名字,系"名誉社员"。按《燊社规约》:"凡名人硕儒匡助本社进行,或愿助洋五元以上者,本社承认为名誉社员"①,这与陈古遗作为府中教员的身份是相符的。陈古遗还是与鲁迅有密切关系的"越社"的成员,1912年2月出版的《越社丛刊》第一辑中,就收有他所撰的《书王凝之〈奉天师道借鬼兵以御寇〉后》一文及《游金陵用菊绅韵》诗一组,皆署"山阴陈国惠伯翔"。当时常在《越铎日报》上发表文章的"古遗"②当亦即是此人。墓志石的第一个收藏者陈

---

① 见《燊社丛刊》第一期(1913年12月)"附录"。
② 如《越铎日报》1912年1月29日第一版《论罚不宜过则》、1914年1月31日第一版《七十六周年甲寅记》二文,皆为"古遗"所作。

国贤,字季才,是陈古遗的四弟,据说也是鲁迅的学生,曾任海宁陆军测量局测量员,后来行商,于三十余岁时去世。他的姊夫张拯亢,号松岛,绍兴漓渚人,擅长金石书画,曾在漓渚开设"养和堂"药店,兼营金石刻印,解放后任浙江省文史馆馆员,于1956年逝世。

墓志的主要收藏者和传布者顾燮光,字鼎梅,号襟癯,会稽人,生于1875年(清光绪元年乙亥),卒于1949年全国解放的前夕。顾燮光早年研习西学,力倡变法维新、富国强兵之说;中年以后潜心于金石博古之学,曾襄助范寿铭修《河朔古迹志》,是我国近代比较知名的金石家。范寿铭称"其学泛滥宏肆,博闻疆识,而必征诸实验"(《梦碧簃石言》范序),曾经"被裹粮"、"足茧手胼","扪葛剔藓",访碑于荒墟废刹,深菁断岩,足迹遍及关中江右。三十年代,顾燮光在上海开设科学仪器馆,为介绍、传布金石拓本和有关论著不惜工本;同时在上海艺专兼教金石学。抗战时期他定居杭州,杭州沦陷后更名"鼎眉",以示不与日本占领军合作之意,靠变卖书画碑帖为生。著有《河朔金石目》、《河朔新碑目》、《河朔访古新录》、《河朔金石待访目》、《河朔访古随笔》、《古志汇目》、《古志新目初编》、《梦碧簃石言》、《袁州石刻记》、《两浙金石别录》、《汉刘熊碑考》、《伊阙造象目录》、《石言》、《比干庙碑录》、《琬琰新录》、《书法源流论》、《非儒非侠斋文集》、《堪墨话》、《译书经眼录》、《襟带湖日记》等。顾燮光和范寿铭,都与鲁迅的好友许寿裳有亲戚关系,他的《梦碧簃石言》收录了鲁迅和范寿铭为《吕超静墓志》所撰的跋文,并且给以很高的评价,誉之曰"考证精审","足为越纽光"。

与鲁迅同时为墓志撰跋的范寿铭,是著名历史学家范文澜同志的叔父,字鼎卿,号循园,山阴人。顾燮光为之撰写的《事略》中说,"年十六以第一名入绍兴府学,光绪癸巳(按即1893

年)举本省乡试",而卒时"年仅五十有二"①,则大约生于1873年左右,卒于1925年左右②。范寿铭治群经训诂之学,"尤精篆分",曾任河北道尹、河南通志局长等职。著有《安阳金石目》、《元氏志录》、《循园金石文字跋尾》、《循园古冢遗文》等。他所撰写的《〈吕超墓志〉跋》,对墓志绝对时代的考证与鲁迅完全一致;所不同的是他还考定撰志者为刘玄明,并从书法流变史的角度,分析了墓志的价值;对于墓主族系的考证,则与鲁迅略有分歧。

以较精确的墓志拓本寄赠鲁迅的徐昂孙,字维则,山阴人,生卒年未详。他与北京大学校长蔡元培是光绪十五年(乙丑)的同科举人,当时在北大附属国史编纂处工作。徐昂孙治金石目录诸学,是越中金石墨本的著名收藏家。据罗振玉《台州金石录》序说,徐氏所藏,比《越中金石记》的作者杜春生要多出一倍。1916年秋,他又曾访碑于浙江建德、桐庐两县,得元明碑刻百余种。著有《东西学书录》、《石墨盒碎锦》等。徐昂孙是传布、绍介《吕超静墓志》拓本的一个重要人物,顾燮光、范寿铭首次见到该志拓本,都得之于他的介绍。

《鲁迅日记》中,对于和上述三人的交往,皆有记载。

鲁迅的释文及其考证

为了深入研究鲁迅的跋文,不仅有必要核对墓志的拓本,而且有必要核对关于拓本的不同释文。因为此志文字漫漶,拓工精粗有别,所以不同的研究者的辨释也不完全相同,这里存在一个谁的释文更为"存真"的问题。

比较常见的,是《梦碧簃石言》所收范寿铭的释文,许寿裳

---

① 见《绍兴县志资料第一辑》第十六册。
② 按范寿铭的确切生卒年为1870—1921。

《亡友鲁迅印象记》所引与范释基本相近。上述二书，都把这种释文作为鲁迅跋文的附件；但是细加比较，就会发现它与鲁迅的跋文有两处格迕：一、鲁迅跋文："故此己巳者当为永明七年，而五月廿五为卒日。"而范释第七行相应文字却是"岁在己巳夏五月廿三日"；二、鲁迅跋文："永明十一年十月戊寅、十二月丁丑朔，则十一月为戊申朔，丙寅为十九日，其葬日也。"而范释第八行相应文字作"丙□"，并无"寅"字（虽然范跋对此有所说明）。如以范释为据，将会导致鲁迅对墓主葬日的考证不够严密的误解，因为该年十一月除十九日为"丙寅"外，尚有九日"丙辰"，廿九日"丙子"。释文若是"丙□"，稍有历史常识的人都不会武断为"丙寅"十九日的。因此，必须了解鲁迅释文的全貌，兹引录如下（墓志拓本则见第81页）：

```
□□□□□□□□□故□
□□□□□□□東龍□
□□□□□□□平驤墓
□□嘉藹□□□人將誌
□□藹金□□□也軍
夕蕙其如清石同一歲□起因冑陼
悄□□猷□□年在風令官興郡
鬆□眷應白誌中冬己猷譽即自王
□言我雲風軍十巳日早邦姜國
□□□□烈將一夏新宜今奄中
□□□□岫者軍月五而故居有軍
□□□□素云劉丙月脩孝會營呂
□□□□□□□寅廿封弟稽業府
□□□□□□□五有出山飛君
□□□□□□□陰芳諱
□□□□□□□□□超
□□□□□□□□□□
□□□□□□□□□□
□□□□□□□□□□
```

关于墓志的时代,《越铎日报》称"隋朝",根据的是陈国贤姊夫张拯亢的考证。张在所撰跋文中,据志有"隋"字,又有"己巳"这一干支,遂定其为"隋炀帝大业五年"物。鲁迅否定了这一结论。他引据多种史传、典籍,以史志互证的方法,结合文字学的考证,指出:志中"隋"字系郡名而非朝代名;此字亦即"隋"字,皆为"随"的简笔,早在南北朝之前即已通行,从而推翻了前人所谓"隋文帝恶'随'从'辵'改'隋'"的说法。随地(今湖北随县一带)立国始于晋,改郡为县始于隋,既称"隋郡王国",则此志自当是隋朝以前刻石。隋以前,南朝封王于随者,惟宋齐有之,二朝纪年各一见"己巳"。而刘宋两封随郡王,皆在"己巳"(元嘉二十六年)之后,惟南齐武帝永明四年(486)封萧子隆为随郡王,在"己巳"(永明七年)之前,与志相合。"子隆尝守会稽,则其封国之中军,因官而居山阴,正事理所有。"因此,志中的"己巳"当是齐永明七年(489),为墓主卒年,"□一年"为永明十一年(493),系墓主葬年,亦即此志的绝对年代。鲁迅又据墓志文中所载墓主籍贯"东平",参证《南齐书·州郡志》关于永明七年因光禄大夫吕安国启立东平郡于北兖州的记载,推定墓主当与安国为同族。

鲁迅的考证严密、精审,它的意义,首先在于揭示了《吕超静墓志》的真正历史价值。志墓之风,始于东汉,历魏晋南北朝,至隋唐而著为典礼。北朝及隋唐以后的志石颇为多见,南朝志石则出土极少,作为研究史学的实物材料,后者的价值远远超过前者。中国文字的发展史上,南北朝正是隶书向楷书的过渡时期;唯其稀有,所以南朝志石在文字学上的价值,也远在隋唐之上。康有为《广艺舟双楫·宝南》说:"夫晋宋风流,斯文将坠,欲求雅迹,惟有遗碑;然而南碑又极难得,其有流传,最可宝贵。"又说,南碑"只字片石,皆世稀有。现流传绝少,又书皆神妙,较之魏碑,尚觉高逸过之,况隋唐以下乎!"马衡《凡将斋金石丛稿》说,

图15 《吕超静墓志》拓本

南朝志石,"所存者,惟近出之宋《刘怀民墓志》、齐《吕超静墓志》、梁《程虔墓志》三石而已。"而在1969年《南齐刘岱墓志》出土之前,《吕超静墓志》是存世的唯一南齐墓志,历史价值之珍贵,自非隋代刻石所可相比,鲁迅(和范寿铭)在考定其绝对年份方面所做贡献之重大,亦可想而知。

鲁迅的考证,不仅显示了他的学识深厚、渊博,思想方法科学、邃密,而且反映了他重视"验实",事无巨细一律认真的态度。

顾燮光《梦碧簃石言》并收鲁迅和范寿铭为《吕志》所撰跋文。而将鲁迅的释文与范释细加比较,除第七、第八行相应文字分别为"廿五"和"丙寅"外,主要还有四点区别:

一、行款不同。范释行十九字;鲁迅释文行二十字。

二、墓志标题字数不同。范释四字;鲁迅释文六字。

三、第十一至第十五行文字的相对位置不同:范释第十一行"清"字、十二行"知"字(鲁迅释为"如")、十三行"其"字、十五行"夕"字(第十四行范释无字),与第十行"金"字并列,比鲁迅释文提高一格。

四、志文与铭辞衔接处(即第十、十一两行)的款式不同。范释铭辞不提行;鲁迅的释文提行。

这样,就发生了究竟谁的释文更为"存真"的问题。核对原石及其精拓本,参证有关资料,可以肯定:虽然范寿铭辨识的文字比鲁迅稍多,但是鲁迅的释文却比范释更为准确,更能存真。

关于标题的字数。前面说过,金石界后来已经确认墓主姓名应为"吕超静"。鲁迅当时所见拓本"静"字残划不能辨识,因而,他和范寿铭一样,定墓主姓名为"吕超",但他在考释墓志标题时,并不凭自己的这一主观判断去确定字数,而是以拓本的客观实际为依据,如实地认定"墓志"二字之上当泐三字。这与后来关于墓主名字的新释完全相符。又志文标题称"墓志铭",是为定制,所以鲁迅定"墓志"二字之下泐一字,亦合于惯例。范释的标题则既与实际相违又与定式不合。

笔者曾将几种释文(包括许寿裳《亡友鲁迅印象记》中的一种)与浙江省博物馆所藏原石及一些拓本作过核对,原石及拓本上第十一至十五行的"清"、"如"、"其"、"蕙"、"夕"五字,显然与第十行的"石"字并列(拓本后几行文字不清,可以不论),可知鲁迅释文上述各行文字的位置与原石相合,而范释有所失真。

虽然墓志之式初无定制,但是墓志铭辞提行,南北朝以来已成惯例。同为南齐刻石的《刘岱墓志》(藏江苏省镇江市博物馆)铭辞即提行;南朝宋《刘怀民墓志》铭辞在前,而志文亦提行;《寰宇贞石图》所收隋代以前墓志三十三种,铭辞提行者至少有二十五种。因而鲁迅释文这方面的款式当较可靠。范释因未辨"者"字下的"云"字,无从判别志文的结尾,所以造成款式的不明确。

《吕超静墓志》石发现的当时,就没有一行是文字完全的,这给行款的准确计算带来相当困难。然而,比较两种释文可以看出:鲁迅释文因为确定了标题上泐三字,又据标题顶格的定制推算正文行款,所以每行比范释多一字,自当更加符合实际。此外,通过推算可知,按鲁迅所定行款,墓志上下边宽度大致相等;若按范释,则上边宽度约为下边的两倍,而这也是与惯例及原石状貌相违的。

正因为鲁迅审视、校写拓本一丝不苟,严格忠实于原石(拓本)的客观实际;又因为他运用丰富的金石学知识,辨明了某些泐失严重之处的款式原状,所以不仅他所撰写的《〈吕超墓志铭〉跋》成为公认的权威性文献,而且他据以撰跋的释文,也成为现有的一种最为准确、可靠的释文。也许有人以为校写拓本是件"小事",无须张扬。然而,有道是:"大者小之殷也,小者大之精也";"援一技而入微者,无往而不进于道也。"①联系鲁迅所撰其他金石序跋以及他在整理古代文化遗产等方面所表现的科学的观点、方法和严谨的治学态度来考察,这种"小事",难道真的"小"吗?!

1979.3/1980.12

按:关于《〈吕超墓志铭〉跋》的文稿,我写过两篇,一发表于1979年,一发表于1981年,互有重复,也有差异。现以前者为基础,插入后者之差异内容,合为一篇,文题亦循前者。

2017.3 附记

---

① 康有为《广艺舟双楫》。

《为北京女师大学生拟呈教育部文》（二）的写作时间

鲁迅为女师大学生拟呈教育部请撤换校长杨荫榆文二件，现据手迹编入新版《鲁迅全集》第八卷《集外集拾遗补编》。《呈文》（一）的写作时间，已经钱超尘同志考定为1925年5月11日①；呈文（二）的具体写作时间未详。

吴奔星先生在所撰《鲁迅和"女师大风潮"》一文中说："鲁迅以实际行动支援了女师大学生的斗争，他从五月十二日起，十天之内，两次替女师大学生代拟给教育部的呈文。"②把呈文（二）写作时间的下限定在5月12日后十天，即5月22日。笔者曾写信给吴先生，请教此说的根据，他复信说："系一九七三年访问黎锦熙先生，据其回忆所定。黎老说，这两次呈文，均在'七教授宣言'之前。对照第二次呈文所说的'致函学生家长，屡以品性为

---

① 见《文学评论丛刊》1978年第一辑《〈驱杨运动特刊〉》上发表的鲁迅代拟的"呈文"》一文。

② 见山东师院聊城分院所编《鲁迅在北京（一）》第104、105页，1977年10月出版。着重号为笔者所加，下同。

言'看,应该说是确切的"。又指出:"'五月十二日'系据第二次呈文所说的(第一次呈文的)发出日期,恐非写作日期。"

我们为此查阅了一部分有关的报刊,发现"致函学生家长,屡以品性为言"一事,初见于1925年5月11日北京《晨报》的报道,似不能作为确定《呈文》(二)写作时间的可靠根据。而同报同年同月22日第六版刊有题为《女师大教职员会议,昨晚在太平湖举行》的消息;次日同版又有《女师大风潮与教员:学生请教员维持校务,开会无结果》的消息。据后一则消息报道,5月21日晚,杨荫榆在太平湖会议上提出两条主张:一、请警方迫令被革除的六名学生自治会职员出校;二、提前放假。由于部分与会教员反对第一条,不赞成第二条,所以无结果。呈文(二)中说"先谋提前放假,又图停课考试,术既不售,乃愈设盛筵,多召党类,密画毁校之策,冀复失位之仇",其中显然包括这次太平湖会议;"又图停课考试"云云,则是会后杨氏继续进行的活动。据此,5月22日应是呈文(二)写作时间的可以确定的上限,而不是下限。

还有一个情况值得注意:1925年6月3日女师大学生自治会出版的《驱杨运动特刊》,发表了呈文(一)而无呈文(二);同刊又载有"七教授宣言",它最初见《京》、《晨》二报的时间是5月27日;还载有《黎锦熙致杨荫榆的信》,末署"五月三十一日"。这说明,《特刊》编者得到"七教授宣言"和黎先生这封信的时候,还没有见到鲁迅手拟的呈文(二);否则,只载其一而不载其二就不合情理了。据此,则呈文(二)的写作时间,又当推后到5月末、6月初之间了。这一推论是否正确,有待发现新的材料来加以检验。

杨荫榆在苏州的情况

陈漱渝同志在所著《鲁迅史实新探》(湖南人民出版社1980年出版)一书中,引录屈疆(伯刚)所撰《记无锡杨荫榆女士死事状》,介绍了杨荫榆在苏州被日军枪杀的情况。按侵华日军占领苏州是1937年11月,屈疆自述初闻杨氏死讯的时间是"戊寅岁晚"即1938年末或1939年初。据此可以推定杨荫榆死于1938年。关于杨氏之死,当地还流传着一些别的说法,细节与屈氏之文略有出入,但主要事实是基本一致的。

陈漱渝同志又引《文艺新闻》消息,说明杨荫榆曾在东吴大学执教,可惜的是《文新》报导语焉不详。现将笔者所见三十年代苏州报刊上有关杨氏情况的材料,作一综合介绍,以资补充。

1929年至1932年《东吴校刊·教职员一览表》上,都有杨荫榆的名字,所任课程为"日文兼教育学"。1930年《东吴年刊》则有报导杨氏任该校"教育学会顾问"的消息、照片,学衔为"教授"。1933年以后的《东吴校刊》,就不再见有她的名字了。

屈伯刚文中提及杨氏创办的"二乐"女校,全称"二乐女子学术研究社"。丙子(1936)七月九日《苏州明报》所刊该社招生广告称,共设"国学家政英文日文图画五科"和"补习科"一科。社址初设"盘门内瑞光塔南杨宅",1937年初改为"萧家巷志恒里",后又改"娄门内四新桥巷十一号耦园"。《苏州明报》1937年1月1日第六版刊有题为《女界名流组织学术团体,发起人有五十余人》的消息,同年1月15日第七版又有《二乐学术社准备招生,现正请求教厅备案》的消息,据报道,应杨荫榆之邀,列为二乐学术社发起人的"女界名流",包括江苏省高等法院院长林彪的夫人孙用谦,国民党驻军师长宋希濂的夫人,吴县县长邓翔海的夫人以及宋美龄的秘书钱用和等。

二乐学术社的办学宗旨,1937年1月16日《苏州明报》第八版上的招生广告是这样说的:

> (社址)萧家巷志恒里新式洋房一切卫生设备如自来水浴盆抽水马桶等及花园草皮全备……本社注重道德品性真才实学崇尚朴实来社学生务须本此意旨谨守社规认真用功特此预告

从上述资料可以看出,杨荫榆南下苏州以后,在创办二乐学术社的过程中,她所周旋、交往的仍是达官名媛;她的办学思想,与在女师大当"婆婆"时相差也不会太远。

《"生降死不降"》中的"革命党"

鲁迅在1921年5月5日所写的《"生降死不降"》(现收入《集外集拾遗补编》)中说:

> 大约十五年以前,我竟受了革命党的骗了。
> 他们说:非革命不可! 你看,汉族怎样的不愿意做奴隶……汉人死了入殓的时候,都将辫子盘在顶上,像明朝制度,这叫做"生降死不降"!

这里的"革命党"不仅是泛指。

1905年10月、11月出版的《民报》第一、二两期,连载过"精卫(汪兆铭)"所撰《民族的国民》一文,主要鼓吹民族主义,宣传推翻清朝统治的必要性。文中谈到清王朝企图用强令"剃发易服"的手段,迫使汉族"同化"时说:

> 一般国民屈于毒焰,不得自由,然风气所成,有男降女不降,生降死不降之说,女子之易服,犹曰非其所严禁,至于殡殓死者,以本族之衣冠,使不至于不瞑,而有以见先人于地下,其节弥苦,其情尤惨矣。……彼处心积虑,以谋同化我,其安能!其安能!

当时的汪精卫在"排满"问题上,态度偏激得"可爱",他不仅断言满人"同化"不了汉人,而且宣称,汉人一旦取得政权,"举彼贱胡,悉莫能逃我斧砧",要把满族斩尽杀绝,即有"芟薙所余",也必须令其"归化",否则就要让他们"与美洲之红夷(指印第安人——笔者)同归于尽"哩!

"革命成功"了,结果如何呢?鲁迅举出汪精卫说过那些话的十五年之后,社会上流行着这样一种古怪的风气:生前"食过民国的'禄'"的人,死后却要在讣文中称为"清封朝议大夫","清封恭人"。他们确乎还在坚持"生降死不降",只不过现在是"生降"民国、"死不降"民国,亦即"生不降"满清、"死降"满清罢了!一场吵吵闹闹而并不彻底的政治革命和思想革命,其结果必然这样成为对于革命自己的尖刻嘲讽。

"乱之上也,治之下也"

在1908年12月发表的《破恶声论》(现收入《集外集拾遗补编》)中,鲁迅批评某些浅薄的"志士",借口"破迷信"而禁止农民举行赛会的做法说:

> 况乎自慰之事,他人不当犯干,诗人朗咏以写心,虽暴

主不相犯也;舞人屈申以舒体,虽暴主不相犯也;农人之慰,而志士犯之,则志士之祸,烈于暴主远矣。乱之上也,治之下也。

南京师范学院中文系资料室编印的《鲁迅文言论文试译》中,将"乱之上也,治之下也"翻译为"制造妄说乱人信仰的是上等,采用禁止办法的要算下等了"①,恐怕失之穿凿。

这两句话,见诸《庄子·天下》:

> 墨翟禽滑釐之意则是,其行则非也。将使后世之墨者,必自苦以腓无胈胫无毛相进而已矣。乱之上也,治之下也。

郭象注:"乱莫大于逆物而伤性也。任众适性为上,今墨反之,故为下。"成玄英疏:"墨子之道,逆物伤性,故是治化之下术,荒乱之上首也。"所以,这两句的意思是:"这真是制造荒乱的最上等的方法,企求治化的最下等的方法呀!"

鲁迅文中用的就是原意。他认为,"朴素之民,厥心纯白,则劳作终岁,必求一扬其精神。故农则答大戬于天,自亦蒙庥而大酺,稍息心体,备更服劳。"农村的赛会,作为农民终年辛劳之余的一种文娱、体育活动,不能简单地斥为"迷信","逆物伤性"地横加禁止。中国闹到"墟社稷毁家庙"的地步,责任不在小民赛会,而在"无信仰之士人"嘴上唱着高调,行动上却专谋一己的私利。这些"志士""仁人"的所作所为,对于国家民族来说,不正是致乱的"上策"、致治的"下策"吗!

---

① 1967年10月出版,第233页。

刘轲《牛羊日历》

《〈唐宋传奇集〉稗边小缀》(以下简称《小缀》)八分,现皆收入新版《鲁迅全集》第十卷《古籍序跋集》。

《周秦行纪》,是唐代牛(僧孺)、李(德裕)党争中,李党假托牛僧孺之名所撰、借以诬牛的一篇人身攻击小说。鲁迅在《小缀》第四分论及此篇时,又谈到刘轲的《牛羊日历》:

> 论(按指李德裕的《周秦行纪论》——笔者)中所举刘轲,亦李德裕党。《日历》具称《牛羊日历》,牛羊,谓牛僧孺,杨虞卿也,甚毁此二人。书久佚,今有辑本,缪荃荪刻之《藕香零拾》中。又有皇甫松著《续牛羊日历》,亦久佚。《资治通鉴考异》(卷二十)引一则,于《周秦行纪》外,且痛诋其家世,……

按《藕香零拾》所刻,其实就是《资治通鉴考异》引录的《续牛羊日历》,其中确乎痛诋僧孺家世,但根本未涉及杨虞卿。关于这个问题,胡应麟在《少室山房笔丛》卷三十二《四部正讹》中说:

> 《牛羊日历》,诸家悉以为刘轲撰。其书记牛僧孺、杨虞卿等事,故以此命名。案轲本浮屠,中岁慕孟轲为人,遂长发,以文鸣一时。即纪载时事,命名讵应乃尔,必赞皇之党,且恶轲者为之也。案《通鉴注》引作皇甫松,松有恨僧孺见传,或当近之。

他对刘轲著《日历》之说提出了怀疑;但把《日历》、《续历》混为一谈,以为皆出皇甫松,似乎并未见到过真正的《牛羊日历》。

汪辟疆先生看出了《日历》与《续历》是两回事,他说:

> 刘轲《牛羊日历》一卷,《唐志》著录入小说家,下注"牛僧孺杨虞卿事檀栾子皇甫松序"。惟《资治通鉴考异》卷二十,引皇甫松《续牛羊日历》一则(即前录一条),与《唐志》异。或涑水因皇甫松曾序刘轲之书,而误称松续耶?今其书久佚,无从諟正,阙疑可也。①

他怀疑司马光《资治通鉴考异》所引,篇名、作者皆有误,但因未见《日历》其书,所以真相仍然不明。

其实,刘轲《牛羊日历》,不但实有其书,而且确有刻本流传至今,不过不是收在缪荃孙的《藕香零拾》中(缪荃孙也把《日历》和《续历》搞混了),而是见于宋人所撰《续谈助》(卷三)。全文一千六百余字,未著作者姓名,阙字三十六,基本可以通读。依"日历"格式,分为两大段。第一段开头是:"大和九年七月十一日甲辰,贬京兆尹杨虞卿为虔州司马。"接着就是痛诋杨虞卿、李宗闵的为人,记述牛僧孺仰仗杨承和而得相位的经过以及僧孺、虞卿、宗闵相互勾结之状。第二段开头是:"十四日丁巳,出司封郎中杨汉公为舒州刺史。"下述李愿欲进宠姬真珠于内庭,虞卿、汉公乃为僧孺谋而得之等事。文末有识语一则,云:

> 右钞大和九年秋季牛羊(一作杨)日历,其后有檀栾子皇甫松续记云:太牢作周秦行纪,呼德宗为沈婆儿,渭睿真皇后为沈婆,此乃无君甚矣。承和公私之事,必启太牢而后行。世传太牢父事承和,诸腶文(原文如此——笔者)父事

---

① 《唐人小说》,上海古籍出版社1978年新1版,第156页。

叔康,乃好事之说,过其实也。八日陈留崇宁监伯宇记。

由此可知《牛羊日历》的全称似为《大和九年秋季牛羊日历》;皇甫松《续历》,原来就附于《日历》之后;《续历》内容,除《通鉴考异》所引之外,应该还有论及杨承和、牛僧孺关系的文字。"伯宇",陆心源以为系宋人晁载之,字伯宇,曾官陈留尉,即《续谈助》的作者。

至于《牛羊日历》究竟是否刘轲所撰,那就有待专家考证了。

"清澜三尺,中洗明玉"

鲁迅在《小缀》第三分中介绍了陈鸿《长恨歌传》的三种版本:一见于《文苑英华》卷七九四;一出于《丽情集》及《京本大曲》(明人附刊于《文苑英华》);一在《太平广记》卷四八六中。他说:

> 《五色线》(下)引陈鸿《长恨传》云:"贵妃赐浴华清池,清澜三尺中洗明玉,既出水,力微不胜罗绮。"今三本中均无第二三语。惟《青琐高议》(七)中《赵飞燕别传》有云:"兰汤滟滟,昭仪坐其中,若三尺寒泉浸明玉。"宋秦醇之所作也。盖引者偶误,非此传逸文。

鲁迅认为"三本中均无"的"第二三语",据《小缀》的标点(按这段文字,从《唐宋传奇集》初版以来,都是这样标点的),当指"清澜三尺中洗明玉"和"既出水"二语。他并且认为《五色线》所引这段文字,源于宋人秦醇的《赵飞燕别传》,并非《长恨歌传》异文。

现将《长恨歌传》三种版本的相应段落比较如下:

……别疏汤泉,诏赐藻莹。既出水,体弱力微,若不胜罗绮。(《文苑英华》本)

……别疏汤泉,诏赐藻莹。既出水,体弱力微,若不胜罗绮。(《太平广记》本)

……明日诏浴华清池,清澜三尺,中洗明玉,莲开水上,鸾舞鉴中,既出水,娇多力微,不胜罗绮。(明版《文苑英华》所附《丽情集》及《京本大曲》本)

首先可以看出,《小缀》所录《五色线》引文的第三语即"既出水",为三本所共有;第二语即"清澜三尺中洗明玉",则见于第三种版本,而为前两种所无。所以,说"今三本中均无第二三语",与实际不符。

其次,既然三本都有"既出水"一语,则鲁迅误以为"三本均无"的"第二三语",只能是指前两种版本所无的"清澜三尺中洗明玉"。由此可知自《唐宋传奇集》初版以来,各版《小缀》都在"清澜三尺"之下遗漏了一个逗点。

汪辟疆先生在所著《唐人小说》(第121页)中,认为不是《五色线》误将秦醇《赵飞燕别传》的文字当成了陈鸿《长恨歌传》的文字,而是《赵飞燕别传》沿袭、依托了《丽情集》本《长恨歌传》,这一判断是合理的。

为什么说这个李公佐不是那个李公佐?

鲁迅在《小缀》第三分中认为:《古岳渎经》、《南柯太守传》、《庐江冯媪传》、《谢小娥传》等传奇文的作者李公佐,当即《全唐诗》末卷所收"李公佐仆诗"注中所说的"钟陵从事"李公佐;也就是《唐书·宣宗纪》中因覆案李绅诬奏吴湘致死案而受牵连、被削两任官的"扬府录事参军"李公佐。而"《新唐书》(七十)《宗室世系表》有千牛备身公佐,为河东节度使说子,灵盐朔方节度使公度弟,则别一人也。"

为什么说千牛备身公佐不可能是传奇作家公佐呢?鲁迅未作说明。我们可以作一点探讨。

照鲁迅的说法,那位传奇作家公佐,从《古岳渎经》中自述于贞元十三年(797年)泛潇湘苍梧,至宣宗大中二年(848年)被削官,就经历了五十一年,"盖生于代宗时,至宣宗时犹在,年几八十矣。"这位千牛备身公佐又是什么时代的人物呢?其父李说,有传见《唐书》(卷一四六),称贞元十一年正拜河东节度使,十六年(800年)卒于镇,终年六十一。有子五人,公度行二,公佐行四。吴廷燮《唐方镇年表考证》以为,公度镇朔方灵盐在懿宗咸通间(860—873)。可知两个李公佐大致是同时代人,也许还都长寿(至少千牛备身的二哥也长寿),这当然不能成为论定他们不是一人的根据;那么剩下来的根据就只有职官和经历的区别了。

《新唐书·百官志》:千牛备身掌执御刀,宿卫侍从,其主管为从二品的上将军,副主管是正三品或从三品的将军。可见千牛备身公佐是一位品级不低的武职宫廷侍卫,他的职务决定他不可能有浪游江淮,一去数十年的经历。至于鲁迅所说的传奇作家李公佐,有关记载所述职官为:钟陵从事(《全唐诗》注,按当引自杜光廷《神仙感遇传》卷三),江西从事,洪州判官(《谢小娥传》),江淮从事(《古岳渎经》),扬府录事参军(《唐书·宣宗纪》)。这些官职均属文职幕僚,都在江淮流域。所以,从仕历看,两公佐确实不可能是一个人。

然而上述结论的大前提是:传奇作家公佐所撰作品中自述的仕历都是事实,而非虚构。这个前提是需要证明的。目前只能从他的作品中写及的其他人物,来求得旁证。《古岳渎经》云:公佐于元和八年冬,自常州饯送给事中孟简至朱方(今江苏镇江),廉使薛苹馆待礼备,扶风马植、范阳卢简能、河东裴蘧同馆之;九年春,公佐访古东吴,从太守元锡登包山。按孟简本传见新、旧《唐书》,称元和中由谏议大夫出为常州刺史,元和八年就加金紫光禄大夫。《唐书·宣宗纪》:元和九年以给事中孟简为越州刺史。《新唐书·地理志》:武进有孟渎、无锡有泰伯渎,皆元和八年刺史孟简开。薛苹,两《唐书》亦有传。《唐书·宣宗纪》:元和五年八月,以浙东观察使薛苹为润州刺史、浙西观察使,朱方即其辖地。(人民文学出版社1977年版张友鹤选注本《唐宋传奇选》注文,称薛苹元和八年为湖南观察使,误。据《唐方镇年表》引《石君墓志》注,薛于元和三年正月,即已由湖南转浙东。)以上关于孟简、薛苹的史传记载,与《古岳渎经》所记皆合。至于卢简能、马植、元锡三人,亦皆有传略,见于两《唐书》,但于元和八年仕履,则无记载。所以,从《古岳渎经》所记人物仕历与史传基本相符来推论,作者自述的经历应该也是基本真实的。因而,鲁迅认为"杨府录事参军"公佐即"钟陵从事"公佐,亦即传奇作者公佐;而"千牛备身"公佐则别为一人,是有道理的。

又,《宋史·艺文志》史部传记类著录"李公佐《建中河朔记》六卷",列于沈既济、陆贽等人之间,作者显然也是唐人。建中(780—783)为德宗年号,则该书著作时代与《古岳渎经》等可能亦相符合。也许这个李公佐,就是那个传奇作家李公佐?待考。

1981.3

关于唐人小说《古镜记》作者王度的考证

鲁迅编选《唐宋传奇集》,《古镜记》列为首篇。他确认该篇作者为隋唐间人王度。

度,太原祁人,文中子通之弟,东皋子绩之兄,生于开皇初(约585),卒于武德中(约625)。其事迹之可藉《古镜记》本文考见者:大业七年五月,自御史罢归河东;六月,归长安。八年四月,在台;冬,兼著作郎,奉诏撰国史。九年秋,出兼芮城令;冬,以御史带芮城令,持节河北道,开仓赈给陕东,十年,弟勣自六合丞弃官归,复出游。十三年六月,勣归长安。(《中国小说史略·唐之传奇文(上)》及《〈唐宋传奇集〉稗边小缀》)

鲁迅的考证得到多数研究工作者的公认,并为许多学术论著所称引,然而,也存在一些相反的意见。本文想就这方面发表一点看法,并对王度及其家世试作探讨。

一

张长弓先生在所著《唐宋传奇作者暨其时代》一书中以为,"王度"当如《太平广记》据《异闻集》编入《古镜记》时所标,是"文中主角的名字"而非作者的名字;《古镜记》的写作时代"当在中唐以后"而非唐初。

鲁迅在《〈唐宋传奇集〉稗边小缀》中说:"《古镜记》见《太平广记》卷二百三十,改题《王度》,注云:出《异闻集》。《太平御览》(九百十二)引其程雄家婢一事,作隋王度《古镜记》,盖缘所记皆隋时事而误。"在作者和篇名的确定上,他取的是《太平御览》之说。同为宋人所辑类书,张长弓先生为何独以《广记》所标题名为是,而以《御览》所标为非呢? 主要根据之一,是《古镜记》中的人称。他说:

《古镜记》开笔是:"隋汾阴侯生,天下奇士也,王度常以师礼事之。临终赠度以古镜曰:'持此则百邪远人。'度受而宝之。"这显然是第三人称的笔法,……若说王度是作者,那应当是用第一人称来写,自称王度,便有不合。王度既以师礼事侯生,就不应该侯生长,侯生短,在第一段内四称侯生,这正是第三者叙述的口气。

这种立论,似经不起作品实际的检验。以唐人传奇为例,《古岳渎经》和《庐江冯媪传》皆为李公佐所作,这是张长弓先生自己确认无疑的。然而,这两篇传奇,恰恰都是作者以第三人称自述的。最有代表性的是《古岳渎经》:

> 贞元丁丑岁,陇西李公佐泛潇湘、苍梧。偶遇征南从事弘农杨衡,……杨告公佐云:……公佐至元和八年冬,自常州饯送给事中孟简至朱方,……公佐复说前事,如杨所言。至九年春,公佐访古东吴,……石穴间得古《岳渎经》第八卷,……公佐与焦君共详读之:……

不到八百字的文章中,"李公佐"、"公佐"之称凡六见焉;而张先生不采《太平广记》所注,定该篇为出自韦绚《戎幕闲谈》,且据篇中内容论定作者李公佐为贞元、元和间人。这是很正确的，说明他对于唐传奇文中作者以第三人称自述的写法是认可的。因此，在这个问题上独"是李"而"非王"，逻辑上未免自相矛盾。其实，作者以第三人称出现于作品的写法，并非始于唐代，亦并不仅见于传奇文。司马迁《史记·太史公自序》云："太史公……有子曰迁。迁生龙门，耕牧河山之阳……"；韩愈《进学解》以"国子先生"自称等等，都是常见的例子。可见，据《古镜记》的第三人称笔法以否定其作者为王度，是缺乏说服力的。既然作者可用第三人称自述，则文中对其师长直书其名也就不足为怪了。在极注重纲常名教的宋代，邵博于所著《闻见后录》叙其"大父"事迹时，尚且可以直称"康节"长、"康节"短，何况礼教统治并不那么严密的唐代，又何况纯文艺作品的传奇文呢！

张长弓先生又将《王度古镜记》的某些情节，与《太平广记》所录《苏威》①、《李守泰》②、《渔人》③、《陴湖渔者》④四则加以比较，认为《王度古镜记》中关于镜随日月蚀而昏及在匣中作巨声的灵异，与《苏威》雷同；关于古镜形制的描写，与《李守泰》雷同；述古镜可照见腑脏，与《渔人》雷同；记胡僧知镜，与《陴湖渔者》雷同。于是得出结论："《王度古镜记》无非编缀许多关于古镜灵异的记载，其制作时代不应早于《原化记》、《异闻录》等书以前。还有一点，在《王度古镜记》中追叙古镜的来历，称是苏绰家中的珍藏。这苏绰正是苏威的父亲（见《隋书》），亦是值得玩味的事。"

张先生这里说的，主要是《王度古镜记》的制作时代：王度若

---

① 见卷二三〇，注出《传奇》，又见《隋唐嘉话》。
② 见卷二三一，注出《异闻录》。
③ 见卷二三一，注出《原化记》。
④ 见卷二三二，失出处。

如鲁迅所考,为隋末唐初人,则由此也就否定了度撰《古镜记》的可能性。然而,张先生的这条推论,又是难以服人的。第一,《异闻录》等的成书时间,并不等于其中所录异闻的产生时间。《传记》为玄宗时刘悚所撰,而苏威为隋时人,关于苏威所藏镜的传说,自当产生于隋末而非创自刘悚。这一传说与王度《古镜记》确实很可能有渊源关系,却并不能证明后者的写作时代必在中唐以后。第二,《原化记》、《异闻录》的撰人、时代未见定论。后者很可能就是《异闻集》(《广记》卷首所列引用书目中,既无《异闻集》亦无《异闻录》,仅见《异闻记》,当即《异闻集》)。如果这一推断属实,则成书时间当在唐末(《新唐书·艺文志》:"陈翰《异闻集》十卷",注:"唐末屯田员外郎")。即使《原化记》、《异闻录》成于中唐,《陴湖渔者》却明写所述为"天祐中"事。天祐系唐哀帝年号(904—906),则这一故事的产生及入书(按明钞本《广记》注此条出《玉堂闲话》)时间,只能是唐朝末年或五代。因此,说王度《古镜记》"制作时代不应早于《原化记》、《异闻录》等书以前",实际是说它写于唐末或五代。这与张长弓先生认为该篇产生于"中唐以后"的总论点,是难以自圆其说的。第三,仅仅依据王度《古镜记》与《李守泰》等条的某些相近之处,就论定前者源自后者,也未免过于武断。唐以前的六朝志怪以至更早的子部书籍中,就不乏镜异之说。如葛洪《西京杂记》:"高祖入咸阳宫,有方镜,广四尺九寸,表里有明,人来照之则倒见。以手掩心来,即肠胃五脏,历然无碍。"[1]王度《古镜记》中胡僧云"更作法试,应照见腑脏",与之有相同之处。又《淮南子·脩务训》:"明镜之始下型,朦然未见形容,及其挖以玄锡,摩以白旃,则须眉微毛,可得而察。"(据王念孙《读书杂志》订)王度《古镜记》中胡僧所述磨

---

[1] 见《初学记》卷二十五引。

镜方法，亦与之相似。至于驱妖显形等异闻，皆可从葛洪《抱朴子》、旧题陶潜所撰《续搜神记》等书寻见痕迹。为了证明"产生于中唐之后"的论点，只举《原化记》等书而不考察隋唐以前的镜异传闻，这种方法似不可取，其结论的可靠性自然也成问题。汪辟疆先生编《唐人小说》，引录刘悚《隋唐嘉话》所载苏威古镜事后说："是《嘉话》云云，必向来有此传说，且亦出于苏家也。观于此，则王度此篇之纪镜异，实有所本；抑或有意综合六朝以来言镜异之说，以恢宏其文；而又纬以作者家世仕履，颠倒眩惑，使后人读之，疑若可信也。"他对于该篇渊源的分析，是比较合乎情理的。又说，王度《古镜记》"上承六朝之余风，下开有唐藻丽之新体。洵唐人小说之开山也。"与鲁迅认为"王度《古镜》，犹有六朝余风，而大增华艳"[①]，所见相同。证之该篇的思想内容和结构形式，这一论断也是合乎实际的。

鲁迅断定《古镜记》为王度在唐时所作的重要根据之一，是顾况的《戴氏广异记序》。顾序云："国朝燕《梁四公记》，唐临《冥报记》，王度《古镜记》，孔慎言《神怪志》，赵自勤《定命录》，至如李庾成张孝举之徒，互相传说。"[②]顾况生于唐玄宗开元间，卒于宪宗元和初，既以诗名，又工古文，且能绘画，是一位知识渊博、兴趣广泛的文学家。所撰《戴氏广异记序》，列述先秦至唐历代小说曼衍源流，为本朝传奇作品立言，说明他对于传奇这一新文体是相当熟悉，甚为重视的。因此，这一条史料的价值，非同一般。张长弓先生文中对此却未加正面辨证，仅在注文中说："顾况《戴氏广异记》序……似以王度为撰者名。然既称国朝，复置于唐临之后，唐临系唐初人，燕公当系燕国公，时代在唐临以后，

---

① 《唐宋传奇集·序例》。
② 《文苑英华》卷七三七。

原文定有颠乱。否则顾况前,唐代另有一王度。"这条注文十分含糊,但未能否定唐代当有《古镜记》的"撰者"王度,本身已经动摇了张先生自己的论点;而且,顾况既是中唐时人,王度《古镜记》确又为所引述,岂不恰恰坐实了这篇传奇只能产生于中唐之前?至于张先生又引晁公武《郡斋读书志》有《古镜记》一卷,著为"未详撰人",当作《王度古镜记》撰人佚名的证据,汪辟疆先生对此亦曾加辨正:"旧钞衢本,镜本作今。其云古今故事者,盖以古为镜之义。晁氏故取之以入类书。自当别为一书,不能据后人误改而强为牵合也。"

二

《古镜记》中写及的王勣,对于鲁迅考定作者身份、家世,是一个关键性的人物。《〈唐宋传奇集〉稗边小缀》中说:

> 由隋入唐者有王绩,绛州龙门人,《新唐书》(一九六)《隐逸传》云:"大业中,举孝悌廉洁,……不乐在朝,求为六合丞。以嗜酒不任事,时天下亦乱,因劾,遂解去。叹曰:'罗网在天,吾且安之!'乃还乡里。……初,兄凝为隋著作郎,撰《隋书》未成死。绩续餘功,亦不能成。"则《新唐书》之绩及凝,即此文之勣及度,或度一名凝,或《唐书》字误,未能详也。《唐书》(一九二)亦有绩传,云:"贞观十八年卒。"时度已先殁,然不知在何年。

张长弓先生对此亦持异议,他说:

> 至于王度系王绩之兄的问题,亦无深究的必要。检《新唐书·隐逸传》,只见王绩而非王勣,绩有兄凝,而不名度。

虽然王勣弃六合丞还归乡里事,与《古镜记》吻合,这或者是传奇家掠取王氏的一二事迹,写出道家心中要写的故事吧。王度本是传奇中的人物,何必要拉在历史上讲。《古镜记》一直写到大业十三年七月十五日,其实大业只有十二年,这也是后代传奇家纵笔写出的,无须辨证。

戴望舒先生也有相似的看法,他说:

> 按《唐诗纪事》卷四:"绩字无功,绛州人。兄通,大儒也。绩诞纵,与李播、吕才善。大业末,仕为六合丞,嗜酒不任事,因解去,居河渚间,与仲长子光友,以周易、老子置床头,他书罕读也。著《五斗先生传》、《醉乡记》、《无心子传》。预知终日,自志其墓,号东皋子。"
> 又按王勣系另一人,见《唐诗纪事》卷五,云:"勣,武德、贞观间人,有集五卷。"①

张长弓先生以为"传奇中人物"则不必"拉在历史上讲",这个问题不能一概而论。鲁迅在《〈唐宋传奇集〉稗边小缀》中说"宋人作传奇,始回避时事",而唐人传奇叙写时事者则颇多。如《柳氏传》所记韩翊事迹,与历史上的韩翃基本相合,不仅应该"拉在历史上讲",而且可以与史实的记载相互参证。即使谈神说怪、设为幻笔的篇章,其中有些人物、事迹也往往能够找到史实的依据。如李公佐《古岳渎经》的无支祁故事虽出传说,《岳渎经》亦属杜撰,但是文中写及的孟简、薛苹、马植、卢简能、元锡等人物,却都是历史上实有的真人;所述这些人物的仕历,每每亦

---

① 《小说戏曲论集》第54页。

与纪传所载相合。将此与史实加以互证,对于研究作者李公佐的身世,无疑是很有价值的。即如王度《古镜记》所写的"大业十三年",也不见得就"无须辨证"。大业虽然"只有十二年",但隋恭帝即位并改元义宁,是在第十三年的十一月,因而义宁元年亦即大业十三年,岂可用"后代传奇家纵笔写出"一语否定这一纪年的真实性呢!何况王度、王勣都是作品中的主人公,即使与作者无关,亦非可有可无的小角色;如果能够"拉在历史上"来讲一下,显然是有意义的。

戴望舒先生引举的《唐诗纪事》,所载关于"王勣"材料,可概括为三条:(1)"武德、贞观间人";(2)"有集五卷";(3)有《咏妓诗》云:妖姬饰净妆,窈窕出兰房。日照当轩影,风吹满路香。早时歌扇薄,今日舞衫长。不应令曲误,持此试周郎。"(戴先生未引此条)按王绩就是武德、贞观间人,因而单凭《唐诗纪事》所述时代,不能证明"勣"之非"绩"。查《旧唐书·经籍志》、《新唐书·艺文志》,皆著录"《王绩集》五卷",未见所谓《王勣集》。而所谓"王勣"的《咏妓诗》,恰恰见收于王绩《东皋子集》(又称《王无功集》)卷中。宋代陈振孙云:"《东皋子集》,唐太乐丞太原王绩无功撰,文中子王通仲淹之弟也。……其友吕才鸠访遗文,编成五卷,为之序。"(《直斋书录解题》)清代孙星衍云:"《王无功集》三卷,吴门余萧客影钞宋椠本。前有吕才序,称五卷。疑非唐时编次本。唐陆淳有《删东皋子集序》,此或其所删欤?卷中有摘句,引宋人所撰书,疑为宋人订定。"《四库提要》疑吕、陆二序皆在"真伪之间",余嘉锡曾在《四库提要辨证》中驳之,云:两序均收姚铉《唐文粹》卷九十三,"铉为北宋初人,去唐未远,其书精博可据。两序既为所取,必非伪作,可断言也。"是则今本《东皋子集》卷数虽与唐时不合,然所收篇目仍当出于王绩友人所定,《咏妓诗》为绩所作当无问题。《玉篇》:勣,通绩;是知勣、绩实为一人,唐人及订定《东皋子集》的宋人,并未分之为二。(南宋吴曾《能改斋漫录》卷八"咏妇人多以歌舞为称"条,引《咏妓诗》作"王勋"。《唐诗纪事》作者计有功亦系宋人。以"王勋"为"另一人"的误会,或即肇自宋代。)

综上所述,张长弓、戴望舒两先生列举的材料以及张先生的辨证,都还动摇不了鲁迅对于《古镜记》制作时代、作者及其家世的论断。

三

鲁迅《〈唐宋传奇集〉稗边小缀》所述王度事迹,其直接依据仅是《古镜记》本文。按文中子王通及其后人皆以文名,假如王度确为王通的弟兄辈,则从王氏诸人著述之中,应当有可能找到与这个人物有关的材料。

图16 文中子王通

旧题王通所撰著作,有《文中子》(又称《中说》)一书,今存宋代阮逸注本十卷,附录六篇,即《叙篇》,《文中子世家》(署杜淹撰),《录唐太宗与房魏论礼乐事》(未署撰人,阮逸以为出于王凝),《东皋子答陈尚书(叔亮)》(署王福畤撰),《录关子明事》(未署撰人,阮逸以为出于王凝),《王氏家书杂录》(署王福畤撰)。鲁迅未引此书,不知是否出于对它的可靠性有所怀疑。对于《文中子》的怀疑始于宋人:宋咸、洪迈以为文中子"实无其人",其书亦系伪作。晁公武尝举书中数处与史实牴牾的内容,以证其妄。然而他们的判断,未免失之过偏。文中子王通其人,见载于新旧

《唐书》之《王绩传》、《王勃传》、《王质传》。《中说》其书,著录于两《唐书》《经籍》、《艺文》志(按二志均本开元时目录,惟所著卷数与今本异,作"五卷"),见载于《旧唐书·玄宗纪》(云:开元二十九年"崇玄学,置生徒,令习《老子》、《庄子》、《列子》、《文中子》,每年准明经例考试")。明代胡应麟虽承认王通见载于史,但又云:"仲淹子福畤,福畤子勃、勔、剧、劝、劼、助皆盛有文名,而剧、勔位皆公辅,乃迄无能为厥祖阐扬潜懿者"(《少室山房笔丛丙部·九流绪论(中)》),其说并不完全符合实际。王绩所撰《游北山赋》、《答冯子华处士书》、《答陈道士书》、《负苓者传》、《仲长先生传》等篇,即多次称述王通事迹;《游北山赋》自注且述及王氏家世,与《中说》所附《文中子世家》基本相符。王通之孙王勃有《续书序》,除称述厥祖懿行外,又记《中说》成书经过。至于唐人著作,如陈叔达《答王绩书》、杨炯《王勃集序》、李翱《答朱载言书》、刘禹锡《唐故宣歙池等州都团练观察处置使兼御史中丞赠左散骑常侍王公(质)神道碑》、皮日休《文中子碑》、司空图《文中子碑》、陆龟蒙《送豆庐处士谒宋丞相序》等,对于文中子其人其书,或多所称述,或有所批评,其言亦颇与《中说》合。由此可见,隋时实有王通其人,唐时实有《文中子》其书,是毋庸置疑的。

四

文中子亚弟王凝之名,于正史仅见《唐书·王绩传》。鲁迅说:"则《新唐书》绩及凝,即此文勔及度,或度一名凝,或《唐书》字误,未能详也。"留下了一个存疑的问题。确认《文中子》一书的史料价值以后,再证以其他可靠的文献,这个问题可获解决。

《文中子》阮逸注本的《王道》、《天地》、《事君》、《问易》、《礼乐》、《述史》、《立命》、《关朗》诸篇,多处记有王凝与王通论学之言以及王通对凝的评价。现录其中四则如下：

子述元经皇始之事,叹焉。门人未达,叔恬曰：夫子之叹,盖叹命矣。书云,天命不于常,惟归乃有德。戎狄之德,黎民怀之,三才其舍诸？子闻之曰：凝,尔知命哉!（《王道》篇）

子谓魏征曰：汝与凝皆天之直人也。征也遂,凝也挺,若并行于时,有用舍焉! 子谓李靖曰：凝也若用于时,王法不挠矣。(《天地》篇)

门人窦威、贾琼、姚义受礼；温彦博、杜如晦、陈叔达受乐；杜淹、房乔、魏征受书；李靖、薛方士、裴晞、王珪受诗；叔恬受元经；董常、仇璋、薛收、程元备闻六经之义。(《立命》篇)

太原府君曰：……昔文中子曰：贤者凝也,权则未可与立矣。府君再拜曰：谨受教,非礼不动,终身焉。正观中起家监察御史,劾奏侯君集有无君之心（阮注：天下称其谠正,出为胡苏令,……）,及退,则乡党以穆。御家以四教：勤俭恭恕；正家以四礼：冠婚丧祭。……(《关朗》篇。阮逸以为这则文字系凝之二子所记王凝事迹,不属该篇正文。按二子当指福郊、福畤,古人于叔侄亦称父子。)

关于《文中子》所附《文中子世家》,宋人陈亮《书文中子附录后》云："《文中子世家》,阮逸本以为杜淹撰,龚氏本则曰福奖。福奖,福郊也。今虽不可考,而《世家》不可不录,故存其录而去其人。"①看来,他是将《世家》与王氏后人及唐人著述中的有关内容作过对照的,所以相信其记载之基本可靠,颇为重视它的价值。关于王凝,《世家》是这样记载的:

> 文中子之书,礼论二十五篇列为十卷,乐论二十篇列为十卷,续书一百五十篇列为二十五卷,续诗三百六十篇列为十卷,元经五十篇列为十五卷,赞易七十篇列为十卷,并未及行。遭时丧乱,先夫人藏其书于箧笥,东西南北,未尝离身。大唐武德四年,天下大定,先夫人返于故居,又以书授于其弟凝。

又《文中子》所附《王氏家书杂录》称:

> ……仲父黜为胡苏令,叹曰:文中子之教不可不宣也。……乃召诸子而授焉。正观十六年,余二十一岁,受六经之义,三年颇通大略。……十九年,仲父被起为洛州录事,又以《中说》授余。……

根据以上材料,参证王勃《续书序》,可知王凝事迹如下:
名凝,字叔恬,太原祁人(迁居绛郡龙门),文中子通之亚弟;王氏后人称其为"太原府君"(阮注云:凝曾出为太原令)。隋末,从其兄通学,专元经。唐武德四年(621),其嫂授之王通所著书。贞观中,起家为监察御史;旋被贬为胡苏令。贞观十六年(642),授其侄福畤以六经。贞观十九年(645),起为洛州录事,授福畤以《中说》。

---

① 《陈亮集》卷十六。

《王氏家书杂录》叙贞观十九年受《中说》之后,有"年序寖远,朝庭时异,同志沦殂,帝阍攸远"等语,末署"时贞观二十三年正月"。是则王凝似卒于贞观十九年至二十二年之间,与鲁迅云王凝即王度卒于武德中不合。又上述关于王凝事迹的记载,未见大业中任御史、为著作郎、奉诏撰国史、后又出兼芮城令等仕历,与《古镜记》所述王度事迹不合。因此,王凝究竟是不是王度,成了一个更大的疑问。

值得注意的是,《文中子》中,除"太原府君"王凝外,还出现了一个未记其名的"芮城府君"。有关他的记载共三则:

> 铜川夫人(按即王通之母)好药,子始述方。芮城府君重阴阳,子始著历日。且曰:吾惧览者或费日也。子谓薛知仁善处俗,以芮城之子妻之。(《天地》篇)

> 芮城府君起家为御史,将行,谓文中子曰:何以赠我?子曰:清而无介,直而无执。曰:何以加乎?子曰:太和为之表,至心为之内,行之以恭,守之以道。退而谓董常曰:大厦将颠,非一木所支也。(《事君》篇)

> 芮城府君读《说苑》,子见之曰:美哉兄之志也!于以进物,不亦可乎!(《礼乐》篇)

又值得注意的是,这位"芮城府君",还出现在王绩和陈叔达的文字中:

> 仆亡兄芮城,尝典著局,大业之末,欲撰隋书,俄逢丧乱,未及终毕。仆窃不自揆,思卒余功。收撮漂零,当存数

帙,兆自开皇之始,迄于大业之初,咸亡兄点窜之遗迹也。①

贤弟千牛(按绩之第七弟静,武皇时官千牛备身,并见于《东皋子集》吕才序)及家人典琴至,濒辱芳翰,索下官所撰隋纪。……了不知贤兄芮城有隋书之作,足下既图继就,须有考寻,谨依高旨,缮录驰送。……览后魏周齐之纪传,考下官之所闻见,曾不喜怒随意,曲直任情,叙致浮杂,褒贬阿党,……是以薛记室(按指薛收)及贤兄芮城,常悲魏周之史各著春秋,近更研览,真良史焉!②

以上两文均见《唐文粹》,该集之精博,足可凭据。绩为通、凝之弟,陈叔亮曾官绛郡守,与王通兄弟过从甚密③,所述自当不虚,因而更证实了《中说》所记"芮城府君"其人的真实性。此人决非王凝,证之《古镜记》,当即是王度。兹就上述资料辨证如下:

(一)"芮城"始著《隋书》在大业之末,已成之"漂零"遗稿迄于大业之初,则其卒约在武德中,与鲁迅《中国小说史略》所考王度卒年合;并知《史略》所注明据以推断年代之"《唐文粹》",当即该集所收王绩《与陈叔达重借隋纪书》,但未辨凝、度非为一人。

(二)"芮城""起家为御史",王通曰:"大厦将颠,非一木所支也。"则其时必在隋末乱世,与《古镜记》称王度仕隋为御史合(王凝为御史在贞观中,与《古镜记》亦牴牾)。

(三)"尝典著局,大业之末,欲撰隋书";王绩、陈亮及福畤辈

---

① 王绩《与陈叔达重借隋纪书》,《唐文粹》卷八十二。
② 陈叔达《答王绩书》。
③ 见《中说·事君》及陈叔达《答王绩书》。

又称之为"芮城"、"芮城府君",与《古镜记》称王度于大业八年冬"兼著作郎,奉诏撰国史",次年"出兼芮城令"合。

(四)"芮城""重阴阳";又阮逸《文中子·魏相》记王通谓"汾阴侯生善筮,先人事而后说卦",皆可与《古镜记》所述王度事迹相互参证。刘开荣先生在《唐代小说研究》中云:"算术历数书法医术历来都是道教家庭世传的家学,这在魏晋南北朝史的各记载中可以看得很清楚。""可以断定王度是出身于一个道教的家庭。"所见有理。

(五)王通称"芮城"为"兄",是知度不但不是凝,而且不是文中子之弟,反而倒是其兄。鲁迅云度约生于隋开皇五年(585),是假设度即凝,年龄必小于通,而通生于开皇四年来推算的,所以不确;度之生年,必在开皇四年(584)之前。(按岑仲勉先生《唐人行第录》:"王二通号文中子,千唐贞观年王通志'字二朗',二朗即二郎";王绩《答冯子华处士书》、《答陈道士书》则称通为"吾家三兄",皆可证明王通之上确有兄长。)

至于王度有婿名薛居仁,其人是否见载于史传典籍,待考。

1981.4

绍兴目连戏散论

1985年,我率苏州大学一个摄制组,到绍兴拍摄电视资料片《绍兴目连戏三齣》。片中的《女吊》、《男吊》和《无常》,分别由绍剧著名演员章艳秋、王振芳(十三龄童)主演。

我是从鲁迅研究的角度接触绍兴,又在绍兴接触到目连戏的。鲁迅对绍兴目连戏曾经作过不少精辟的论述和评价,但是即使从"鲁研"的角度考察这个问题,也不能满足于以鲁迅的论述为现成的结论,更不能因此而局限了自己的视野。所以,本文试图在力所能及的范围内和水平上,对绍兴目连戏进行一次比较全面的考察。

一

鲁迅在1935年12月4日致徐訏信中谈到绍兴目连戏时说:"似乎没有底本,除了夏天到戏台下自己去速记外,没有别的方法。"① 其实,底本是有的,我所见到的是1962年内部刊行的整理本,收为《浙江省传统剧目汇编(绍剧)》第八册,题作《救母

---

① 《鲁迅全集》第十三卷,人民文学出版社1981年版,第265页。

记》。据参加整理的同志说,系以旧时的"斋堂本"为基础,补以老艺人的口吐而成编①。这个整理本的后面,附有一份"老剧目"(简称"老")和"定型剧目"(简称"定")的比较表。所谓"老剧目",即指整理本的关目;所谓"定型剧目",则指旧时绅董所立目连戏定场匾额上所刻"场头",绍兴鲁迅纪念馆现藏一块"民国六年□旦",柯桥"五社公具","茅伯安敬立"的这种匾额,前有"缘起"云:

窃维目连救母记□剧吾社素向□真□
艺员每每不□□□以前反后往往含混
了事故将目录开列于后

匾上所开"场头"共132齣,而该表中的"老剧目"则只有110齣②。如果把郑之珍本《目连救母劝善戏文》的关目也开列上去(简称"郑"),就形成了这样一个对照表:

本别	关 目					
郑		开 场				
老	起 殇		放星宿	逼 租		交 租
定	起 丧③	开 宗				
郑						
老	别 利	闹茶坊	诉 父	焚斗秤		撒 银
定						

---

① 1984年新昌又发现两个抄本:一个是民国三十六年(1947年)的前良抄本,共165齣;另一个是胡卜抄本,112齣。笔者均未见。
② 实为112齣,因整理本中漏记《出鹤》、《收鹤》二齣。
③ 绍兴鲁迅纪念馆藏匾作"起丧",原表漏抄。

续表

本别	关　目				
郑 老 定	奏　善	放飞金	降　星	闹龙船	挂　子
郑 老 定	下　凡	怨　子	下　降	试　道	投　生
郑 老 定	钦　赐	封　职	焚　香	回　府	元旦上寿 贺　正 贺　正
郑 老 定	斋僧斋道 男　斋 男　斋	刘氏斋尼 女　斋 女　斋	文武韦驮	出　佛 出　佛	四　景 四　景
郑 老 定	假　霸 假　霸	卖　身 卖　身	博施济众 济　贫 济　贫 何不仁义①	后　卖	孝　妇 孝　妇
郑 老 定	弄　蛇 十不亲	三官奏事 背　疯 疯妇 玄天帝	天　门② 马帅 赵帅 温帅 关帅 开天门	阎罗接旨 接　旨 白　鹤	城隍挂号 挂　号 接　旨
郑 老 定	观音生日 出　鹤 挂　号⑤	化强从善③ 收　鹤④	花园烧香 烧　香 夜　香	花园嘱子 嘱　子 嘱　子	修斋荐父 成　服 成　服 傅相升天 施　食 施　食

① 原表漏抄,据匯补。
② "定"本对应内容分为六齣;"老"本作一出,开天门时无关帅而出岳帅。
③ 郑本目录漏刻此齣。按:笔者所见到的版本,实际共103齣。
④ 整理本中漏录《出鹤》、《收鹤》二齣。
⑤ 原表漏抄,据匯补。

续表

本别	关目					
郑			尼姑下山	和尚下山		
老		地府	思凡	落山	相调	
定	打道	地府		落山	相调	
郑	劝姐开荤	遣子经商			拐子相邀	
老	劝荤	遣子	偷鸡	回骂	骗钗①	
定	劝荤	遣子	偷鸡			
郑	行路施金					
老		男吊	女吊	自叹	训父	
定	灯光	叹吊			训父	开词调②
郑			遣买牲牲	雷公电母	社令插旗	
老	投水	出雷		买牲		
定	投水		考察	遣买	买牲	
郑	刘氏开荤	肉馒斋僧	议逐僧道	李公劝善	招财买货	
老	开荤	斋僧	烧庵		和合点化	
定	开荤	斋僧		叹财		
郑	观音劝善	罗卜回家	观音救苦	刘氏忆子	母子团圆	
老		起兵遇盗		忆子	拜归	小团圆
定	观音下凡	登程	点化	忆子	拜归团圆	
郑	开场	寿母劝善				
老			嫖院			
定		乌龙精	嫖院	曲蟮精	蛇精	沙和尚
郑	十友行路 观音度厄	匠人争席	斋僧济贫	刘氏自叹	十友见佛	
老	登途		追妓		埋骨	
定	大登途	逼妓	追妓	打墙	埋骨	

① 整理本作"出骗舍钗"。
② 皿作"闻词开"。

续表

本别	关目					
郑	司命议事		阎罗接旨	公作行路	发大牌	
老	议 奏	启 奏	接 旨	调五方	发 牌	
定	议 奏	启 奏①				
郑				花园提魂		
老	后挂号	扫 地	罚 誓	白 神	邋 遢	
定	游丧挂号	大洁堂	罚 誓	白 神	五 丧	
郑		请医救母		城隍起解		
老	悔 愿	请 医	逃 台	起 解		
定	悔 愿	请 医	逃 台	起 解	成 服	
郑	刘氏回煞	过金钱山		罗卜描容	才女试节	过滑油山
老	回 昝		望 乡	描 容	涂容初试	滑油山
定	回 昝		望 乡	描 容		滑油山
郑	县官起马	罗卜辞官	过望乡台	辞婚议婚	主仆分别	遣将擒猿
老					主仆分	
定			真君宫	见 岳	别 仆	遣 将 擒 猿
郑	白猿开路	挑母挑经	过耐河桥	过黑松林	过升天门	善人升天② 过寒冰池
老	差 猴	挑 经			试 节	
定	开 路	挑经母	三 桥		试 节	寒冰池
郑	过火焰山	过烂沙河	擒沙和尚③			见佛团圆
老				蜕 化		见 佛
定	火焰山	烂沙河	擒沙和尚	蜕 化	见 佛	
郑	开 场	师友讲道	曹府元宵	主仆相逢	一殿寻母	
老					一 殿	
定		坐 禅	元 宵		一 殿	到 坟 后归家

---

① 匾作"起奏"。
② 郑本目录漏刻此齣。
③ 郑本目录漏刻此齣。

续表

本别	关　目					
郑	二殿寻母	曹氏清明	公子回家	见女托媒	三殿寻母	求婚逼嫁
老	二　殿				三　殿	
定	二　殿	剪　发	逃　难		三　殿	投　姨
郑	曹氏剪发		四殿寻母	曹氏逃难	五殿寻母	
老		三　桥	四　殿		五　殿	
定	后逃难		四　殿	到　庵	五　殿	
郑	二度见佛	曹氏到庵	曹公见女	六殿见母	傅相救妻	七殿见佛
老				六　殿		七殿后见佛
定	二上灵山			六　殿　见母	保妻	七殿三上灵山
郑	曹氏却馂	目连挂灯	八殿寻母			
老			八　殿			
定		求挂灯	八　殿	问　信	钟馗收妖①	
郑			十殿寻母	益利见驴	目连寻犬	打猎见犬
老	九　殿		十　殿		遇母	
定	九　殿	送　衣	十　殿	刘保见驴	出猎打犬	
郑	犬入庵门	目连到家	曹氏赴会		十友赴会	
老	成衣入庵②					
定	犬入庵	目连回家	曹氏赴会	造　荐	十友赴会	
郑			盂兰大会			
老		封　赠	大团圆			
定	救脱魔难	救母升天		大团圆	黄　巢	

　　如果把"老"本、"定"本合看作"绍兴本",则从上表可以看出,其情节主干与郑之珍本大体是一致的:从傅相升天到"小团圆"为第一部分;从刘氏下地狱到"西天见佛"为第二部分;从目

---

① 匾作"钟馗收物"。
② 原表漏抄。

连巡行十殿到盂兰盆会为第三部分。这三大部分也就是"郑本"的三卷。每一部分大体是一个晚上的演出内容。但是,"老本"的第一部分有六十余齣,一夜是演不完的,很可能需演两夜。所以,绍兴民间"全本"目连戏的演出时间,起初可能也要超过三夜。

但是,绍兴本与郑之珍本也有许多差别。

(一)"老"本中从《放星宿》到《回府》三十二齣,为郑本所无。其情节大致是:傅相原为恶人,常以夹层斗、水银秤盘剥穷人。上天为此放下散财星,投生为傅氏二子金哥、银哥,欲荡尽傅氏家财。傅妻刘青提慈悲为怀,劝夫焚斗秤、减田租,广结善缘。玉帝闻奏,收回散财星(金、银二哥观龙舟溺死),放下喜真星,是为傅罗卜出世。这一大段开场戏也就是其他一些地方民间目连戏中的《目连前传》,但是内容有所压缩和变异。这里有几点值得注意:第一,这一大段故事虽不见于郑之珍本,却与湘剧目连戏"刘氏连丧二子"的开端[1]相似,当另有所本。第二,它不仅交代了罗卜出世的情节,还交代了他得名的由来:喜真君化身凡僧来试傅相道心,恰逢佃户送来一担罗卜,他抢来就吃。傅相云:"你这个糊泥罗卜,何不去到大门外,清水塘,洗尽后再吃呢。"喜真君乃投清水塘而蜕化。当晚,刘氏梦僧人手持罗卜入室,醒后产子,取名"罗卜"。按罗卜、傅相、刘青提三个名字,最初见于《大目犍连冥世救母变文》(傅相原作"辅相",青提原作"清提")。它们的出现,固然反映了印度题材的中国化和宗教故事的世俗化,但是正如周作人所说:"大目犍连在民间通称富罗卜,据《翻译名义集》目犍连:'《净名疏》云,《文殊问经》翻"莱茯根",父母

---

[1] 见《周贻白戏剧论文集》,湖南人民出版社1982年版,第392页。

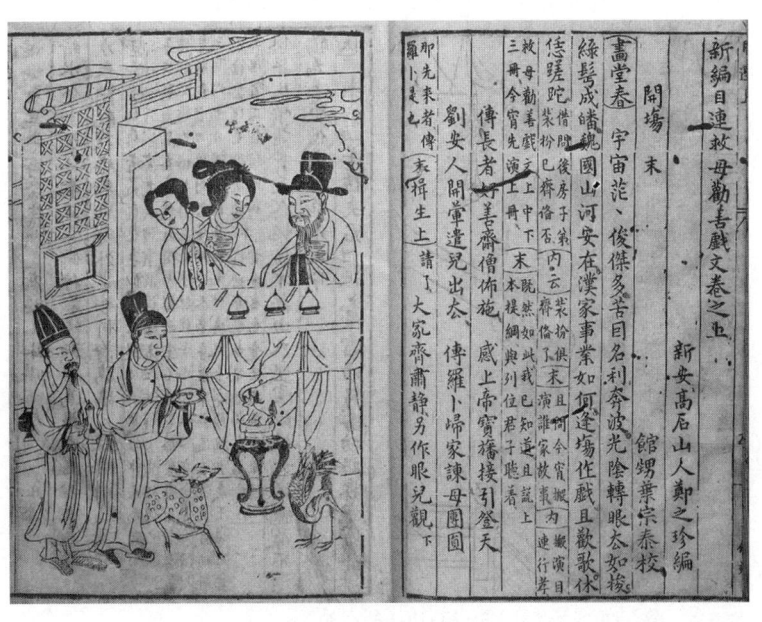

图17　郑之珍本目连救母戏文书影

好食,以标子名。'可见乡下人的话也有典据,不可轻侮。"①绍兴本所交代的"典据"加进了"乡下人"的附会,产生了变异(绍兴话"洗罗卜"读作"泐罗卜","泐"字与"傅"字同音;谐音可能是民间传说对于"典据"的附会手法之一),但仍寻得到原始"典据"的某些痕迹。第三,关于刘氏"叛道"的原因,交代得比较合情理。郑之珍本中,刘氏开荤完全出于其弟刘贾的劝诱。虽然曾有人把郑本的《劝姐开荤》一齣称为对于禁欲主义的反叛,以为表现了人性的呼号(这显然不是剧作者的本意,而是评论者所"唱"的"反调"),但与前面剧情中所交代刘氏为善的虔诚相比,总觉"叛"得突然。绍兴"老"本中《出鹤》、《收鹤》二齣虽无科白唱词,却与刘氏开荤直接有关:傅相被白鹤接引上天,刘氏误信刘贾谗言,以为是被白老鹰攫走。恨丈夫行善而不得善终,成了她"叛道"的主要心理契机。柯灵在《从目连戏说起》一文②中以为,刘氏的心理,既反映了一种行善而"必须报应快,酬劳大"的"实利主义",又是对于"戒律"之"缥缈"的失望。信仰上的"危机",促成了"叛道"的行为。如此铺排,比郑本更加符合人物的性格逻辑和心理逻辑。

(二)绍兴本比郑本枝蔓更多,总体结构上有"原始性"的痕迹。例如,《骗钗》至《自叹》为东方亮故事(详后),论者多以为系敷衍《西游记》刘全进瓜情节③而成。这可能是作为连台本戏的目连救母杂剧,在流播过程中吸收与自己剧情主干无关的剧目,而又未充分"消化"的痕迹。又如,绍兴本第二部分的关目,与郑本第二卷相比,出入甚大,有的是因吸收戏剧性强、为观众喜闻

---

① 周作人:《谈"目连戏"》,《周作人早期散文选》,上海文艺出版社1984年第1版,第299页。
② 载《奔流文艺丛刊》第1辑,1941年出版。
③ 见小说第十一回。

乐见的民间小戏而不顾"整体结构"造成的(如《嫖院》与上、下关目几无内在联系);有的可能是对所吸收的《西游记》故事的"切割"和敷衍(如《乌龙精》、《曲蟮精》、《蛇精》、《沙和尚》);有的则是为了表演的"红火"而增添的热闹穿插(如《白神》、《邋遢》、《逃台》等)。

(三)结尾不同。绍兴"定"本结在《黄巢》,可能接受了清代《目连三世宝卷》的影响。把人世的善恶、是非、贫富等矛盾的对立及其运动和几千年的人类历史,一概归结为"冤冤相报",这是宗教迷信以及"瞒和骗"的旧文艺的通病。从整体构思上看(包括"老"本的以傅相作恶开头),绍兴本在这方面比郑本更为严重。然而,作为民间文艺,这样的构思在另一方面却也反映了老百姓对那个社会的现实及其历史的惶惑和要追求一个答案的愿望。"答案"是错的,"追求"却不可一笔抹杀。从戏剧结构上说,"大团圆"之后的这个"尾声"倒也别致,至少留有悬念。据说《黄巢》一齣,后来成为绍兴乱弹班"大戏"在新台基开台时必演的"讨彩戏"——黄巢,这个统治阶级眼中的"乱臣贼子",到了民间戏剧演出中却成了行孝救母的圣僧的"二世"或驱鬼镇邪的使者。对此无须加以"拔高",然而它至少反映了一种"以毒攻毒"的观念,与大人先生们的历史观有所不同。

(四)绍兴本有不少穿插性的关目,为郑之珍本所无,显示了自己的特色。其中突出的是《男吊》、《女吊》、《白神》、《邋遢》、《嫖院》、《训父》诸齣。

《男吊》通常被认为是绍兴目连戏所独有的杂技性武场,所谓"独有",当指"七十二吊"技艺及其排场。作为关目,则江西目连戏亦有《赶吊》,而且所出"吊神"有三位之多;皖南徽班目连戏

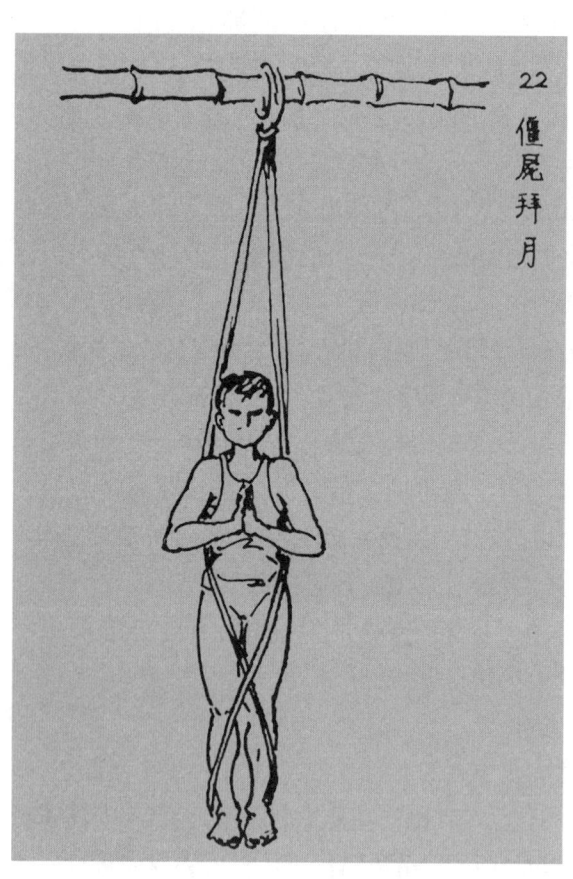

图 18 绍剧著名演员王振芳(十三龄童)手绘《男吊》七十二吊图示之一 (引自王振芳《绍兴乱弹从艺录》)

图 19　女吊（筱艳秋饰，引自严新民《乱弹杂咏》）

则有"溺鬼缢鬼争讨替身"的关目①。这些材料和下面还将介绍的一些材料,都透露出绍兴目连戏与其他地域的目连戏具有亲缘关系的讯息。1981年出版的一部《中国戏曲曲艺词典》上说:"男吊"原有七十二吊,现在的艺人只能调二十几吊了。这不符合事实。其实绍剧著名演员王振芳(十三龄童)和著名的业余演员金寿康,直至八十年代还能调七十二吊。

《女吊》(即"红神")、《无常》(即"白神")经鲁迅撰文评价,已为人们熟知。它们虽有所本(详后),然而发展到现在这样具有鲜明的个性和浓郁的人情味,恐怕也是绍兴的独创。"邋遢"全名"邋遢四相公",也是受命围捕刘氏生魂的使者之一。他自称"我本西方一古友",据老艺人说,是个"邋里邋遢全要管"的地方鬼。这个喜剧角色,同样见诸江西的弋阳腔目连戏。

值得注意的是,对女性缢鬼的尊崇可能是绍兴特有的一种民俗文化现象。"在绍兴的樊江老岳庙中,置有各种非正常死亡的鬼魂(五殇)的塑像之处,称为'阴司间',女吊却不在其内,供祀女吊的,另有一处建造得小巧精美、雕花鎏金的神龛,中坐一位凤冠霞佩的端庄女神塑像,神龛的匾额上,题为'凤(红)神'。"②这段记述,或许有助于我们理解《女吊》这一关目在绍兴目连戏和"平安大戏"中出现时所隐含的民俗文化内涵。

《训父》或亦有所本,但绍兴目连戏演到张蛮追爹时,爹对观众说:"从前我们打爹的时候,爹逃了就算了。现在呢,爹逃了还是追着要打!"③。这和江苏《阳腔目连戏》中赵甲(或作赵雀,即

---

① 前者见毛礼镁:《弋阳腔的目连戏》,湖南省戏曲研究所、中国艺术研究院《戏曲研究》编辑部所编《目连戏学术座谈会论文选》,1985年出版,第72页;后者见《周贻白戏剧论文集》第393页。
② 罗萍:《绍剧发展史》,中国戏剧出版社1996年版,第205页。
③ 见周作人《谈"目连戏"》,按今之整理本中不见此语。

张蛮)说的"我家三代打老子,我家爷爷打我家曾公,我家老子打我家爷爷,我打我家老子"相映成趣,分别对"世道衰微,人心不古"和"古已有之,于今为烈"二语,作出了最通俗的讽刺性的解释。这些可能都是由民间艺人的插科打诨发展而成的"警策之句"。

《嫖院》又名《王阿仙嫖院》,是绍兴戏剧中最精彩的"活白戏"之一,似亦不见于其他剧种。王阿仙上场一大段自述拜师学艺经历的独白,先讲因将"雕花贴金铜勾马桶"锯开零卖,而被箍桶师傅辞退;次述为了向大姑娘丢俏眼而凿掉瓦将军的鼻子,被石匠师傅辞退;又说因为把顾客的头皮当练刀的冬瓜,而被剃头师傅辞退;最后讲给人挑水,误将"十六文一担"说成"一文十六担"而白卖了许多气力。洋洋二千余言,描绘细腻,语言鲜活,生活气息浓郁,妙趣横生,令人绝倒。"王阿仙"至今还是绍兴人民口语中形容"百事无成者"的代名词,而他的自作聪明的性格,好玩弄小机灵却往往吃亏的遭遇,又不无可爱可怜之处。这是只有人民群众才创造得出来的真正"浑圆"而非"扁平"的艺术形象。①

以上剧目,虽或互见于其他地区的民间本,却不见于郑之珍本。正如鲁迅所说,它们是"真的农民和手业工人的作品"②,是数代人民群众集体的口头创作的结晶(有些精彩的台词,很可能就是民间艺人即兴插科打诨的"定型化")。"描写世故人情,用语极奇警,翻成普通话,就减色。"③相比之下,作为文人作品的郑

---

① 这里所介绍的,是绍兴"整理本"中的《嫖院》。绍兴目连戏原来全唱调腔,唯此齣唱乱弹腔,可能是目连班在演出过程中吸收进来的乱弹折子。据说,新发现的165齣前良抄本中保留着调腔的《嫖院》,内容亦颇有出入。
② 鲁迅:《门外文谈》,《鲁迅全集》第六卷,第100页。
③ 《鲁迅全集》第十三卷,人民文学出版社1981年版,第265页。

之珍本,说教色彩之强烈令人生厌,显得多么苍白、板涩,多么概念化!①

(五)绍兴本中还有一些互见于郑本,或在郑本中找得到某种"端倪"、"雏型"的剧目,其间"同"中亦有"异"。如"定"本从《文武韦驮》到《疯妇》十一齣,可视为郑本《男斋》、《女斋》、《博施济众》三齣的扩充。所扩展的内容,同样显示了民间创作刚健、清新的特色。即使与其他民间本子相比,也有其精彩之处。例如江苏阳腔目连戏《何家》、《打瘫》二齣中的乞儿形象,给人的印象过于自卑自贱,乞怜之态有余而壮健之气不足。绍兴本《假霸》、《弄蛇》二齣中的乞儿,虽然也操"贱业",但语言生动诙谐,有着乐观的精神和虎虎的生气;人物形象更加丰满、更加有个性,戏剧样式更富喜剧色彩。

再如绍兴本的《思凡》、《落山》、《相调》三齣,与郑之珍本《尼下山》、《僧下山》内容固然相同,底本却有区别。绍兴本的《思凡》,除开头一曲"蛾郎儿"与郑本一致外,其余曲牌、唱词基本都与昆曲本即《缀白裘》和《纳书楹曲谱》中的《思凡》相同。赵景深先生在《明清传奇选》(中国青年出版社1981年版)中指出,这个本子源于《词林一枝》;然而他在《明清曲谈》中又以《劝善金科》为《思凡》的"娘家"②。按《词林一枝》刻于明万历间(与郑之珍本《劝善记》大致同时),《劝善金科》则为清人所编,自以前说为是。郑本《尼下山》的曲牌、词格另成一派,心理刻画也远不如《缀白裘》本细腻(如"降龙的恼着我"一段唱词,郑本根本没有);这说明郑本保存了《思凡》的另一种古本,有其历史的作用和意义。

---

① 当然,郑之珍本在目连戏的流播,民间小戏的保存,以及从某个角度反映世态人情上,仍有其作用和意义,本文不赘。

② 见《明清曲谈》,古典文学出版社1957年版,第156页。

但是,包括绍兴目连戏在内的各地方剧种,多弃郑本所存者而取《缀白裘》本,这又说明剧种间的渗透、交流过程,同时也是一个选择、筛汰,去劣留良的过程。孰存孰汰,取决于作品本身的价值和演员、看客的取舍,不以作者的主观意志为转移。而作为一种善于吸收小戏的连台本戏,目连戏在上述过程中又起着"载体"的作用。

通过以上比较,可知绍兴本目连戏与郑之珍本《劝善记》既存在一定的联系,又保留着很大的相对独立性。这样,就涉及绍兴目连戏的渊源问题了。

二

有一种说法,认为各地民间目连戏多以郑之珍本为底本。此说值得商榷。从史料看,郑本刊行之前,至少已有北宋东京"搬目连救母杂剧"的记载[①]和元人所撰《行孝道目连救母》剧目的著录[②]。中元节搬演目连戏,早已成为我国许多地区的民俗。郑之珍本以前的目连戏本虽至今未见,但郑本应是以明代万历前的民间目连戏为基础整理编撰而就的。郑本所附胡天禄《后跋》云:"高石郑先生……暇日取《目连传》括成《劝善记》叁册。"可见郑之珍所做的是整理工作,其中应该包括对民间本的压缩、精简和筛汰。现在所见的包括绍兴本在内的各地民间目连戏本,其编集的年代都在郑本之后,因而多有与郑本"重合"之处是实;然而即使如此,由于它们另有一个民间艺人代代口传身授的非文字的信息传承系统,所以仍与郑本存在着许多差异。这些差异之中,应该含有郑本以前的原始民间本子的信息。如上所

---

① 见《东京梦华录》。
② 见天一阁钞本《录鬼簿》。

述,绍兴本与郑本的差异包含着"整体构思"上的区别和吸收郑之珍以前的古传资料的差别(如《西游记》,即以小说而言,亦早于郑本时代,而绍兴本与安徽、湖南的民间本却都吸收了刘全进瓜故事)。这些差异是很难以单一母本(郑本)的发展变异来解释的。相反,这种现象使人怀疑,绍兴本另有母本。这个母本应该是早于郑本,又和郑本平行流传过的。人们常常引用张岱《陶庵梦忆》中关于安徽旌阳戏子在绍兴搬演目连戏的记载,有人并以为所演即郑之珍本。然而,张岱所记"《招五方恶鬼》、《刘氏逃棚》等剧"及"度索舞絙、翻桌翻梯"诸技,皆不见于郑本。因此我倒怀疑,张岱所记正是那个异于郑本的民间本的搬演盛况。张岱生于明万历二十五年(1597),郑本成于万历初。是则在郑本刊行数十年后,这个民间本子仍盛演不衰。它可能与《东京梦华录》所记"目连救母杂剧"属于同一系统,倒是郑本的母本或母本之一。

关于绍兴目连戏的渊源,我们听到的有来自安徽和来自淳安二说。还有研究者猜测,可能早在南宋时,即由南渡的"路歧人"直接引入绍兴。从杭州地区确实曾有搬演目连遗风以及有的绍兴目连班艺人自称其先祖来自河南等情况看,此说可能并非空穴来风。二十世纪八十年代在上虞发现一种"哑目连","无说无唱,纯以动作、舞蹈敷演,俗称'哑鬼戏',其表演形式似与北宋百戏中之'哑杂剧'有承袭"①。这也许透露着某种同样的信息,然而南宋传入之说毕竟尚无确凿的根据和严谨的考证。

"安徽说"之所据,不仅是张岱的记载,也不仅来自绍兴目连班艺人的口碑,而且可从剧本的比较得到佐证。我知道安徽存有多种民间目连戏抄本,可惜至今无缘一见。但是,从我见到的

---

① 见罗萍《绍剧发展史》第35页。

一个江苏高淳《阳腔目连戏》本(江苏省剧目工作委员会1957年12月编印,内部发行)里,已可窥见安徽民间本的蛛丝马迹。钱南扬先生云:"所谓'阳腔',疑即是青阳腔的简称。高淳与池州、太平相去不甚远,或者是从那里传来";又以为郑之珍本"恐怕是余姚腔的最后一本戏文。再一变,就是上文所说的《阳腔目连戏》了。"①这是从声腔上讲郑本早于阳腔本,而高淳"阳腔"极可能源于安徽。不过,从内容上看,我们有理由推测,阳腔本中却保留了郑本之前的安徽民间本的某些旧貌。第一,从整体构思上看,阳腔本《化钗求子》、《出神》、《脱凡》三齣,演东方亮逼妻自缢故事,引出缢、溺二鬼争替代,为郑本所无。第二,从排场套数上看,阳腔本有《堆罗汉》、《爬杆子》、《钻布眼》、《盘桌》等杂技性武场,亦为郑本所无,而这些正是张岱认为"大非情理"的"度索舞𦈡、翻桌翻梯"诸艺("大非情理"一语,显示着作为文人的张岱鄙视民间艺术的口气)。人们还常常引用胡朴安(仓石)《中华全国风俗志》中关于安徽泾县目连戏的一段记载,其中述及的"盘戳"即阳腔本之"爬杆子";"盘彩"似即阳腔本的"钻布眼"(疑即张岱所谓"舞𦈡")②。胡氏书中又述及泾阳目连戏"第二夜演东方亮之妻缢死……而有溺鬼缢鬼之争替,而有闻太师之逐鬼……谓之'出神'。"如前所述,阳腔本保留了这条线索,不过把可演一夜的内容压缩为三齣,把闻太师逐鬼改为"天尊"度鬼超生罢了。另外,据何根海先生在《贵池目连戏的文化考察》一文中介绍,安徽民间本和阳腔本一样,收有《王婆骂鸡》、《赵花打老子》的穿插关目("赵花",阳腔本作"赵甲")。这说明,张岱所述

---

① 见《戏文概论》第71页注[二一]、[二二],上海古籍出版社1981年版。按《阳腔目连戏·校注说明》则云:"艺人称这剧种的曲调为'阳腔',并说就是弋阳腔。"

② 阳腔目连戏的"钻布眼",也有可能类似江西的"打布",即绍兴的《男吊》一类武场。待考。

图 20　安徽祁门目连戏剧照（六殿见母）

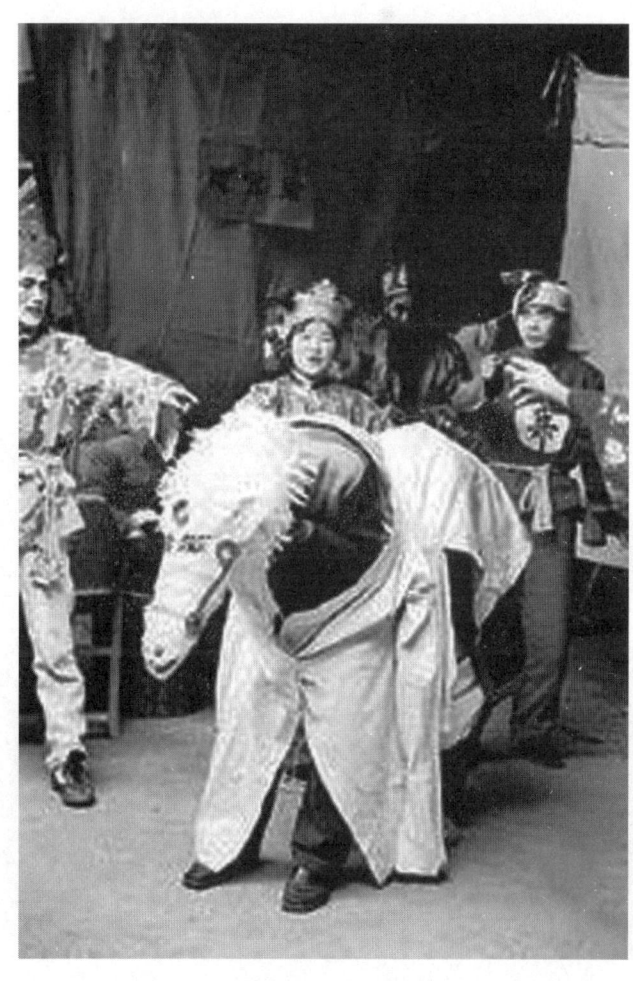

图 21　安徽祁门目连戏剧照(白马驮经)

图 22　湖南辰河目连戏剧照（五鬼拿刘氏）

本、胡朴安所述安徽民间本和阳腔本属于同一系统。在见不到安徽民间本的情况下，把阳腔本暂且视为这一系统的"标本"，谅无大错。安徽九华山为佛教名山，又是与目连戏有一定关系的地藏菩萨道场之所在。以九华山为中心，北有青阳、贵池（即池州），西有石台，南有祁门，东有泾县、太平、旌德（即旌阳），形成一个"目连圈"。这个"目连圈"很可能是江南目连戏的源头（江苏的高淳位于此圈之东北，而浙江的淳安则在东南）。只是安徽一些研究者认为当地搬演目连戏的时间始于郑之珍编《劝善戏文》，这一论断却值得商榷；如前所述，在郑本形成之前，当地民间应该早已盛演目连戏了。

可以初步断定，绍兴目连戏正是传承了这个源于安徽的民间本子，并在流播过程中，产生了某些变异：

一、绍兴本亦保留了东方亮故事，即"老"本中的《骗钗》，并亦由此而"出吊"，但东方亮改称"董员外"，其妻改称"董院君"；溺、缢二鬼争替变异为男、女吊争替；闻太师赶鬼变异为韦驮（鲁迅记为王灵官）打吊；缢鬼的形象由凶恶发展为凄苦（这是就唱词内容而言，旧时绍兴目连戏女吊的开脸仍极恐怖），并由一般的"讨替代"发展为具有复仇性格。阳腔本的《出神》一折带有闹剧色彩，而绍兴本中的《女吊》则具典型的抒情悲剧风格。

二、绍兴目连戏亦有"堆罗汉"；虽无"爬杆"、"翻桌"、"舞缸"，却发展出了《男吊》。而且，由于穿插在男、女吊争替的情节之间，杂技性因素和戏剧性因素结合得较为密切，而不像阳腔本那样互相游离。

三、更有意思的是，具有浓厚绍兴特色的《无常》，亦可在阳腔本中找到雏型，这就是该本的第六十六齣《寻常》：五猖鬼奉命捉拿刘氏，来寻无常鬼和摸壁鬼挂号。戏中亦出无常妻，据道白中交代，他们有一个亲生"丫头"，而不是"拖油瓶"的"阿领"。摸

图 23 无常(王振芳饰,王坚灏提供)

图 24　无常(七龄童饰)、无常嫂(魏金凤饰)、阿领(小六龄童饰)

(引自严新民《乱弹杂咏》)

壁鬼就是绍兴之所谓"黑无常",又名"死无常"、"死有份",城隍庙中此公塑像皆面壁背人,故名"摸壁"。阳腔本中,无常、摸壁二鬼只有手势而无台词,这齣戏也只具过场性质。其他地域的民间目连戏亦多有"出常"即出无常的情节,例如湖南祁阳目连戏中竟出一组大小无常,还有高跷无常,但亦均无唱白。到了绍兴目连戏中,《白神》成了一齣完整的喜剧,通过无常的自叙履历,慨叹"人间不平"和"骂狗",使他成为一个血肉丰满,"鬼而人,情而理,可怖而可爱"①的形象。演出、流播过程中,又据迎神赛会的"调无常"而增加了无常嫂、阿领、"送夜头"者等出场人物和一段"送夜头"的哑剧表演,使戏剧样式也增添了滑稽闹剧的色彩。其后,在捉刘氏的情节中,绍兴本也出黑无常,并把他和白无常的关系发展为"叔伯兄弟"。

笔者从未听说绍兴目连戏源自江苏,然而通过与阳腔目连戏的平行比较,可以知道二者同受一个母本的影响,它就是安徽民间的目连戏本。

以上主要是通过文学剧本和演出形式来考察不同地区之间目连戏的传承关系,我认为这是考察剧目传承关系的主要标准。声腔当然也是标准之一,但它主要是考察剧种之间(而非剧目之间)传承关系的决定性因素,当然它又离不开代表性的剧目,尤其是像《目连传》这样被某些剧种称为"戏祖"、"戏娘"的剧目。如果前述钱南扬先生关于"阳腔"的解释成立,则安徽的青阳腔源于余姚腔,安徽的余姚腔又系从浙江省沿新安江传入;绍兴目连戏原唱调腔,一般认为亦系余姚腔的变种。因此,绍兴目连戏本与安徽青阳腔民间目连戏的老本在声腔上也是"近亲",只不过声腔的"传承线"与文学剧本的"传承线"方向可能相反罢了。

---

① 鲁迅:《无常》,《鲁迅全集》第二卷,第272页。

"淳安说"不知始于何人,亦不知何所据,可能也是出诸艺人的口传。此说的真实含义,也许着眼的是郑之珍本和绍兴本的关系。郑之珍自署"新安高石山人",然而查《明史·地理志》,当时并无以"新安"为名的府县,所以郑氏所署当系古称。新安故郡始置于三国时代的吴国,隋朝移治安徽休宁县、歙县,其旧城恰恰是在浙江的淳安。据《劝善记》郑氏自序,该剧之编撰,却在"秋浦之剡溪"。"剡溪"位于安徽石台境内。安徽有研究者认为,郑之珍是祁门人(吴书荫先生则认为是休宁人),贵池目连戏是从祁门、石台沿秋浦河传入的。当地还流传目连戏"出在环砂,写在清幽,打在栗木"的说法(环砂为祁门西北之村名,清幽即清溪,栗木亦为祁门境内村名和戏班名;"打"指演出)①。这一说法仍有以郑本为源的痕迹,然而,郑本既不可能是"创作",而只属于一种加工性的"编撰",那么"淳安说"所传递的信息,与其说是郑本与绍兴本之间的渊源关系,还不如说仍然是安徽民间本与绍兴本之间的渊源关系:前者很可能是沿新安江南下,经由淳安而传到绍兴的。②

当然,不能否认郑本对于包括绍兴本在内的各地民间本的影响。无论从绍兴本还是从阳腔本,都可以看出它们情节主干上的关目设置,与郑本比较相似。这说明郑本作为梓行的文人

---

① 见2004年9月20日Google发布之《祁门县怀砂村最后一次目连戏演出过程概述》,原载于安徽大学《徽学研究通讯》。

② 经过十年来的发掘和展演,证明各地民间的目连戏在内容和排场上,都有一个大同小异的、有别于郑之珍本的模式。这雄辩地证明了早于郑本的民间"母本"的存在。通过综合性的"逆向研究"弄清这个"母本"的本来面貌和来龙去脉,对于了解宋代的《目连救母杂剧》以至中国戏曲史的发端,将有重要的意义。至于绍兴目连戏,从其对于《前传》的压缩、变异,《女吊》、《无常》剧情和性格处理上的发展,以及排场方面的较少台上、台下之交流来看,可能属于比较后起的本子。其传承来源,从地域上看,除安徽外还应注意和江西是否也有直接、间接的关系。

撰本,对其后的民间演出有着不可低估的影响。民间接受这种影响时,固然可能吸收其消极的因素(如强化了的因果报应思想及某些说教成分等),但又有选择、取舍和发展改造,如增添了生活气息和乡土气息,表达了人民群众的一些思想感情,运用了生动的口语和民间文艺形式,改说教为主的整体构思为适于舞台演出、有较强的审美性和娱乐性的整体构思等。为了后一目的,民间本甚至排斥郑本总体结构比较严谨的长处,而保留了粗糙、松散的结构。例如,东方亮故事的保留,可能与"出神"以驱邪鬼的民俗需求有关;"出神"诸齣通过演出实践而逐步完善化,又满足了审美的需要。而技艺性武场的保留,则更着眼于观众的娱乐性需求。如果再考虑到郑本的情节主干早在变文中就已形成,则其对民间本的影响更是属于"横向"的、"中介性"的,就像《目连三世宝卷》、《劝善金科》的影响一样。

三

解放之后,对目连戏的研究长期没有得到应有的重视。有些论著中提及时,评价也往往受"左"的、狭隘功利主义的、庸俗社会学的文艺观的影响,因而不够全面、不够辩证,缺乏历史唯物主义精神。某些文化部门,更把目连戏简单地视为"封建糟粕",不搜集、不整理,任其消灭。

有一种几乎被当作"定论"的观点,认为目连戏的价值只在那些穿插性的小戏,而目连救母整个故事本身,宣扬因果报应,全是糟粕。其实,作为宗教剧的内容,目连救母这一情节主干中固然包含许多消极因素,然而也未尝不包含一些值得肯定,或者至少是值得研究的因素。过去,郑振铎曾称郑之珍本《劝善记》为"出之以宗教的热诚,充满了恳挚的殉教的高贵精神"之"伟大的宗教剧"①;近来,张锡厚论及《目连救母变文》时,认为它表现了"佛不忘母、佛要救母的深厚人情味的主题"和目连"不避险阻、坚毅不拔的顽强性格"②。他们的评价,比前述"定论"更有辩证法和历史眼光。

在鲁迅研究界,有的同志认为鲁迅肯定的只是《无常》、《女吊》、《"武松"打"虎"》等属于人民创作的小戏,而并未对目连救母本事作过评价,这说明鲁迅视后者"全是封建糟粕",毫无可取之处。这种推论是否符合鲁迅思想,这种推理方法是否可取,也值得商榷。据以全盘否定目连救母本事的价值和意义,更值得商榷。

如果眼界放得开阔一些,"价值观念"多元化一点,将会发现,作为整体的目连戏,有着多方面的研究价值。

目连戏出现于中国戏曲的发端时期(北宋末年),八百年来历代搬演,至今未绝。它的发展轨迹表明,无论在剧本构成还是在搬演形式方面,其传承性都强于变异性。从各地区、各剧种的资料看,八百年来尽管有纵的发展,横的渗透,然而总有一个相对稳定的、内容和形式上的模式。因而,在研究我国戏曲的原始形态方面,目连戏是一个不可多得的标本。

在戏曲史上,目连戏又是最具代表性、影响最深远的佛教宗教剧。从佛经中的目连救母本事,发展到说唱文学的变文,由变文再发展为目连戏,这是一个宗教文艺化、戏剧化的过程,又是一个外国题材中国化、非现世的题材世俗化的过程。其中,宗教对文学、戏剧的影响及其反馈作用,宗教对历代世俗思想的影响

---

① 郑振铎:《插图本中国文学史》,人民文学出版社1957年12月第1版,第850页。
② 张锡厚:《论敦煌变文从宗教到文学的转变》,《文学评论丛刊》第18辑,第144、145页。

及其反馈作用;"宣教"的目的如何逐步让位于娱乐的、审美的目的,其间哪些因素、如何发挥了决定作用,都值得宗教史、文学史、文化史的研究者注目。

单单就戏剧表演形式和宗教仪式的关系而言,目连戏所提供的信息也是饶有趣味的。从起源上看,它和盂兰盆会的仪轨有着直接的关系(所以有些地方的目连戏要从梁武帝做起,或把故事的时代背景定为梁朝)。戏中"施食"、"目连挂灯"等套数排场,完全可以视为"放焰口"、"水陆法会"等佛教法事的"舞台化"。这些舞台化的宗教仪式并且被移植到一般的"社戏"演出过程中去,成为"平安大戏"的演出程式:"绍兴乱弹班一般不演《目连救母戏文》,而是演出一种叫作'平安大戏'的戏。所谓'平安大戏'是一些绍兴乱弹通常演出的剧作,略微变动剧中情节,以插入几个目连戏中极为观众所熟知的、出现鬼魂的折子及某些宗教'仪式',如《男吊》、《女吊》、《跳无常》,及'起殇'、'施食'、'烧大牌'等。"①(值得注意的是:安徽也有搬演"平安大戏"祈神的习俗。)关于"起丧",鲁迅在《女吊》一文中认为是"起殇"之误,但从目连戏的综合考察这一角度来看,恐怕并非如此,因为其他地域的民间目连戏,亦多以这种仪式开头。例如安徽贵池目连戏的开场,也是由戏子扮"五猖"鬼,往五猖庙或"水口"(交通要道)召鬼的。绍兴目连戏定场匾额所刻关目即有一齣"五丧"。"五丧"即"五伤",指五类横死的鬼魂,当然可以包括战死者,但这"丧"字似不一定就是"国殇"之"殇"。祭祀一切横死之鬼魂,

---

① 罗萍:《绍剧发展史》,中国戏剧出版社 1996 年版,第 120 页。

本来就是盂兰盆会的宗旨①。另一方面,这些关目反过来也影响着宗教的仪式。据说,旧时浙江、上海一带僧人"放焰口"念经咒,用的就是绍兴目连戏的"调腔";而绍兴一带道士打醮,居然也唱《无常》的"骂狗词"呢!

作为民间文艺,目连戏本身就是民俗学的研究对象,然而它的民俗学价值决不仅仅在于此。目连戏中可以说渗透着民俗;也可以说,它是民俗的文艺化和戏剧化。例如,绍兴目连戏演出中有所谓"别吊",台上台下打成一片,人声喧哗,驱逐男吊,当即来源于"驱傩"的风俗(各地目连戏如湖南、安徽、江西、江苏、四川,都有类似的排场)。戏剧表演上的"冲破第四堵墙"、审美意义上的"无间离效果",居然与原始的、实用意义上的生活仪式密切相关,这不又是戏剧学和美学领域的一个颇有兴趣的课题吗!据说,过去绍兴水多桥少,为方便行人,便在河上浮一木斗,系以缆绳,渡者置身斗中,即可引缆自渡。这种设施,现在几乎绝迹了,然而绍兴目连戏《发牌》一齣中,小鬼送牌票,有一段走矮步的舞蹈动作,称为"揉渡船",就保存了这种生活情景(绍兴还有一齣为祓除螟虫而演的民间小戏,叫《调蚰虫精》或《柯(捉)蚰虫》,五旦扮"蚰虫精",亦有"揉渡船"的舞蹈)。再如,《弄蛇》一齣中所再现的某些"堕民"所操"贱业",《交租》一齣中王老大一口气念出的绍兴地区十种水稻品种及其特性,《茶坊》一齣茶店里"茶博士"一口气念出的十一种茶名及其属性,《嫖院》、《打墙》等齣中对当地手工业各行技艺的精细描绘和表演,《四景》中的牧童和《无常》中的阿领所唱的绍兴儿歌……凡此种种,无一不

---

① 盂兰盆会举行的"施食"仪式,所施对象为"饿鬼"(即"焰口",又译"面然")。中国人认为:横死的鬼魂享受不到亲属的祭祀和供奉,当然全都属于饿鬼。盂兰盆会"搬目连救母杂剧"(《东京梦华录》)、济饿鬼的风俗,都是佛教仪轨在中国流传过程中产生的"本土化"现象。

是民俗学研究的精彩资料。可以说,目连戏不仅是民间小戏的"载体",还是民间风习的"载体"。

我们并不想提倡在社会主义时代大演目连戏。时代在前进,虽有八百年的悠久历史,该消亡的毕竟总要消亡。我们无非希望,对于目连戏这样一种历史文化遗产,不要采取实用主义、虚无主义的态度。首先应当动用现有的一切科学手段,在它消亡之前赶紧抢救、整理,力图保存好非物质文化遗产的原貌;然后再以科学的观点和方法,加以综合的、有深度和广度的研究。把目光转向行将消亡的东西并非仅仅"怀旧",因为我们的目的在于"现在"和"将来"。

(本文原系为1985年在湖南祁阳召开的"目连戏学术座谈会"撰写的论文,后又作了一些补充和修改。当年为撰写本文而进行的调查工作,得到绍兴市文化局、浙江绍剧团、绍兴鲁迅图书馆、绍兴鲁迅纪念馆的支持和周大风、王振芳、罗萍、严新民、金寿康、陈顺泰、倪昌坤、沈奎明诸位先生的指教,特此致谢!)

1985.8 初稿

2005.2 增补

附记:

绍兴鲁迅纪念馆前馆长裘士雄编一本《鲁迅与社戏》,要收此文,我在1985年稿的基础上又做了一些增补。

在田野调查中,我就觉得目连戏里有"傩",但是当时对傩文化的调查似乎刚刚起步,除祁阳会议上发过一本关于贵州地戏的册子外(后被上海越剧院拿走了,没归还),未没找到其他相关资料。最近在互联网上查了一下,发现相关资料和研究成果已经很多。限于目力,我只浏览了一小部分,自以为已经获得一点不小的体悟——觉得再写中国文学史和中国戏剧史,谈到中国戏剧的成型和成熟时,除了讲唐参军戏、宋元杂剧、戏文之外,还应加上傩戏。主要理由如次:

第一,傩戏的出现,至少不会迟于宋元杂剧、戏文。据正史记载,北宋"国傩"已经出现"土地"、"小妹(当指钟馗小妹)"、"小鬼"等角色,可见至迟此时傩舞已蜕变为雏形傩戏。通常这种蜕变是由民间进入宫廷的,所以很可能唐代的"乡人傩"就已具有戏剧形态了(任二北先生主张中国戏剧的成型期是唐代,但是这一观点似乎未获学界广泛认同)。最近萍乡发现十三枚古傩面具,专家据其木质断为千余年前物。其中十一枚为兽形,当属《周礼》中的巫师"方相氏"们所扮之"十二兽",系古代傩舞用品;另有两枚则为"土地"面具,或可作为唐时乡人傩已具戏剧形态的物证。若然,则傩戏之出现当与唐参军戏、代面戏大致同时。

有意思的是,贵州偏远山区彝族同胞中发现一种古傩,名"撮泰吉",演述人类祖先如何拓荒垦殖、繁衍子息、占验吉凶等情节,所用面具和演出形态均非常朴野。"撮泰吉"中所扮演的男性祖先角色名"阿布摩",年龄1700岁;女性祖先名"阿达姆",年1500岁;还有一位汉族同胞,名"嘿布",年1000岁(这里似乎表现着一点"大彝族主义")。我以为前两位彝人先祖,也就是其他地域或其他民族傩坛供奉的"傩公"和"傩母"。他们实为生殖神(汉族傩文化传说中多称为伏羲、女娲),原为兄妹,洪水时期为了使人类得以延续而结为夫妇;在傩事活动中,其他诸神包括三教祖师,全是他俩的"陪客"。"撮泰吉"可以视为上古神话的戏剧化;其他地域的傩公、傩母则在傩戏演出时既是受供奉的主神,又是戏剧的主要"看客"。这里透露着傩戏与初民"洪荒传说"的密切关系,而且隐含某种演变过程;虽不足以作为傩戏产生时间的断代依据,但在内涵上应该蕴含着极其古远的文化讯息。

第二，傩戏在内容、形态等方面均具独立性。各地傩戏似均包括两大部分："天戏"（有些地区称"正坛戏"）和"地戏"（有些地区称"外坛戏"），前者演的都是天神故事，其中不乏戏剧化的祭祀仪轨，四川、福建、江西还有以提线木偶、杖头木偶与人同演的传统；后者所演多为民间小戏，包括若干从历代地方剧种移植过来的剧目和声腔，但是演出形态仍具"傩性"。傩坛既是操办宗教祭祀活动的组织，同时也是傩戏戏班；其成员既是巫师（四川称"师公"、贵州称"端公"），又是演员。演员不分行当，只以面具（也杂有涂面形式）表示角色类型；不搭戏台而只有"表演区"。这些特点都与杂剧、戏文甚为不同，但是三者之间应该又有互相影响的关系。纵向关系尚难确认，横向关系是明显的，标志之一就是目连戏。某些地区现存的傩戏戏目就有目连（例如四川、福建、江西）；《东京梦华录》称汴梁逢七夕必"搬演目连救母杂剧"，是则北宋杂剧中已有该剧目；福建莆仙戏亦演目连，而莆仙戏的前身一般都被认为就是南戏（戏文）。就目连戏而言，究竟是从杂剧流向傩和戏文的？还是从傩流向杂剧和戏文的？或者另有更为复杂的流播过程？弄清这些问题，对中国戏剧史来说应该也是十分重要的。

最近有研究南戏的学者指出，四川内江素有"目连故里"之称，该地发现一种介乎叙述体与代言体之间的《目连戏文》，当与敦煌所存"目连变文"同出一系，而南戏之目连剧目则由蜀楚流传而来。据此可以推想，向东殆即传入北杂剧？蜀楚恰为傩乡，最初的目连戏是否即为傩与佛教唱赚的融合，并且标志着傩戏的产生呢？"外来说"作为戏曲溯源理论虽不可取，但佛教与中国乐舞、唱赚、戏曲的关系确实相当密切。我在祁阳会议上曾介绍许地山关于梵剧与"汉剧"即中国戏文关系的论述，许氏是中国戏剧"外来说"的代表之一，结论虽难成立，但是梵剧曾经传入中国却是事实。张庚先生在会上也认为,从佛教影响的视角考察南戏的产生,应是可取的。

第三,中国戏剧的远古源头,很可能应该归结到祭祀上去(西方学者早就有人持此说;我认为就中国而言将"祭祀"改称"巫风"或许更加确切——鲁迅曾说中国文化和中国人信仰的根底在巫,这一见解是很深刻的)。

关于中国戏剧起源,前人有外来、祭祀、俳优、百戏(杂技)、歌舞、傀儡诸说,比较权威的戏剧史多排除外来、傀儡二说,而取祭祀、俳优、歌舞、杂技"多元综合"之说。我觉得"综合说"有和稀泥之嫌,因为着眼于横的关系而回避了纵的源头。如果追溯戏剧因子——即"装扮角色、表演一定长度的内容且具观赏功能"之因子的最初蕴蓄,追根溯源似应始于祭祀。这里所谓装扮角色,指巫觋的"装神弄鬼"。它又有两种情况:一种是所装扮者属于"第三人称",即"我(扮的)是'他'"(如《九歌》,如敦煌遗曲"打夜胡"歌舞里的钟馗,又如萍乡古傩面具那样的兽形);一种是所装扮者属于"第一人称"(或曰"第二自我"的"雏形"),既是巫觋自身的"夸饰化",又是"他者化"的"自我",即"'他'就是'我'"。三星堆出土的造像中,有一类戴有薄型鎏金面具的,面具大小与戴者的头面部十分吻合,很可能即属于后一种情况。至于观赏者,也有两种情况:一种是以神鬼为主,人只是叨光者;一种是以人为主,但初衷不在令其观赏,而在令其惊悚敬畏。所谓一定长度的内容,这里指的主要是情感内容(中国戏曲、特别是一些折子戏,往往缺乏戏剧性而以抒情为主,固然反映着诗乐传统,再向前追溯,似仍归结于祭祀的乐舞);当然,长度又与动作相关。

歌、舞、杂技(角抵)也许最早产生于初民的生产活动之中或之余,但我总觉得"劳动创造一切"的说法过于空泛:它是对"劳动创造人"这一命题的简单演绎,而在形式逻辑上则和"上帝创造一切"相差无多。考察这个问题,必须看到初民的思维乃是神话思维,他们的现实世界同时也就是神话世界,而祭祀则把依附于形而下的生产、生活范畴的乐舞剥离出来,使之进入形而上的宗教仪式,主体也由普通的生产者衍生出专职的"巫觋"了。这应该也是很一种了不起的、对于人类文明极有历史意义的"初始分工"。乐舞、角抵后来虽又从祭祀中分化独立出来,但在官方机构里仍然归属于仪式功能很强的"乐部"(其中的"散乐"即包括百戏)。

俳优的情况有所不同,它的历史地位和作用在于使戏剧因子从另一方面得到发展,并且获得相当的独立性——由"戏耍"、"讽谏"演进为装扮人物言行,进而出现"行当"的雏形("戏剧冲突"的雏形在歌舞里已经出现,见于文献记载的应是汉代的《东海黄公》,其时"俳优"好像还限于说唱——见蜀中出土的东汉说唱俑)。唐宋参军戏是俳优的高级形态。它的另一发展方向则是曲艺,从而影响到"小说"。

从文字学角度考察,"戯"字表示人们在祭祀活动(以"豆"指示)中装"虎"(兽)形、执"戈"而舞,即古傩也;康殷先生以为此字古文应作"戱",左下部不是"豆"而是"丵"即戳破的鼓,本义为角力即角抵,也未尝不与祭祀相关。这两个字又与执牛尾而舞的"巫"字相映成趣;或以为"巫"又通"舞","舞"则通"武"。

从文化人类学角度考察,今青海同仁土族犹存"跳于菟"之俗、云南彝族则存"跳虎"之俗,均系古代傩舞的遗存,皆可视为对古"戯"字或"戱"字的形象"阐释"。

从"乐舞"的角度考察,最近湖南贾湖出土一组骨笛,被考定为约8 000年前物;已具备七声音阶,证明关于黄帝命伶玄造乐律的传说是有一定历史依据即实践基础的。专家认为,贾湖骨

萍乡古傩面具:"十二兽"之一

萍乡古傩面具中之"土地"

"撮泰吉"面具:阿布达

"撮泰吉"面具:阿达姆

三星堆面具之一　　　　　三星堆面具之二

傩公与傩母之一（贵州）　　　傩公与傩母之二（贵州）

图 25　古傩面具

笛是至今所见最早的祭祀乐器,早于埙和编钟。

关于戏曲源于傀儡之说,仅以"先有人,后有木偶"来否定,恐怕是过于简单的,因为傀儡的出现确实早于戏剧,不过最早的傀儡模仿的不是戏剧而是舞蹈,并且早已成为"百戏"之一种罢了(据说傀儡源于下葬时用草扎的人形,这就又与广义的祭祀分不开了)。它固然不是戏剧之源,却确乃乐舞之"流",而面具似乎亦可视为它的前身,这就又要追溯到傩上去——更确切地说:追溯到"巫觋"上去了。傩文化研究者认为,傩面具由兽形转为人形始于唐代;但是,相当于商代的三星堆文化已有"实用的"、"第一人称"的人形面具,它应该是巫觋所用而不一定是傩事专用的——傩事专指驱疫、驱鬼,这两项仅为巫觋职能之一。如果以上推论成立,则中国戏剧的萌芽——或者说得"谦虚"一些:源头——也是发生得非常早的。

2011 补记

鲁迅和中国传统文化

讨论这个问题,有必要对"传统文化"这一概念的内涵略加辨析。高尔泰同志认为,"传统文化"是"专指过去的文化而言",作为"既成的历史事实",它是"不会发生变化的";"传统文化意识"则"专指现在的文化意识而言",它是一种"企图用过去的某种文化现象作为模式,来规范现代文化"的思潮①。贾植芳先生则称前者为"过去时态的传统文化",后者为"现在时"的传统文化。② 他们的辨析,有助于我们深入、全面、细致地探讨鲁迅和中国传统文化的复杂关系。

一

众所周知,鲁迅对于作为现实意识而存在的"现在时"传统文化,终生持猛烈攻击、整体否定的态度(因此在批判中必然涉及"过去时"传统文化的诸多消极面)。所以如此,窃以为主要原因有二:第一,这种作为现实思潮的文化意识(如"国粹主义"、

---

① 高尔泰:《文化传统与文化意识》,《读书》1986年第6期。
② 贾植芳:《中国新文学与传统文学》,《学术研究》1987年第6期。

"复古主义"),在"五四"以来的中国现代思想史上,是以"精英文化"的姿态出现,而又与政治上的反动势力相辅相成的(如"甲寅"派之于段祺瑞政府)。其影响极大,对新生的、处于萌芽状态的"五四"新文化的危害也极大。当时这一文化斗争,是你死我活的斗争,非以战斗态度对待不可。在此范畴内,鲁迅的斗争态度是既说理,也可以不择手段,攻其致命之处而不及其余(如《华盖集续编·再来一次》攻章士钊之不学)。第二,这种守旧的、非现代的文化意识,作为群体心理积淀,同时存在于广大群众之中,存在于不能反对、不应打击者之中,存在于"反传统"者自身之中。它作为来自民族及其所有个体,甚至融入于"生命"的"鬼气"、"毒气",是十分可怕的。在这一范畴内,鲁迅主要致力于"启蒙",坚持不懈地提醒人们认识历史和精神的包袱之沉重,改革之艰难。自己反思,引人反思:不要忘了大家灵魂里都有"鬼"。

儒学制度化,制度伦理化,是中国传统文化的总体特征。在中国历史上,"国家"的形成,似乎并未以地域组织的形式切断社会群体的血族组合关系,而是沿袭、肯定了这种关系。儒学则既反映、又维护着这种关系,从而形成了以"礼"为总体,以"孝"为核心的一系列德目,发展为重群体轻个人,以"家长"为主轴的向心观念、集权观念和统一观念。对于上述文化特质,至今论者褒贬程度不一;鲁迅则认为,它在总体上已成为全民族的沉重精神负担,是民族文化发展的最强大的现实阻力。因而,他特别注意于挖掘上述文化特质的"根柢"。

剖析儒学的伦理德目时,鲁迅紧紧抓住"孝道"这一核心,认为其要害在于:以亲子关系为"交换关系"(泯灭了"爱");以长者本位取代幼者为本位,从而置重过去,轻视将来;长者则只重权利,不尽义务和责任。因而,古来崇孝,实为"逆天行事",导致

"人的能力,十分萎缩"。推及家庭中的男女关系,则有"节烈"观念;而男人要女人守节,皇帝就要臣子尽忠;"长幼有序",由家庭而及于社会,伦理乃成为制度,制度实亦即伦理。这就是历代帝王之所以或"以贞节励天下",或"以忠诏天下",而终于"以孝治天下者"为最多的原因:只有将"忠"归结到"孝",在上的"治国者"方能使自己永远成为轴心,使自己的欲求化为被治者的意志。① 这种根于血族关系的伦理或制度,既以一味"收拾弱者"为目的,又可向弱者推卸丧家辱国的罪责,所以鲁迅形象化地称其本质为"吃人"。他曾说自己的《狂人日记》"意在暴露家族制度和礼教的弊害"②,我们的研究者往往由于认为"家族制度"并非马克思主义经典著作中所论的封建制度本质,而忽略鲁迅这一自述的深刻意义;其实它恰恰道出了儒学伦理化、伦理制度化的中国封建文化特质,击中了"五四"以来直至当前若干颂扬"传统"者的要害,是鲁迅批评传统文化的最精彩的论点之一。

另一精彩论点则是:"中国根柢全在道教"。鲁迅认为,"以此读史,有多种问题可以迎刃而解。""人往往憎和尚,憎尼姑,憎回教徒,憎耶教徒,而不憎道士。懂得此理者,懂得中国大半"。而道士思想"与历史上大事件的关系,在现今社会上的势力",实为中国人"研究自己"的"好题目"之一③。他并且认为,道教固然吸取了道家清虚无为等思想,但在整体上、渊源上都有别于道家;道家属于周季思潮之"陈宋派";道教则直承"燕齐派","亦秦

---

① 参见《坟·我们现在怎样做父亲》,同书《我之节烈观》,《而已集·魏晋风度及文章与药及酒之关系》等篇。
② 《且介亭杂文二集·〈中国新文学大系〉小说二集序》。
③ 1918年8月20日致许寿裳信,《而已集·小杂感》,《华盖集·马上支日记》。

汉方士所从出也。"①道士思想,亦即方士思想。

汤一介先生从宗教史的角度考察道教,曾指出其"'非科学'、'反科学'的成分和它中间的科学因素""形成了一个极大的矛盾"②;李约瑟博士从科学史的角度研究道教,认为其长生不死的概念,在"世界上其它国家没有这方面的例子。这种不死思想对科学具有难以估计的重要性。"③鲁迅由道教挖掘"中国根柢",则侧重于考察历代统治阶级为什么从世俗生活的角度出发而特别偏爱道教?他们如何将道教思想与其穷奢极欲的腐朽生活、贪婪欲望融为一体?如何利用它的支撑功能与消解功能?

正如汤一介先生指出的,"几乎所有宗教提出的都是'关于人死后如何'的问题,然而道教所要讨论的是'人如何不死'的问题"。④ 这一在科学史上具有重大意义的问题,在中国历代统治阶级看来,却是能使其贪婪欲念得到无限满足的一把"金钥匙";服药、炼丹、房中术等具有科学因素的方术,被他们视为合"兽欲"与"仙道"为一的,直接由"人"的世界通向"神"的世界的简易中介。所以,鲁迅在《热风·五十九"圣武"》中指出,"大丈夫当如此也"的"如此","简单地说,便只是纯粹兽性方面的欲望的满足——威福,子女,玉帛,——罢了。"然而,"大丈夫'如此'之后,欲望没有衰,身体却疲惫了;而且觉得暗中有一个黑影——死——到了身边。于是无法,只好求神仙。"求神仙者,求方士即道士也。何以不求其他呢?儒家讲入世,"不知生,焉知死?"

---

① 《汉文学史纲要·老庄》。
② 汤一介:《论道教的产生和它的特点》,《中国文化和中国哲学》,东方出版社1987年12月出版。
③ 李约瑟:《中国科学技术史》第五卷《道家与道教》,剑桥英文版。转引自郝勤《早期道教养生简论》,《中国道教》1987年第3期。
④ 同②。

解决不了对"死"的超越问题;释家讲轮回、果报,使人"怖无常而却走";唯有道教,不仅选择了即便帝王亦无法避免的"死"为其支撑点,而且选择了"欲望的肯定"来实现其支持功能。阿克顿勋爵云:绝对权势必倾向于绝对腐化。中国古来的大、小"丈夫"们之所以以儒教治世、以佛教治心、以道教养身,即由于在他们看来,唯有后者,才是"绝对腐化"的绝对保证。所以,鲁迅又曾经指出,儒士企图用"天"作为控制皇帝的工具,然而皇帝一旦取得绝对权势,为了保证"绝对腐化",就会胡闹起来,声称"我生不有命在天",以至"背天"、"射天";而秦皇汉武们虽然屡杀方士,却永远离不开方士思想的控制。

至于道教的清虚无为思想,在鲁迅看来,则成了"中国人"的一条"败亡的逃路":所以"轻物质"者,即因"失物质"也;这是"重物质而疾天才"的传统文化水晶球的另一面。"狂赌救国,纵欲成仙,袖手杀敌,造谣买田"而无成,就只好"外洋养病,背脊生疮,名山上拜佛,小便里有糖"了。① 这里所揭示的文化心理支撑功能,是把最腐朽的和最纯洁的,最兽性的和最神性的,最卑怯的和最崇高的,以最廉价的方式统一起来而得以实现的;而其消解功能,实际是以"超脱"来固守腐朽的价值观念(所以鲁迅曾指出,对于大、小"丈夫"来说,最惨的不是丢官,而是"谋隐谋官两无成"②)。

如果从宗教史、哲学史、科学史的角度考察,鲁迅关于道教的见解显然具有很大的片面性。上述角度不是鲁迅的出发点。他是把道教作为典籍文化、宗教文化与行为文化(或称"现实文化")的契合部,从而以后者为重点,剖示传统文化中"恶"的本质

---

① 分别见于《准风月谈·中国的奇想》、《伪自由书·天上地下》。
② 《且介亭杂文二集·隐士》。

和根柢。这种方法是独特而击中要害的,这种剖示是入骨三分的。

二

对于作为历史存在的"过去时"传统文化,鲁迅从未采取虚无主义的"全盘否定"态度。早期,他曾指出:"文明无不根旧迹而演来",因而新文化必然对传统有所承继。这种承继,在积极意义上是"苏古掇新",取为裨助;在消极意义上则是脱其束缚,防止"矫往事而生偏至"。后期则一再指出:新文化"总承受着先前的遗产",因而对旧文化必然"有所承传",也"有所择取"①,并且提出了对外来文化和传统文化皆应取"拿来主义"的著名主张。"五四"时期他固然对"全盘反传统"的思潮有所认同,时发偏激之论,但对"过去时"传统文化的上述态度,并未发生"断裂",反映在其"显示的、有意识的"思想层次②,不仅见诸学术事业,而且也见诸论争文字(如《坟·看镜有感》等)。因而,鲁迅对"过去时"传统文化的态度和观点,有其一贯性。人本主义的价值体系,则是鲁迅评估传统文化的主要参照系,因为"我们继承着人的过去,也爱人类的未来",择旧、创新的出发点是"人",必须立足于"人间"。③

鲁迅认为,传统文化的优秀内容,皆植根于相对健康的人性,表现为相对热烈的"人间性"。《破恶声论》(《集外集拾遗补

---

① 参见《坟·文化偏至论》、《且介亭杂文二集·〈全国木刻展览会专辑〉序》、《集外集拾遗·〈浮士德与城〉后记》、1934年4月9日致魏猛克信。
② 林毓生先生在《中国意识的危机》一书中,将鲁迅思想分为三个意识层次加以考察。这三个层次是:显示的、有意识的层次(包括争论的、学术的、文体的、个人和美学的四方面);隐示的、未明言的层次(主要见诸创作);下意识的层次。他认为鲁迅对传统的认同,主要反映在后两个意识层次和前一意识层次的学术方面。
③ 《集外集拾遗·〈浮士德与城〉后记》。

编》)中斥维新派"志士"浅薄的"反迷信"行为时曾经指出:中国初民,"其所崇爱之溥溥,世未见有其匹也。"且"中国人之所崇拜者,不在无形而在一体,不在一宰而在百昌,……顾瞻百昌,审谛万物,若无不有灵觉妙义焉,此即诗歌也,即美妙也,今世冥通神閟之士之所归也"。因而,反映在民俗范畴的若干"迷信"之"迷",实"乃向上之民,欲离是有限相对之现世,以趣无限绝对之至上者也。"鲁迅认为,"苏古掇新",就是要唤起、发扬这种日渐淡薄的民族"气禀",而这种气禀,至今犹存在于刚健、清新的民间文化之中,埋藏于朴野之民的心灵(后来他虽致力于攻击、发露"国民性"的痼疾,但上述观点并未改变)。当时,对于世界大潮他寄希望于西方的"新神思宗",实则包含着借外来之良规,复古国之"本性"的论点。①

综观鲁迅关于"过去时态"传统文化的论述,他对宋以前的中国文化(近人或称"长安文化")颇为首肯,宋以后(即近人所谓"汴梁文化"、"北京文化"),则被视为"孱王""孱奴"文化。前一方面,集中体现于鲁迅关于"汉唐气魄"和"魏晋风度"的论述。

在鲁迅看来,汉唐文化之"闳放"、"雄大"、"豁达"、"自信",首先根于国力的强盛。"人民具有不至于沦为异族奴隶的自信心,或者竟毫无想到"②,因而在文化心态上也就具有"俘彼"而用之的气魄,决无"为彼所俘"的恐惧。其次,健康、闳放的文化,总是与人的自我价值的发现和肯定,与"人的觉醒",与突破樊篱的自由精神相联系的。他在《汉文学史纲要》及《而已集·魏晋风度及文章与药及酒之关系》诸篇中指出:西汉文化产生于大一统

---

① 林毓生先生认为,鲁迅早期既反对国人之唯西方是务,自己却又推崇"新神思宗",因而陷入"悖谬",金宏达同志在《鲁迅文化思想探索》一书中则认为《破恶声论》对"反迷信"的批评属于思想局限。二说皆不敢苟同。

② 《坟·看镜有感》。

的相对安定的局面,由"雄主"、"骛士"为集中体现,而浸及于全社会。它那充盈、丰沛的风格,包蕴着"精力弥满,不惜物力"①的精神,表现着对人格力量的强大自信。魏晋文化承绪东汉,其走向则是自下而上的趋势,以个性的自觉和文学的自觉为其特色。魏晋风度的"清峻"、"通脱"、"师心"、"使气",都出现于王纲解纽的背景之下,是对西汉文化总氛围的一种反拨。传统文化的发展包含着"否定之否定"的过程。王纲解纽又导致外族入侵,然而这种"乱世"又为新的民族文化之融和创造了条件,其发展成果即盛唐文化。鲁迅在反思中国文化的上述历史时,采取了两种"算总账"的方法:(一)立足于现代的"人之价值",必须从总体上否定封建文化的价值(就此而言,"盛唐"、"炎汉",亦无非"暂时做稳奴隶"的时代)。(二)着眼于全民族的历史,他则从整体上肯定上述"长安文化",因为这是中华民族不失自信力的时代。鲁迅还指出,"汉宫"多"楚声",六朝"会小乘佛教亦入中土"②,唐则大有"胡气"。"长安文化"也是华夏民族与非华夏民族文化融合的产物,而上述历史时期母体文化本身是健全、豁达的,所以不仅具有开放的精神,而且具有强大的消化力。

  鲁迅对"汉唐气魄"和"魏晋风度"的考察,既未采取"非此即彼"的形而上学方法,也未采用庸俗社会学的"两种文化"划分标准。即使后期接受了"消费者的艺术"和"生产者的艺术"之"二分法",他仍认为"创业的雄主,胜于世纪末的颓唐人"③,因而未将历史唯物主义视为人本主义价值体系的截然对立物。

  对于宋代以后文化遗产中具有人本主义因素的某些部分,

---

① 《华盖集·忽然想到(一至四)》。
② 《中国小说史略·六朝之鬼神志怪书(上)》。
③ 《集外集拾遗·〈浮士德与城〉后记》。

如明代的"言志"文学等,鲁迅亦持肯定的态度。因而,在鲁迅看来,中国传统文化中具有正面价值,值得后人承继的部分,基本形成了下面这样一个继时性系统:

健康、质朴的初民文化(作为共时性存在,则表现为后代的民间文化)——先秦诸子中的有价值部分(其中,鲁迅对于墨子极少间言)——汉唐"长安文化精神"——宋以后具有人本主义精神的非正统文化。

这一系统不同于儒学系统,是一个"非儒学系统"。

即使对于儒学,作为"过去时态"传统文化而进行考察时,鲁迅亦不采取简单的"全盘否定"态度。例如,他曾指出:先秦三显学之一的儒家,是"欲尽人力以救世乱"的,其学术思想"崇实",人生态度"进取",是"'知其不可为而为之'的事无大小,均不放松的实行者"。"孔夫子漫游一生,且带了许多弟子,除二三可疑之点,大体还可以。"孔子在巫鬼势力旺盛的时代,偏不肯"随俗谈鬼神","确是伟大",等等①。因此,鲁迅对中国传统文化的态度和估价,片面性或有之,盲目性则无之。

三

作为代表着"五四"精神的杰出思想家,鲁迅既对中国传统文化有着清醒的认识,又在某些方面不可能摆脱传统的困制。对于后一情况,亦须进行具体考察。

林毓生先生曾经通过深刻的分析指出,鲁迅和"五四"新文化运动的其他先驱者,均未脱出"借思想、文化以解决问题"这一

---

① 参见《汉文学史纲要·老庄》、《且介亭杂文末编·〈出关〉的关》、《而已集·反"漫谈"》、1934年6月7日致增田涉信、《坟·再论雷峰塔的倒掉》。

"儒家传统的'整体性思考模式'"。① 所以如此,窃以为还有三点原因:(一)中国近现代文化思想运动本身的局限。这一运动虽然产生了包括鲁迅在内的许多启蒙思想家,却既未能产出中国的亚当·斯密,亦未能产生出中国的百科全书派,对此,除了从传统文化的困制角度剖析外,还值得从其他角度进行深刻反思。(二)鲁迅本人作为一个"个体系统",其文化、心理方面的"前结构"决定其职业选择、思维定向必然倾向于精神文化领域。就此而言,"弃医就文"不仅是为了救国治人,也是实现了"优化自我定位"。然而,这也决定了他从思想、文化角度思考问题的"模式";对此,鲁迅后来是有所自觉的。(三)早期接受"新神思宗"影响,提出"培物质而张灵明,任个人而排众数",忽略了中、西文化之间所存在的"错位"现象:虽然双方皆有"尚物质而疾天才"之弊,中国却尚未经历藉自由经济以实现个人自由的过程。后来贯穿鲁迅一生的改造国民性的思想发端于此,但有发展,具体表现为常有不相信藉思想、文化能解决中国问题的论述。因而,"五四"以后鲁迅在思想上既受林先生所说的"整体性思考模式"的制约,又存在着突破这一制约的不断努力。

诚如许多论者指出的,鲁迅在其思想的显示意识层次所表现出的反对旧道德的彻底性,与他在生活实践中对旧事物的某种"妥协",往往形成明显的矛盾。应该注意的是,这种"妥协"往往是针对弱者的,例如人们常引以为例的对母亲的孝以及和朱安的婚姻;然而人们往往忽略了这种"妥协"背后所隐藏着的对于弱者生命价值的肯定和尊重,忽略了其中博大的人道主义精神(对此,鲁迅在《且介亭杂文末编·我要骗人》和《热风·四十》

---

① 林毓生:《中国意识的危机·鲁迅意识的复杂性》,贵州人民出版社 1988 年 1 月版。

中均有剖示)。此类"妥协"还往往反映着鲁迅对中国现实的清醒认识:《且介亭杂文·病后杂谈之余》述及绍兴府中学堂的"剪辫风潮"时,曾解释为什么自己既认为"没有辫子好",却又劝学生"不要剪"的原因:"'言行一致',当然是很有价值的,……但他们却不知道他们一剪辫子,价值就会集中在脑袋上。"对于此类问题,今天的某些青年读者,也是往往忽略的。鲁迅的上述"妥协"之中,还包含着极为复杂、丰富的精神、情感内涵,也未尝没有传统的"行经""从权"意识。这些都值得研究,体味;但有些人企图借此"骂倒"鲁迅,如果不是对历史缺乏了解,就暴露出了自己的浅薄。对于这种"彻底的革命论者",鲁迅早就"画"过"像";而他们的重新出现,则值得人们深思。

1989.4

《中国小说史略》(第一至十三篇)疏解

说明:由于《集外集拾遗补编》包含《破〈唐人说荟〉》等、《古集序跋集》包含《〈唐宋传奇集〉稗边小缀》等有关中国小说史的文稿,所以注释这两种鲁迅著作时我都反复重读《中国小说史略》及相关资料,并随时做过一些笔记。后来将它们整理出来,形成这样一篇文稿;由于曾经用作给几位韩国博士生授课的教材,所以题为"疏解"。其"缩略稿"曾以《〈中国小说史略〉注释补证》为题,发表于《鲁迅研究月刊》2001 年第 10、11 期。

2017.2 追记

《史略·序言》注释之补充

关于中国人所作之中国文学史[1],除原注所列林传甲、谢无量两种外,尚宜增列黄人(摩西)之《中国文学史》。该书初为东吴大学教材,1904 年开始编撰,随讲随编随印(约于 1907 年出全

---

[1] 见《鲁迅全集》第九卷,页 4,注①,人民文学出版社 1981 年版。

三十册),先在校内使用,后由上海国学扶轮社正式出版(时在1911年后)。其中,对《山海经》、《穆天子传》等"古小说",以"茂先《博物》"、"干宝《搜神》"、"稚川《西京》"、"王子年《拾遗记》"为代表之"魏晋南北朝小说","唐新文体"之一的"唐人小说",明代通俗小说,以及"最新流行之章回小说",均有相当篇幅的述评,且已提出"历史小说"、"家庭小说"、"军事小说"、"神怪小说"、"宫廷小说"、"社会小说"、"时事小说"七大类目,见解颇为中肯。全书绝大部分篇幅为诗文作品选录,小说部分无独立的作品选,但也与戏曲合占了两个分册。所以,不能指为"不谈或很少论及小说"。

《史略》的方法

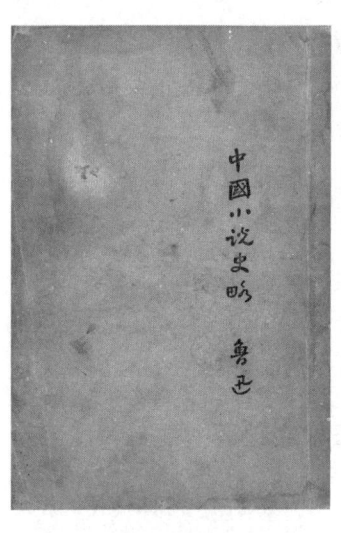

图26 《中国小说史略》1931年北新书局订正初版本

1) 辑佚钩沉与资料之汇集、整理相结合(《古小说钩沉》、《唐宋传奇集》、《小说旧闻钞》——分别与《史略》三个部分对应;其最见功夫者为宋以前部分,盖明清部分胡适已有所开拓),是为归纳的,考据的方法。

2) 目录学的,也是归纳的,考据的方法。

3) 进化论的观点方法(包括注重发生学的考察):主要是演绎的。

4) 文化学—美学(含比较文学、文化人类学等)的观点方法:主要也是演绎的。

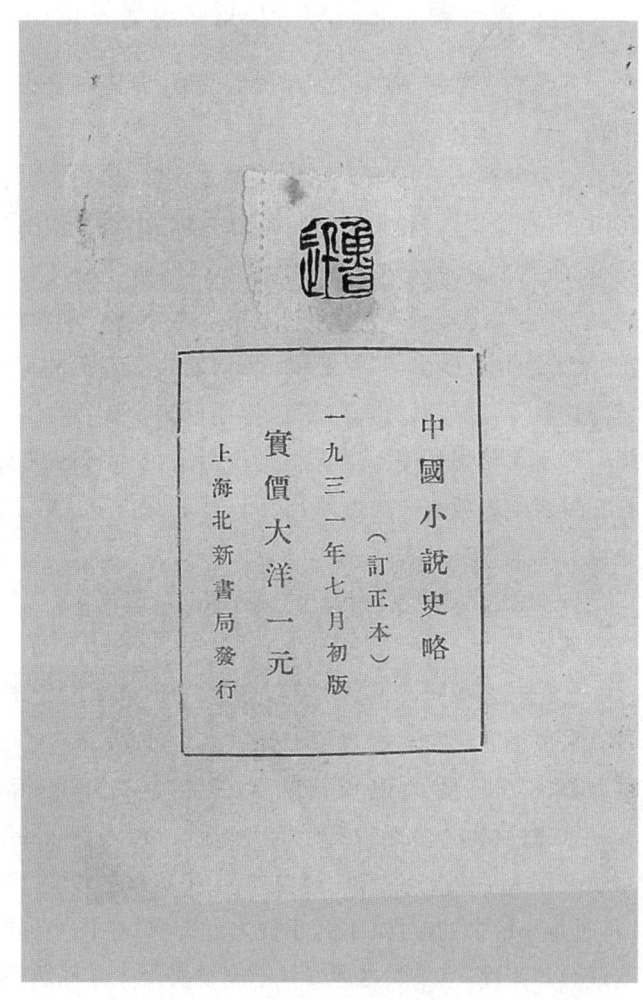

图27 《中国小说史略》1931年北新书局修订初版本版权页

对归纳法与演绎法会通运用的自觉,正是鲁迅当时研究西方文明史的经验教训之后,在哲学思想、方法论方面获得的最大收获(参阅《坟·科学史教篇》)。凡欲治学者,于归纳、演绎二法不可有所偏废,当会通而运用之,是为不经之论。

第一篇　史家对于小说之著录及论述

本篇实为考察"古人之所谓'小说'",即传统之小说观这一问题。

语源考察——《庄子》之谓"琐屑之言",《新论》之谓"寓言异记",皆与"道术"、"经传"相对,藉以指称"小语""短书"(或以为庄、桓所谓小说,乃指"小道"而非"小语",且无贬义);桓谭虽已论及"譬喻",然其所指乃寓言,故与今之"小说"观念相去仍远。按"丛残小语"云云,与西文 nouvella 之本义殆颇相似——既指其"短""小",又指其"非正统""非经典";既为"小言",即系"小道",然不无可观耳,但儒者以为可观者道也,而非从艺文着眼。

目录学之考察——考察何为古代目录学家(史家)之所谓小说。

1)《汉志》始以"小说"入"诸子略",《隋志》始以"小说"入"子"部。

二《志》之所同:皆列为"谈说理道"(胡应麟语)之部类,皆取稗官采风说以明"小说"之源。鲁迅认为,即使真有稗官采风之事,所采得者已是"小说书"即文本,是为"能指"(signifier);而非存在于先民口头之"小说",是为"所指"、"客体"(signified)。目录学著作著录之"小说"亦是"文本",所著录之书,时代再早,也"不过是小说书的起源,不是小说之起源"(《中国小说的历史的变迁》)。因此,目录学之考察并不能解决发生学问题,发生学之考察不在此篇,而在下篇。

二志之所异:《隋志》著录"小说"25种155卷,其中并无《汉志》所录15家(道家类有《鬻子》一卷,殆非《汉志》所谓小说;其后,至清《四库》,又有《鬻子》一卷入"小说")。盖隋前已经五"大厄"(隋秘书监牛弘称:秦火,王莽,汉末战乱,永嘉南渡,周师入郢,为图籍五大厄,然至炀帝时,经多方收集,又有37万卷,为刘向所见之十倍),复经广陵一火,古籍凋零更甚矣。《隋志》将(后起之)神道迂诞之说剔入"道家",史实考订拾遗之类归于史部,较《汉志》似稍整洁。(按其所列"小说"可分四类:(1)笑话故事,如《笑林》;(2)杂说应对,如《杂对语》;(3)志人笔记,如《世说》;(4)器物艺术,如《器准图》。虽亦增芜杂,但文学性已有所突出——观念的调整又反映着创作的发展,是为规律。)又,《隋志》所录,有梁殷芸《小说》10卷、又5卷(后者殆前者之另版?)。以"小说"名书,殆始于此(两唐《志》又著录刘义庆《小说》10卷,刘氏早于殷芸,然刘书《隋志》不录,亦不见遗文,故论者以为并无其书——见周楞伽《殷芸小说》前言)。刘知己《史通·杂说》引刘敬叔《异苑》称:梁武库失火,高祖斩蛇剑穿屋而飞。其言不经,武帝乃令殷芸编为小说。又,姚振梁《隋书经籍志考论》:"此殆是梁武帝作通史时,凡不经之说为通史所不取者,皆令殷芸别为小说,是小说因通史而作,犹通史之外乘。"是为古人以"小说""附史"观念之典型。

【注解】引语中之"《传》载舆人之颂,《诗》美询于刍荛",前者见于《左传》襄公三十年:子产自晋返,为政一年,舆人诵之曰:"取我衣冠而褚(按,蓄也)之;取我田畴而伍之。孰杀子产,吾其与之。"及三年,又诵之曰:"我有子弟,子产诲之。我有田畴,子产殖之。子产而死,谁其嗣之!"后者见于《诗·大雅·板》:"先民有言,询于刍荛。"

2)两唐《志》至《四库提要》及《续文献通考》、《百川书志》、《也是园书目》等。

小说观念总体上由芜杂(例如原来往往出入于史部杂传类,子部杂家、道家类)渐趋于"整洁"。《新唐志》之得,在使志怪退出史部,其失,在增益非传奇文之唐人杂纂;胡应麟之功在辨类,然以"辩订"、"箴规"入小说,仍不免芜杂;纪昀虽趋整洁——实已归纳为"志怪"、"志人"(杂录)二类,然不列传奇文,仍有所失。究其本源,皆未脱"史家成见"。(按胡应麟《少室山房笔丛》二十九《九流绪论下》:"小说,子书流也,然谈说理道,或近于经。又有类志传者,或通于史。他如孟启本事,卢环抒情,例以诗话文评,附见集类,究其体制,实小说者流也。至于子类杂家,尤相出入。郑氏谓古今书家所不能分有九,而不知最易混淆者小说也。"所指古"小说"与经、史、子、集混淆情况甚确,然其"小说"观念仍拘于传统。)

小结

史家对于小说之著述及论述,虽渐趋"整洁",然总体上皆囿于"史家成见":

(1)均视之为"子部",是"政教功能"观之反映。

(2)或均视之为"史部"之附骥,则又系"附史"观、"实录"观之反映。(史为实录,故斥"迂诞",由此而言,史家即以迂诞者为"小说";然史家又视"小说"为史之"外乘",故又以"史笔"要求于"小说",即所录虽难免"迂诞",但仍应符合"实录"要求——此等观念,皆非"作意幻设"观念;至于正史所载迂诞之说如见于《五帝本纪》等者,史家又以为并不属于迂诞。凡此,皆非"艺文之见"。)

(3)均视之为"小道",则为"道统"观念之反映。

（4）因此，自《汉志》以来，传统小说观念均未脱于"芜杂"，均"非于艺文有真知"。

（5）理论落后于创作（唐传奇文出现之后，小说观念并无质的变化），乃中国小说史之独特现象。

以上小说观念之形成，既反映"前史时期"创作之幼稚，又制约同时代或后代创作。

检讨传统小说观念之失，并不等于贬低"前史时期"诸"小说"之价值。《〈古小说钩沉〉序》谓，六朝以前之"小说"，除"为广视听之具"外，当有如下价值，为持陈说者所未见：

1）与"史"、"子"、"释"、"道"（含"神仙家"）之关系密切——颇具文化、文体价值。

2）发生学之价值（乃"洪笔"之"权舆"，"文林"之"舜华"）。

3）人性、民族性之文学表现价值（"国人"之"白心"，"思士"之"结想"）。

4）（发生学外之）历史价值（足为"文明"增"丽"，为"幽独"之"点缀"）。

第二篇　神话与传说

此篇方为发生学之考察，认为"小说"起源于神话即"先文字时代"之先民口传，是艺文的、文化人类学的观点——与传统之"史家成见"迥异。所据虽亦拘于"神话书"（当时田野考察尚未展开），然其所载内容之原始性强于史籍目录所谓之多数"小说"（如《山海经》之所载，当早于《青史子》、《务成子》之流，其若干内容且见诸非中原文化系统之《楚词》，可见此类神话产生之早、流传之广）。神话直接影响于志怪，故以发生学言之，志怪当先于志人。

（一）神话之价值、意义

"神话不特为宗教之萌芽，美术所由起，且实为文章之渊源。"是立足于文化人类学考察本论题而得出之结论，其见解亦与传统之"史家成见"迥异。（神话乃"自然宗教"之反映，鲁迅认为，此系人类"向上"本性之表现，亦为后起文艺根本价值之所在。《破恶声论》[《集外集拾遗补编》]云："夫人在两间，若知识混沌，思虑简陋，斯无论已；倘其不安物质之生活，则自必有形上之需求。故吠陁之民，见夫凄风烈雨，黑云如磐，奔电时作，则以为陁罗与敌斗，为之栗然生虔敬念。希伯来之民，大观天然，怀不思议，则神来之事与接神之术兴，后之宗教，即以萌蘖。虽中国之志士谓之迷，而吾则谓此乃向上之民，欲离此有限相对之现实，以趣无限绝对之至上也。""顾吾中国，则夙以普崇万物为文化本根，敬天礼地，实与法式，发育张大，整然不紊。覆载为之首，而次及于万汇，凡一切睿智义理与邦国家族之制，无不据是为始基焉。效果所著，大莫可名，以是而不轻旧邦，以是而不生阶级；他若虽一卉木竹石，视之均函有灵性，玄义在中，不同凡品，其所崇爱之溥溥，世未有见其匹也。"是皆神话价值之精辟阐释。）

（二）盘古、女娲神话及其解读

呈现为文本之神话，由于掺入记录者之见解，故易丧失其原始面目（所谓诗人乃神话之敌，亦指此也），本篇所引盘古、女娲两则，即因其哲理色彩及征战内容而淹没"初民之本色"。（同为记录口传内容之文本或"诗人"之"引用"，若较少粉饰，则可能稍存本色。例如，明周游《开辟衍绎通俗志传》谓盘古顶天立地，以斧凿分天地之相连；明董斯张《广博物志》引《五运历年纪》云：盘古龙首蛇身，嘘为风雨，吹为雷电，开目为昼，闭目为夜，死后骨节为山林，体为江海，血为淮渎，毛髪为草木；《天问》王逸注谓女娲人头蛇身,一日七十化;《淮南子·冥览训》所载女娲传说无康回事,殆皆较为原始。按当代学者何新以为盘古原型来自巴比伦,称BAU,后经印度、东南亚演化为"梵天",东汉末传入中国,转音为"盘古"。其说颇新,然此说须证明《五运历年纪》诸书所载内容皆出于东汉之后,并须证明少数民族口传之内容亦出于东汉之后。否则新则新矣,基础却不稳。)

(三)**后羿等传说及其解读**

本篇列后羿等四则,目的在于帮助分清"传说"与"神话"之区别,故选材均取其较富"人格"而近乎"史"者(《史记》、《左传》即为"纯史")。实则相同题材而富于"神格"者亦颇多见:

1) **关于后羿**:《山海经·海内经》谓,羿受天帝(帝俊)所赐彤弓素矰,以"扶下国","恤下地",故本亦天神。帝俊妻羲和(日神)、常羲(月神),生十子(即十日)、十二女(即十二月),羿射其九子,故虽以封豨之肉膏祭天帝,而帝犹"不顺羿之所为"也(参见《淮南子》)。

2) **关于姮娥**:或以为即常羲(羲、仪,古音均读若娥)之演变,身份亦随之变矣。

3) **关于鲧**:《山海经·海内经》谓:鲧不待帝命而窃息壤治水,招帝怒,命祝融殛之羽郊。其说亦近神话。按近乎"史"之诸说,皆以鲧为尧时之人;此则不称尧而称"帝"。而在《山海经》等神话传说中,"帝"既指天神"帝俊",又指人王如"黄帝"、"帝喾";后二"帝",殆为"帝俊"之演化(故黄帝亦每具神格)。若以失息壤之帝为黄帝,当距尧时4至5代(帝喾为黄帝曾孙,尧为帝喾之子);若以该"帝"为帝俊,则鲧完全处于神话时代矣。是则治水等等传说,盖皆"神"与"英雄"嬗替期(亦洪荒与文明之嬗替期)之反映——当代考古发现证明,夏确为中国最早之王朝,因而亦为进入文明期之标志(当代学者何新则以为黄帝与伏羲[日神]、常仪[月神]一体,构成中国古代三位一体之尊神)。

4) **关于舜**:《山海经·海内北经》:舜娶登比氏之二女,生霄明、烛光,二女之灵能照此所方百里;《列女传》称,舜得免二难,皆二女之助也。此说亦较《史记》更多神话色彩。

(四)《山海经》、《穆天子传》及其解读

篇中论点有二:其一,《山海经》乃"古之巫书";其二,西王母形象之演变,乃"神格"演变为"人格"之典型案例,亦(原始)神话演变为志怪小说之典型案例。

所引《山海经》第一则,述昆仑之山神。**陆吾**:袁珂谓即《海内西经》之"开明兽"(九尾演变为九首,其形类乎羿所射杀之"九婴"——水火之怪),以及《庄子·大宗师》中之"肩吾"(山神)。第二则:**胜**,玉饰也;**司天之厉及五残**,主知天之灾厉及五刑残杀之气。第三则:述西王母所居环境。**非仁羿莫能上**,后演变为非乘"羽车"莫能上。第四则:**梯几**,凭几也。第五则:亦西王母所居之大环境,突出"十巫"。巫咸善筮,巫彭善医。十巫皆有不死药,以灵山为登天之处。第六则,注意一处句读:**有神——人面虎身,有尾皆白——处之**。按此即"陆吾"("开明兽",后似演变为侍西王母之白虎神)。

关于《山海经》——当代学者以为当成于战国—秦汉间,留存荒古时期口传颇多。《汉志》入于"数术略""形法家类"(盖以其近巫也),其后诸志皆入史部地理类,胡应麟以为"古今语怪之祖",《四库》入于小说家,以为"小说之最古者"。鲁迅"巫书"之说具有下述合理性:1) 巫在上古时期为知识与文化之代表,系口传文化之"逻辑的"拥有者;2) 巫之职司为卜筮、祭祀、通神、治病,且又兼"史",须知名山大川、神王世系及相关各种神话传说及交感巫术;3) 鲁迅认为,巫文化既为蒙昧期各民族之共性,又系中国传统文化突出之个性(其直承者为方士—道教文化,同时长存于民间及传统观念中)。

关于《穆天子传》——西周世系：武—成—康—昭—穆—共……，穆王当距今约3000年。《穆天子传》则神话小说，其事不经；然其西狩之事确乎见诸正史(《左传·昭二十》未称上昆仑、见王母，其说始见于《史记》，盖史中之"迂诞"也)。《穆天子传》，《隋志》、两唐《志》入史部"起居注"类，宋《志》入史部"别史"类，《四库》始入小说家。一般学者皆以为非周时所作，上限当在战国时期。

《穆天子传》中西王母形象演变之意义：1) 由半人半兽至"人王"，是同一荒古神话传说入于文明期，掺入真人真事，而成为"野史"之典型实例。2) 其想象、其思维形式，开后世志怪小说乃至戏剧之先河，且为不衰之"母题"。3) 所含巫术文化内容以此"人物"、故事为载体，发展为道教仙话之一部分——西王母为道教诸神中之重要女神，与"东王公"相对，分领三界成仙之男女，又称金母、西华金母、瑶池金母、西姥。4) 道教内容又影响后世小说、戏剧、造型艺术。

《逸周书》等：1) 系卜梦类题材之较早者；2) 证明"史部"亦多异闻(未尝不是后世小说之渊薮)。

《楚词》之意义：1) 其丰富性罕见，为《诗》所大为不及。2) 有其独特神话系统(鲁迅所引《天问》各句，虽多中原神话传说之及于楚者，而东皇太乙、大少司命、山鬼等则为楚地所特有)。3) 楚文化不同于中原文化，更尚"文"，更富于幻想，更自由，巫风亦更盛。

(四) 中国无神话宏篇钜制之原因

1) 篇中所述前二因似不适用于汉以前之楚地及夷越之地，然考诸"独尊儒术"以后之文化史，又确为楚风渐衰之原因。

2) "神鬼之不别"，实为巫风久存之消极影响，乃思维与生活方式脱节之表征(人神不分,以道教诸神为甚,故鲁迅以为懂得道教,即懂得中国传统文化之神髓——是对传统文化严厉批判的眼光,见诸杂文)。

3) 后来之田野调查证明,少数民族中颇多存留口头流传之神话钜制,如云南阿昌族巫师口传之古歌《遮帕麻和遮咪麻》等。此类现象,有助于该民族文化较少发生"新神"覆盖"旧神"轨迹的情况,然而又反映着少数民族生活方式之低下。

补充:关于中国神话之系统,茅盾《关于中国神话》以为存在三支——以女娲、蚩尤为代表之北方系统;以东君,大、少司命为代表之中部系统;以盘古为代表之南部系统。各支之发生、流传环境不尽相同。

第三篇　《汉书》《艺文志》所载小说

本篇考察汉以前之"小说"。

第一、二篇具有"导论"性质:前者分析传统之"小说"观念,后者以现代文化史观分析"小说"之源。本篇则回到"文体"系统和"文献"系统,考察"史家"所谓小说之可以寻绎的最早文本,而其"文体"观念则姑且顺从《汉志》等"史家之成见"——然而按此成见,第二篇所述之《山海经》、《穆天子传》即皆非"小说家"。

十五家中,有遗文可资考辨者仅四家,是为本篇论述之重点:

(一)《伊尹说》

其遗文以《吕氏春秋·本味》所引者最为重要。《吕氏》称,伊尹曾以"烹鲜"("割烹")为喻,说汤曰:非为天子,不可得美味而具之;故当先知、先行天子之道云云。其说颇近战国谈士。(传统见解以为《吕氏》之学颇杂,实则多法家之说及黄老意——胡应麟谓"盖秦汉所谓道家,大率翕张取予之术,非近世长生虚静之谓,故凡兵谋秘计悉附之。""割烹"之说即近"翕张取予"之说也。)孟子主"王道",伊尹又系儒家尊奉之贤相,故于《万章》篇驳《吕氏》之说,谓伊尹非以割烹要(干也,求也)汤,而系守尧舜之道于田野,汤三顾之,方出而助汤行王道于天下。盖以为"割烹"说于"义""利"之辨有所失当也(伊尹之时固无"王""霸"之争,然《吕》、《孟》皆产生于"王霸时代")。鲁迅此处似从孟子之说,殆亦未免拘谨。

(二)《鬻子》

以《文选》李善注所引者比之,今所传一卷殆即"小说"。(胡应麟《笔丛》卷二十九转引杨用修《丹铅录》,谓出贾谊《新书》者三条:"和可以守,而严可以守,而严不若和之固也;和可以攻,而严可以攻,而严不若和之德也;和可以战,而严可以战,而严不若和之胜也,则惟由和而可也。"——是言治兵。"治国之道,上忠于主,而中敬其士,而下爱其民。故上忠其主者,非以道义,则无以入忠也;而非以礼节,则无以喻敬也;下爱其民,非以忠信,则无以行爱也。"——是言治国。"圣王在上位,则天下不死军兵之事,民免于一死而得一生矣;圣王在上位,而民无冻馁,民免于二死而得二生矣;圣王在上位,民无夭阏之诛,民免于三死而得三生矣;圣王在上位,则民无厉疾,民免于四死而得四生矣。"——是亦言治国。胡云,贾氏《大政篇》所引尚有六条。如是,加李善注所引者,合今所传《鬻子》一卷14条,尚存24条。)

(三)《青史子》

鲁迅辑三则,胡氏《笔丛》卷二十九另有述"男子生而射天地四方"之俗者一则,亦言礼(其礼亦见《礼记·内则》),不知为何不辑。

【注解】① 宴室,宴,后寝也。周制,天子正寝一,后寝五。② 太史,胡氏引作"太帅",是。盖"太史"为史官之长,"太师"为乐官之长。③ 铜,殆铜角之属。太师之下有"籥师"、"籥章"诸士,当皆奏管乐器者。④ 太宰,此指宫廷内管之臣,非"天官冢宰"。⑤ 斗,酒器,亦礼器也。⑥ 太卜,卜筮之长,下有"龟人"、"占人"、"占梦"、"司巫"诸士。⑦ 缊瑟,缊,藏也。⑧ 悬弧,古礼,生男则悬弓于门左。⑨ 路车,即辂车,天子、诸侯、贵族之所乘也。⑩ 和鸾,车铃,在轼曰"和",在镳曰"鸾",镳,缘也。⑪ 橑,车盖之弓;轸,车厢后之横木,此指车厢底部四周之围木。⑫ 巾车,有衣之车;亦指车官之长。

(四)关于《师旷》

师旷,字子野,冀州南和人,春秋晋大(太)师(乐官之首),略早于孔子。其事除《逸周书》(《汉志》作"《周书》",四库入诸"别史")外,又见载于《左传》、《国语》、《韩非子》、《吕氏春秋》、《史记》、《新序》。上海古籍出版社1985年曾出卢文晖辑本一册。又,今又存题师旷所作《禽经》一卷,亦入小说家(有说郛、玉函山房本),盖后人托名之作。

(五)关于虞初《周说》

鲁迅疑晋唐人所引称出"《周书》"而不类《逸周书》者三条,即《周说》遗文(胡氏云,"盖《七略》所称小说,惟此当与后世同",可见"方士务为迂怪")。

(六)关于《百家》

鲁迅据《说苑》叙录,推知其内容乃稗官者流。

小结

(1) 15家中,有遗文、记叙可资推考者为上述6家;作者可考者又有2家(务成子、宋子)。若《封禅方说》以下6家为汉人之作,则所谓汉以前之作共9家,然其中或多秦汉方士伪托春秋战国时人之作,因此真正属于汉以前之作,即使在班固之时,殆亦无多。

(2) 因古籍记载人名、书名不分,故所谓遗文,未必即出诸相应"小说";本篇所云,多属推论,对于后人辑本,亦应作如是观。

(3) 15家中,除《青史子》、《宋子》、《务成子》外,既多"方士假托"之作,可见方士在中国小说史上之地位,盖不亚于"稗官"(古之稗官所采,殆亦不无方士之言)。方士为神仙家(司马迁云始于燕齐之邹衍),乃巫之分支,在"神话"演变为"志怪小说"过程中,起重要作用。

第四篇　今所见汉人小说

第三篇实已论及汉人所作"小说",然文本皆佚。前人著录"汉人小说",除《汉志》所载者外,另有其他书目所载者十五种,其中佚失六种,本篇所论九种,均为文本虽存而作者乃属伪托者,多数实为魏晋小说。就所论作品写作时代而言,本篇可与第五、六、七篇视为一体;然所论诸作之中,亦不排斥可能确有汉人之作,且所述多为汉事,故仍别为专篇。又,本篇所论诸作,虽"大旨"亦"不离乎言神仙",而所以不归于第二篇者,盖因其后起,已非原始神话,而属神话之"演义","志怪"之先声也,不妨称之为"仙话"。

(一) 关于《神异经》

《隋志》及旧唐《志》入史部地理类,新唐《志》入子部神仙类,《四库》入小说类。书分东荒、东南荒、南荒、西南荒、西荒、西北荒、北荒、东北荒、中荒九经。现存11种版本。

"间有嘲讽之词"者,如:"东方有人焉,男皆朱衣缟带玄冠,女皆彩衣,男女便转可爱。恒恭坐而不相犯,相誉而不相毁。见人有患,投死救之。名曰'善人'(俗云士人),一名'敬'(俗云敬

谨),一名'美'(俗云美人)。不妄言,傫傫然而笑,仓卒见之如痴(俗云善人如痴,此之谓也)。"(《东方经》)

该书殆非六朝时人而系汉时人托东方朔名所作:余嘉锡《四库提要辨证》(十八)据服虔《左传正义》曾经引用,而论定此书为汉人托名之作,至迟在灵帝前,或后汉初年已有其书。此说可信(鲁迅或未见服虔之注),如出于后汉初年,则与班固大致同时。

鲁迅称此书"文思较深茂",盖指想象丰富,思绪广阔,间寓讽嘲,且常为后世文士所征引也。(例如《东荒经》所述东王公与玉女投壶,失则天为之笑,发为电火,其事即为[陈]徐陵《玉台新咏·序》所称引;又李白《梁甫吟》亦云:"我欲攀龙见明主,雷公砰蓬震天鼓。帝旁投壶多玉女,三时大笑开电光,倏烁晦暝起风雨。"而"善人如痴"之寓言,殆即《镜花缘》"君子国"之所据欤。)

(二)关于《十洲志》

《隋志》、旧唐《志》、宋《志》均入史部地理类,新唐《志》入子部道家类,现存19种版本。鲁迅称此书为方士"虑失志""自解嘲"之作,甚是。

西王母故事至此更为发展,所述昆仑金台玉阙诸况,既将《山海经》所述与西王母有关之异境加以集中经营,殆后来道书洞天福地之滥觞,故盐谷温《中国小说概论》谓:"昆仑山与西王母,至本书而为理想化。"

(三)关于《汉武故事》

或著录为《汉武帝故事》、《汉孝武故事》。《隋志》入史部旧事类,两唐《志》入史部起居注类。现存11种版本,《古小说钩沉》辑有53条。各本文字互有出入,例如《说郛》本即无见西王母事及颜驷事。或以为葛洪先伪托,其后散佚,王俭复作此补之(俭,字仲宝,刘宋时官秘书丞;入齐,迁尚书左仆射,领吏部)。

鲁迅称此书"颇不信方士",盖信神仙与信方士不同——信神仙乃信其不妄（此为汉时风气），信方士乃信其果能通鬼神。该书述及汉武笃信方士，自燕齐而至者数千人，而李少翁、栾大辈作法多不验，武帝暮年竟自叹愚惑，谓"天下岂有仙人，尽妖妄耳！"西王母以天仙来访，而竟"谈语世事而不肯言鬼神"，是皆"方士通神"信念幻灭之征也，故鲁迅评价颇高。所引三条，文字确乎简洁，"金屋储娇"一则及颜驷一则，对话尤为生动，颇具文学性。

【注解】**猗兰殿**，原名崇芳殿，武帝母王夫人［或作王美人］孕，景帝命移居至此，并改名焉。**长公主**，武帝之姑母，景帝之姐妹。**朱鸟牖**，朱鸟即朱雀，南方七宿也；此谓雕有朱雀之牖，位于宫殿南墙者也。**王母斥东方朔语**，或谓有"此儿不但三次偷桃，且乱弄雷电，故被贬至人间"之语。

（四）关于《汉武内传》

《隋志》、旧唐《志》入史部杂传类，新唐《志》入子部道家类。今存12种版本，以道藏本最为完整（韩愈《读东方朔杂事诗》咏朔擅弄雷电贬人间事，注引《汉武内传》，是朱鸟窗事亦见于《内传》，而今所见者，惟道藏本未删此事）。

其伪托者，一般皆以为葛洪。（钱希祚刻入《守山阁丛书》，并作校勘记，因其论神仙服食及五岳真形图四十年一传，与《抱朴子·仙药·遐览》相涉，又与旧题郭宪《洞冥记》多所重复，故以为"东晋以后，浮华之士，造作诞妄，转相祖述"之作。孙诒让则据《西京杂记》葛洪序"洪家复有《汉武帝禁中起居注》一卷，《汉武故事》一卷"等语，以及《抱朴子·论仙》所引《禁中起居注》李少君事与今本《汉武内传》同，故断定二者乃一书两名，且确为洪所假托。又，日本藤原佐世《见在书目》有此《内传》，注："葛洪撰"，而《书目》著于唐昭宗时，可知唐以前目录书已有葛洪所撰之著录。)其作伪时间,确乎当在前述二书之后。

盐谷温以为此书较《汉武故事》"文章大佳",而鲁迅则以为"其文虽繁丽而浮浅",盖盐谷着眼于见西王母一段之铺叙及文章之排偶,鲁迅则着眼于全书思想之浅薄,包括窃取佛典以充道论。除所引"以身投饿虎"等语外,又如上元夫人诫武帝去"五性"(或称"五浊"、"五难"——指暴、淫、奢、酷、贼),盖亦窃取释家"五恶"(杀生、偷盗、邪淫、妄语、饮酒)"六贼"(眼、耳、鼻、舌、身、心)之说也。王母谓边陲有事,故三年以内不能令汉武服食仙药,此亦浅薄之处。

【注解】上元夫人,统领十万玉女名录之三天上元女官,应王母之约,来为武帝说法。**以身投饿虎**,见《菩萨本生曼论》[又见《佛说菩萨投身饿虎起塔因缘经》]:大车国王子摩珂萨陲与二兄在大竹林见一虎生七子,已经七日。大王子曰:"七子围绕,无暇寻食,饥渴所逼,必食其子。"二王子曰:"哀哉!此虎将死不久,我有何能,而济彼命?"萨陲则思以自身饲虎,成大善业。乃请二兄先还宫,己则脱衣委身虎前;虎无能为,即上高山,投身于地,又以乾竹刺颈出血,使虎食己。其时大地震动,日无精明,天雨众华及妙香末……

(五)关于《汉武洞冥记》

当亦六朝人托郭宪或郭璞之名而作,《隋志》入史部杂传类,旧唐《志》入道家类,题作《汉武帝别国洞冥记》。今存12种版本。

——以上均属"仙话",与"志怪"为一类;以下则属"志人"一类。

(六)关于《西京杂记》

《隋志》入史部旧事类,不著撰人;新旧唐《志》均入地理类,新唐《志》重出于乙部故事类,旧唐《志》重出于乙部起居注类。此书近乎"志人",然含掌故、札记,又言巫鬼,与《世说》有别,其文风、体制当存魏晋风貌。

【注解】"记言"云云,指《大戴礼记·孔子三朝记》,"孔子教鲁哀公学《尔雅》"一语见诸该篇。**广川王去疾**,"疾"字当为衍文。景帝立兄为广川惠王,其子齐继之;齐薨,有奏请除其国者,景帝不许,诏以惠王之孙去为广川王。故此广川王姓刘,名"去"。

小结

本篇所述诸小说,虽多魏晋人伪托之作,然所言多汉事,亦颇浸润汉时风尚,对于了解两汉文化,仍不无价值;反之,了解两汉文化总体倾向,亦有助于理解此类小说。

汉承秦制,初不尚儒术,文、景二帝即以黄老治天下,而致国势日盛。故其统治思想,原本偏于黄老刑名;文章诗歌,则《诗》教已息,汉宫颇尚楚声。武帝时国力达于巅峰,虽独尊儒术,却颇以谶纬解儒。以上文化倾向与老庄、阴阳诸家实际相通。当是时也,主雄国强,人民亦"具有不至于为异族奴隶的自信心"(《坟·看镜有感》),故文化心态豁达闳放,敢于探索身外世界,吸纳外来文化,佛教即于其时东来。

至于信用方士,向往神仙,虽有其表现贪欲之极为卑鄙的一面,然从"形而上"角度考察,又系"人"对身外世界、无限时空追求之表现(方士乃巫之分支,起于战国时之邹衍,或可上溯至子思、孟轲,其"仙道"与传统之巫风一脉相承,又开道教〔道士〕之先声)。

凡此,皆显示两汉文化内涵之丰富驳杂,气度之闳阔玄远,其在文章,固主要表现为汉赋、汉文,然于托名伪作之"汉人小说"之中,亦未尝不可见其一斑。

西王母故事,自远古神话(如见于《山海经》者)以来,形成恒久之"母题"(Motif)"。民间文学研究理论将母题界定为"能在民间传说中辨认出来的民间故事的最小单元",所指乃主题类型;此亦兼指题材:在不同时空、不同作者之下,作为题材类型之同一"母题"往往承载不完全相同,乃至完全不同之主题。如西王母,其承载之主题即经历过"仙境主宰"—"长生说教"—"寿考象征"等演变。《中国小说的历史的变迁》谓至唐代,西王母乃为骊山老母所替代,此说不尽确切,盖不但后起之历史小说、神魔小说如《西周志》、《西游记》犹述西王母事,而且戏曲(如《麻姑上寿》、《大加官》)中亦复见其形象也。(骊山老母,初见于宋陈元靓《岁时广记》引《集仙录》云:唐李筌得黄帝《阴符经》,不解。在骊山下遇老母谓路旁火烧之树曰:"火生于木,祸发必克。"正《阴符经》文也。老母以麦饭饷筌,饭后命洗瓢,重至将沉,回视老母,已无踪迹,筌亦绝粒而入深山。——或说《阴符经》即筌所伪造。)

第五篇　六朝之鬼神志怪书(上)

本篇从"巫"入手,下两篇则分别从"释氏"与"品目"入手,显示三篇各有所重;合之,则形成六朝文化综合特征。

鲁迅以巫与小乘佛教之混合观念为六朝"志怪"思想之特征。二者皆说幽明,然中国本土之巫鬼观念以为,鬼虽处幽界,而其容貌、性情当如生时,且可出入二界,与生人直接交通;印度佛教则以为鬼与生人不能直接交通,然小乘东来之后,亦已逐渐与华土本有之鬼神观念混同。以另一方面言之,是亦六朝巫及神仙观念与汉时不同之处。(佛教东来时间,早则汉武之时,迟则东汉。然汉人不作佛语,故汉时之巫风或神仙家言中,释氏影响至少极不明显,六朝则反之。)

（一）关于《列异传》

《隋志》入史部杂传类,新唐《志》入小说家。

《列异传》题魏文帝撰,虽与所见遗文有抵牾,然不无因由(或以为魏文先作,张华等续之)。鲁迅在第七篇中述及之《笑林》,作者邯郸淳为魏文博士给事中,而《文心雕龙·俳谐》载:"魏文因俳悦以著笑书",无论《笑林》是否即此"笑书",魏文与此类小说之关系必非同一般。第七篇中又谓:"小说""为赏心而作,则实萌芽于魏",亦即魏文之时焉。《而已集·魏晋风度及文章与药及酒之关系》云:魏文主张"诗赋欲丽","文以气为主","说诗赋不必寓教训……用近代的文学眼光看来,曹丕的时代可说是'文学的自觉时代'"。上述主张影响于小说有其必然性,于小说历史演进关系极大。

【注解】麻姑,传说为东汉建昌人,修道于牟州余山,成仙后,于每年三月初三西王母诞辰,在绛珠河边以灵芝酿酒上寿。另一麻姑则五代后赵人,非此仙也。

（二）关于《博物志》

《隋志》、新旧唐《志》均入小说家。

张华读书驳杂,尤通图纬方技之书,与当时名士交往甚密,《世说》记其言语,《搜神》(卷十八)载其异迹,乃魏晋名士中重要人物。晋武帝(司马炎)命张华删《博物志》之说,或以为不可信(《博物志》有"泰始中武库失火"之纪,其语气在武帝之后,一也;武帝曾下诏严禁星气谶纬之学,不可能容忍"删余"之内容,二也),然今书必经删削,则为确论(他书所引遗文不见于今书者颇多)。其内容颇多谶纬之说及迂诞无稽之言,然纬书之说亦有颇近物理者(如卷一引《考灵耀》曰:"地常动不止,譬如人在舟而坐,舟行而人不觉"),亦有颇可以考见古神话流变者;且"迂诞"关乎想象,乃小说应有之特征,不宜衡以"史法"而贬之。

(三) 关于《搜神记》

《隋志》、旧唐《志》入史部杂传类,新唐《志》入小说家。

干宝既称"良史",则时人以为其所说之怪亦必可征信耳。宝亦自谓:"今之所集,设有承于前载者,则非余之罪也。若使采访近世之事,苟有虚错,愿与先贤前儒分其讥谤。"其所注重者,既在发明鬼神之不妄,亦在强调所录必有根据,是即"实录观念"。然而,其所刻意搜求者既为"奇幻"之说,则"实录"之事物必符合"奇幻标准";此类事物又多取自民话传闻,必含制作者、传播者有意无意之"幻设思维"。是故,所"实录"之文本中,已包含群体之"作幻"痕迹,虽非"意识之创造",已含"创造之意识"(至于方士之所造作者,当属有意作幻,虽然意在自神其教,但其思维方法近乎形象思维)。此一关键,已启唐传奇文之先声矣。

《搜神》较其前诸作,于章法上已大为接近后世之小说:(1)篇幅多数增大;(2)情节多较完整;(3)基本不作议论、说教;(4)多数能以人物行动、语言展示情节以至表现性格。例如《三王坟》(卷十一)、《崔少府墓》(卷十六)两篇,前者人物粗具性格,后者已近千字,事既委曲,又颇"煽情",略似唐传奇文或《聊斋》。《驸马都尉》述辛道度与已故之秦闵王女幽媾故事(与崔少府墓故事同类,乃唐人《周秦行记》、《秦梦记》之先声),按嬴秦并无谥"闵"之王,宝为良史,安得不知?而竟不改,是"先贤前儒"之"虚错"欤?被"采访对象"之"虚错"欤?抑采访者为存"幻意"而故存"虚错"欤?此中消息,颇可玩味。

自《灵鬼志》至刘敬叔《异苑》,皆《搜神》一类。本篇所引《异苑》4条,第一条,殆反映作者之"相似律""交感巫术"观(参见J. G. Frazer: *The Golden Bough*);第二条,反映巫术之"物魅"观;

第三条,亦属"相似律"之巫术观(食生肉、披斑衣,皆寓"相似"),此后同类传说甚多,如唐传奇文之《人虎传》(张读《宣室志》);第四条则述异闻,亦奇疾也,成语"嗜痂之癖"之源也。

(四)关于《续齐谐记》

《隋志》、旧唐《志》均入史部杂传类,新唐《志》入小说家类,皆著录一卷;而宋《崇文总目》著录三卷,是知今之一卷已非原本。

所引阳羡鹅笼及《灵鬼志》笼中道人故事,皆出于释家"圆融"观念。华严宗立三种圆融:1)事理圆融,谓事如波,理如水,事与理如水波相接。说真如即万法,万法即真如,生死即涅槃者,此门也。2)事事圆融,如波与波相即不二;说须弥芥子,大海毛端,互相入不相碍。说邪正不二,烦恼即菩提者,此门也。3)理理圆融,如水与水一味融和;说万圣所具真理一味者,此门也。事事圆融,为圆教之极致。

圆融之说,与中国传统观念不同,然其辨"心""相"之互摄,又近老庄"有""无"之论,故易为华土所吸纳、发扬,后来艺文创作及审美理论之"空灵"境界,皆其所赐欤。

小结

(1)本篇所述诸作,基本取历时序列,恰显示本土"巫风"与释氏文化之融合过程。是为魏晋文化一大特征,亦为中国文化—文学艺术史一大关节。

(2)释氏文化东来之意义,陈登原(《中国文化史》)以为有四:其一,令国人眼界大开,盖印度亦古国,文化历史不在我下;其二,使本土艺术大增光辉,首先表现为宗教造型艺术;其三,与楚文化、陈宋文化结合,并促进玄学之产生,进而开启南方文明;其四,使中国多一"有闲阶级",亦多一文化创造力量。

（3）以上四条，在小说或艺文方面之最重要表现，即思维方式之演进，亦即形象思维、想象力之发展以及审美思维、审美理论之发展。玄学主"象在意外"，主"言不尽意"，均得力于释氏及老庄。

（4）释氏之影响又复见诸文体。释氏重因明，佛经叙事、说法复多隐喻，又善烘托，叙事则善作心理描写，叙述角度亦常变化。凡此，对魏晋以后文章均有影响。

（5）汉以"盛世"而致文章一变，魏晋则为乱世，然亦致文章一变，且进入"文学自觉时代"，其因缘除上述中外文化融合一事外，尚有四事：其一，王纲解纽，为思想解放提供客观环境；其二，魏武尚刑名，倡"清峻"、"通脱"，魏文反教训，重"华丽"、"壮大"，是皆以雄主之身份，有意识地倡导并以亲身实践改变文风（汉武无此种自觉性）；其三，以"反礼教"为内容之"名士风度"与文章合一（下两篇与此更为密切）；其四，其时不但中外文化大融合，而且南北、各族文化大融合。

（6）本篇运用比较文学之"影响比较"法，极为简捷、确切、明快，是中国文学史研究领域自觉运用此方法最早个案之一。

第六篇　六朝之鬼神志怪书（下）

本篇介绍六朝释氏辅教之书及方士异记，并分析二者相拒相煽之因。在列举作品方面，上篇为继时的述评，此篇则为共时的辨析。

《隋志》著录释氏辅教之书，除篇中所列5家外，另4家殆指王延秀《感应传》、刘泳《因果记》（入子部杂家类）、王曼颖《续冥祥记》（入史部杂传类）、颜之推《集灵记》（入史部杂传类）。鲁迅以为此类图籍，其撰著目的在于宣扬宗教，与吴均辈所记之"中国化佛教故事"有所不同，"顾后世则或视为小说"，因而在小说史上亦有其考察价值。

(一) 关于《冥祥记》

第一条:汉明帝(永平三年,一说七年)迎金像事,乃关于佛教开始东来传说之流行最广者,又见于《隋志》、《高僧传》、《广弘明集》等,然学者以为不可信:一、其时通西域之途又扼(至永平十六年方再通);二、永平之前,华土已有佛教形迹,佛语甚至见于公牍,故其真正开始东来之时,当在武帝年间或哀帝(前6—1)时(参见陈登原《中国文化史》)。

【注解】**迦叶摩腾**,迦叶为姓。传说明帝时,遣中郎将——或称"郎中"——蔡愔等十八人至大月氏,迎摩腾、竺法兰二沙门来洛阳传教。**优填**,即于阗。**白马寺**,传说明帝为二沙门专建之精舍。按实则该寺得名在后,与摩腾等无关。

第二条:将庄周式"人生如梦"观念(《焦湖玉枕》及唐人"南柯梦"、"邯郸梦"模式)与佛教轮回、果报观念糅合,是前者之"变形"(《搜神后记》述干宝父婢及宝兄还魂故事,尚无如此明显、细致之"地狱相");所述冥府诸状,源于释氏地狱观念而又加以"汉化";至唐传奇文之《韦自东》、《杜子春》又为一变,且另有渊源焉。

【注解】六部使者,鲁迅1932年6月25日致增田涉函:"六部使者是阴间的使者……在佛经里也许是出典于佛教与道教的混血儿小乘经典"。按"六部"疑即轮回之"六道":地狱、饿鬼、畜生、阿修罗、人间、天上,是为众生轮回之途,亦其所趣[趋],故又称"六趣"。——阿修罗,或译"非天",在人天之间。

(二) 关于《神异记》(略)

(三) 关于《拾遗记》

其著录情况,比鲁迅所述更为复杂:《晋书》土子年本传称

"著《拾遗录》十卷"。《隋志》史部杂史类著录《拾遗录》二卷,题"伪姚苌方士王子年撰";又著录《王子年拾遗记》十卷,题萧绮撰。新旧唐《志》杂史类均著录《拾遗记》三卷,题王嘉撰;又有《拾遗记》十卷,题萧绮撰,新唐《志》则题萧绮"录"。现存此书"记"后有"录"(然非各卷皆然),文风、思想不尽相同(如录语每引儒家教条评说正文,或对正文有所辩难),故学者以为出于二人之手,未必如胡应麟所谓"绮撰而托之王嘉"。论者又以为该书殆以《帝王世纪》、《十五代略》之类杂史(《隋志》著录,皆已亡佚)以及旧题郭宪《洞冥记》为蓝本。

本篇所引皇娥、帝子故事,"后天而老"以下被删文字为:"帝子与皇娥泛于海上,以桂枝为表,结熏茅为旌,刻玉为鸠,置于表端——言鸠知四时之候,故《春秋传》曰'司至',是也。今之相风,此之遗象也。"其文靡丽,浸润楚风。王嘉并非楚人而系方士,可见方士文章与楚风关系往往密切,以及当时名士方士化、方士名士化之趋势。

【注解】**少昊**,古神话中皇帝之子,名挚,号白帝,主西方。在本文中,则以少昊之祖为白帝——阴阳家以五色配五方五帝:东为青,南为赤,西为白,北为黑,中为黄。**桑丘子**,《汉志》阴阳家有《乘丘子》五篇,王先谦以为即《桑丘子》。

所引第二条,可见方士"化儒"之用心,有如《老子化胡经》之所为。然而刘向确有《洪范阴阳传论》十一篇,集汉以前灾异、占验诸事,则汉儒确亦方士化矣。

《拾遗记》之值得注意处,还在其类乎"科幻"之内容,如卷一所载尧时之"贯月舟"、"挂星槎"及颛顼"曳影之剑",卷四所载秦时宛渠国之"螺舟",卷三所载周灵王时之"机妍"("玉人")等。因其时"小说"重"实录",故上述意象与今之科幻有别,但所"实录"者既必实有之传闻(亦不排斥方士造作),则于科学史、文学史、人类学史当皆有价值(后起之神魔小说——直至民国时之还珠楼主《蜀山剑侠传》,均受其益)。

小结

(1)本篇述介作品不按继时序列,而按内容分类叙述;又,释氏辅教之书,不置于上篇之末,而置于本篇之首。此两点皆为突出本篇主旨,且亦显示"史识"决定"史法",乃"寓论于史"之佳例。方士异记与释氏辅教之书相拒相煽之关系,确亦"共时"关系而非继时关系(释氏流行之时,方士并未灭迹,反之亦然;二者对信徒、群众之影响亦复如是)。

(2)信苦空者与逃苦空者之存在以及形成潮流,是释氏辅教之书与方士异记存在之前提。二者貌若相反,实出一辙:皆感人生无常,又愿求廉价之解脱途径。此虽或为人性之必然,然更与社会现实相关:处于"篡夺时代",民人避死不及,两汉闳放气度必然消失,反映于"小说",虽同为"形而上"之追求,至魏晋时已多含惶恐矣。

第七篇 《世说新语》与其前后

汉末之重"品目",始于乡邦对于人物之评论即"品题"(亦称"品鉴"《后汉书·许邵传》:"好共核论乡党人物,每月辄更其品题"),所谓"一经品题,便作佳士"(李白《与韩荆州书》),可见作用之钜。东汉建初元年(76),章帝下诏,改"乡举里选"为由郡国守相等"举贤良方正、能直言极谏之士",学者称之为"人伦品鉴"制。魏晋之重"标格"即承此而来,注重德行、风范,又与"九品中正"之制相关——其时曹操唯才是举,立"中正"官,分九品举士,原为破除旧有等级之措施;入晋,演变为专重门阀,以全"下品无高门,上品无贱族"。由之形成"士族",文人名士及高官多出其中。

清议则始于前汉。关于朝政,其时虽小臣亦可执言,所言得当即可委以重任。加以后汉"清流"与太学生之激扬,被誉为"匹夫抗愤,处士横议","激扬名声,互相题拂","品核公卿,裁参执政",以至有"一玷清议,终身不齿"之说;复因攻击宦官,而终于有"党锢"之祸。

汉时"清流",即以"俊伟坚卓为重"。魏晋乃篡夺时代,战乱频仍。儒士不满篡夺,或好作"悖论";或惧杀身之祸,故作旷达,复浸润于佛老,乃有"名士"与"清谈"。此又与"文学之自觉"相辅相成,从而形成"魏晋风度"。风尚及于"小说",乃由"志怪"脱为"志人",其"功能观"则渐至非实用而重娱心,是小说史上一大进展,开唐人传奇文"作意""幻设"之先声。(鲁迅所谓对清谈风尚"惟一二枭雄""有违言者",殆指曹操之流,后来石崇、王恺、王敦辈,则小巫也。——东坡曰:"季伦于逸少如鸱枭之于鸿鹄也。"是石崇辈虽较曹操气度远甚,然仍属"枭类"。)

本篇以列御寇与韩非之"记人间事者"与《世说》类"小说"相比,以为同属"志人",列、韩用于"喻道""论政",《世说》等则重在"赏心",是即"寓言"与"小说"之别(前者为"明喻",后者为"隐喻")。例如,下文述及之《列子》所载九方皋相马事,若删却伯乐之论,即与《世说》之类相近矣。

(一) 关于《语林》

因记谢安语不实而遭诋:《语林》曾载谢安评裴启语:"裴郎乃可不恶,何得为复饮酒?"又载其评支道林语,谓道林解释经义"如九方皋之相马,略其玄黄,取其俊逸。"(按《列子》载:九方皋为秦穆公求马,谓得牡而黄者,及见,乃牝而骊[玄]者,然确为骏马。伯乐曰:九方皋之相马,其得天机焉,得精忘粗,得内忘外,见其所见,不见其所不见。谢安引此评支道林,则含贬义。)谢安否认曾有此二语,《语林》因而废(可见"实录"观念影响之深)。

第一条:**娄护**,即楼护,前汉人,所谓"游侠"也,而以结交权贵著称。五侯,成帝同日封其舅王谭等五人为侯,权倾一时,世称"五侯"。鲭[zhēng],原指鱼脍,此指杂脍。

第二条:**冻眠**,沉睡;冻,凝也。

第三条:**钟士季**,锺会,魏晋名士;**阮步兵**,阮籍,曾官步兵校尉,魏晋名士之首。

第四条:**祖士言**,祖范,范阳(今河北涿县)人。锺会则为颖川(今河南许昌)人。

第五条:**王子猷**,即王徽之,王羲之之第五子。其事又见《世说·任诞》,刘孝标注引《中兴书》曰:徽之卓荦不羁,欲为傲达,放肆声色。时人钦其才,秽其行。是则爱竹之语,殆有矫作之处。然此事反映当时与玄学美学相关之般若(梵语:智慧)学观念在士人中影响之深。般若学有"本无"、"即色"、"幻化"诸说,皆涉及审美主体、客体关系等美学范畴。"幻化"说在人与景物关系方面主"以景代人",即以自然物为人格之"幻化",物我合一,"物"即是"我";是为佛学色彩极浓之新颖审美理念(是山水诗、文人画之美学基础,而其意义超越诗歌范畴)。

(二) 关于《世说》

今本皆为36篇,四库(内府)本作38篇,又有作45篇者,多重出也。考其《规箴篇》载有东方朔、京房事,《贤媛篇》载有陈婴母、王明君(昭君)事,《文学篇》载有郑玄事,故并非"事起后汉"。《世说》、《幽明录》、《宣验记》均署刘义庆作,鲁迅以为殆皆纂辑旧文而成。"招聚文学之士"等语,当见《宋书·刘道规传(临川武烈王道规传)》(按道规无子,以长沙景王次子义庆为嗣,乃继其位;《宋书》目录并无刘义庆传,其传附于道规)。

第一条：**阮光禄**，即阮裕，东晋陈留（今开封）人，与谢安、王右军同时。隐于会稽剡山，征金紫光禄大夫，不就。

第二条：**阮宣子**，即阮修，陈留人；**王夷甫**，即王衍，临沂人，西晋时官至太尉。**将无同**，或曰"不直云同"，犹"殆相同"也，"意以为是而未敢自主也"（《演繁露续集》卷五）；或曰"将无"者，"得无"、"无乃"也（王若虚《滹南遗老集》）；或曰"将无"乃发问之词，犹"得无乃同乎？""能毋同也？"（方以智《通雅》）。皆理解为委婉语。

第三条：**祖士少**，即祖约，范阳人，累迁平西将军，豫州刺使，西晋末投石勒。**阮遥集**，即阮孚，陈留人，咸之次子，官至吏部尚书。后人以为二者皆嗜好之偏，以此分"胜负"，甚无聊焉。可见晋士以虚谈相高，自名夸世之风。（腊屐之叹较好财之举当差胜之，有何难判得失？！）

第四条：**李元礼**，即李膺，颖川人，后汉"清流"之首，官至司隶校尉，为党事自杀。

第五条：**公孙度**，字叔济，襄平（今辽阳）人，三国魏辽东太守。**邴原**，字根矩，东管（莞）人。少孤，过书舍，羡学而泣，师收而免其资。及长，知世将乱，避地辽东，公孙度厚礼之。中国既宁，欲归，度禁之。原设计谋，乘大船夜去，度之左右欲追之，度不许，并言邴原如云中白鹤云云。

第六条（略）。

第七条：**石崇**（249—300），字季伦，西晋渤海南皮（今河北南皮）人，官至荆州刺使，以劫掠客商致富，并与贵戚王恺等斗富而著称，然亦有文才。**王丞相**，指王导（270—339），琅邪临沂人，西晋末助司马睿（后为东晋元帝）领导士族南迁，联合江南士族，巩固东晋政权，并任丞相。**大将军**，指王敦（266—324），王导之堂兄，南渡前任镇东大将军，南渡后迁大将军，荆州牧。按据《晋书·王敦传》,此非石崇事,而系王恺事。恺,字君夫,东海郯(tán)县人,王肃之子(另有同名者,则坦之之子),司马昭妻弟,官至后军将军。石崇卒于东渡之前,时王导尚非丞相,王敦尚非大将军。

(三)关于殷芸《小说》

此书与《语林》、《世说》、《俗说》之同,在于均记历史名人言行;其不同有二:1)亦记民话;2)颇注意记录山川风物,名人遗迹。又多记正史不取而又与史相关之传说及史料,凡出于转录者皆注明所引书名。是皆其特殊价值之所在。

鲁迅《勾沉》所辑,引书12种;余嘉锡《殷芸小说辑证》所辑,采书26种;周楞伽辑注本《殷芸小说》(上海古籍出版社1984年版)又作增补,分十卷,卷一为晋宋以前诸帝事迹,以下各卷按时代次序辑集历朝人物、传说。周楞伽本为至今最完之本。

第一条:**张天帝**,天帝姓张之说,殆即《酉阳杂俎·诺皋记》所云(见《鲁迅全集》卷九,第94页)。

第二条:**孝武**,指晋孝武帝司马曜(373—396),11岁即位。谢太傅,即谢安,死后赠太傅。

第三条(略)。

第四条:**鬼谷先生**,楚人,居鬼谷山,苏秦、张仪之师。《隋志》著录《鬼谷子》一卷,入纵横家。**苏秦**,洛阳人,说六国合纵抗秦,为合纵长。**张仪**,魏人,为秦惠王说六国连横,使背纵约而事秦。惠王卒,六国复合纵。**不及席**,谓未及同床共枕。**不毕轮**,古婚礼,新郎亲迎,新妇登车后,需绕车三匝,谓之"御轮";不毕轮,即御轮未毕也。

(四)关于邯郸淳《笑林》

自古即有俳优,旧籍多载谐语,至汉,班、马乃专为滑稽列传。魏晋所尚,除"标格"外又有"语言",而释教复善"机锋",在上者如曹氏兄弟又好搜俳语。《世说》即有《排调篇》,它篇亦常记时人俊语。此皆《笑林》类著作之渊源也。惟《世说》等所记多机智,《笑林》所记则多纰缪。演变趋向,每下愈况,以致后起笑话罕见具格调者,故鲁迅以为中国艺文,罕见"幽默"。

第一条(略)。

第二条(略)。

第三条:**渭阳之思,过于秦康**,谓甥舅情谊也,或借指思母之情。《诗·秦风·渭阳》:"我送舅氏,曰至渭阳。"朱熹《集传》:舅氏,谓晋公子重耳,秦康公之舅也,因遭丽姬之谗而出亡,秦穆公召而纳之。后重耳归晋,康公时为太子,送之渭阳而作此诗。**过庭之训**,谓父教也。《论语·季氏》:陈亢问于伯鱼曰:"子亦有异闻乎?"对曰:"未也。尝独立,鲤趋而过庭。曰:'学诗乎?'对曰:'未也。''不学诗,无以言。'鲤退而学诗。他日,又独立,鲤趋而过庭。曰:'学礼乎?'对曰:'未也。''不学礼,无以立。'鲤退而学礼。闻斯二者。"陈亢退而喜曰:"问一而得三——闻诗,闻礼,闻君子之远其子也。"

(五)关于《启颜录》

两唐《志》均著录十卷,题侯白撰;宋人书目著录八卷,称"不知作者",或疑非《唐志》所录者;《宋志》则著录六卷,题(五代)皮光业著。

今存104则,有曹林弟、李泉辑注本(上海古籍出版社1990年版),除《广记》所收六十余则外,其他多辑自敦煌残卷。杂记先秦至唐时事,其中唐事(高祖至高宗间)达三十余则,故曹、李疑非隋之侯白撰,殆因侯氏以滑稽著称,后人乃托其名,如魏晋人之托名东方朔焉。

小结

若谓六朝"志怪"之主要意义在显示方士—释氏文化及思维方式,并显示"幻设性"之"无意识创造"成果,则六朝"志人"之主要意义有二:一,展现一种人格——"名士"人格,其影响至今未灭;二,显示一种成熟之审美理念——玄学美学,其影响同样深远。

1)"名士"始于汉之荐举制。东汉章帝以来,品鉴标准更为明确,注重"敦朴"、"有道"等伦理内涵,其中"独立"、"直言"、"高节"等德目则促成个性之张扬,开魏晋名士"任诞"之先声。魏晋因玄学所被,其标格又渐重"率真",并尚艺文。然而,"狂狷"实为古今一切真名士之共同性格特征——狂者进取,狷者有所不为,是"真名士"之可贵处。

"名士"必为士人,因而必属统治阶层(有在朝、在野之别),又必具相当文化修养(汉时着重经学及章奏,魏晋以后转为玄学、艺文)。虽亦有"举孝廉,父别居,举秀才,不知书"者,但历代名士,身份尊贵,文化修养深厚,确为共同倾向。

由汉至魏晋、至六朝,名士人格及其行状之发展趋向大致如下:凭借"清议"参与主流政治(汉)——主要持"在野"立场,或以"清谈"反名教,或以"清谈"避世(魏晋)——虽或在朝主政,然基本不以"名士风度"干政,"谈玄"之风主要流行于生活、文化范畴(六朝)。由鲠直,至狂狷、任诞;由经学,至玄学、艺文(魏晋之际,生命大量死亡,故其艺文多悲慨之气;后世名士多承之,亦有发展为顾影自怜式之颓唐者——是亦可溯源于魏晋)。

作为人格类型及价值标准,"名士"贯穿古今,乃知识分子之多数或为其多数所遵奉;因此,必对艺文产生深远影响。

2)玄学将老庄"有—无"观念与释氏"色—空"观念加以融会,发展为"名—实"、"生—死"、"才—性"、"形—神"、"言—意"、

"意—象"诸对立范畴之辨,形成相当充实之美学理论。"言不尽意"、"意在象外"、"得意忘言"等命题,对包括小说之艺文创作,影响极为深远。其在小说,主要表现为创作实践中之美学追求,如唐传奇文之"诗意",宋以后小说之"入俗"、"白描"等等。

第八篇 唐之传奇文(上)

六朝小说与唐传奇文之区别:在六朝以至唐初目录学者眼中,《搜神记》等志怪作品皆非"小说",故列入史部杂传记、起居注等类。彼时所谓"小说","所写的几乎都是人事;文笔是简洁的;材料是笑柄,谈资;但好像很排斥虚构"。唐传奇文"可就两样了:神仙人鬼妖物,都可以随便驱使;文笔是精细,曲折的,至于被崇尚简古者所诟病;所叙的事,也大抵具有首尾和波澜,不止一点断片的谈柄;而且作者往往故意显示着这事迹的虚构,以见他想象的才能了。""但六朝人也并非不能想象和描写,不过他不用于小说",而用于《大人先生传》(阮籍)、《桃花源记》(陶潜)、《圣贤高士传赞》(嵇康)、《神仙传》(葛洪)之类文章。(《且介亭杂文二集·六朝小说和唐传奇文有怎样的区别?》)故曰:"传奇者流,源盖出于志怪",又承继六朝"志人"风尚及想象能力(与玄学相关)。传奇文在唐代产生,还与变文、古文运动及"行卷"风气有关。

对于唐传奇文,黄摩西、盐谷温均评价偏低,后者认为"真的中国小说,实起于元朝以后,唐代的所谓传奇小说,是止于一篇的逸事奇谈之类"。相比之下,鲁迅之见解更具史识。

唐传奇文概况:"传奇"之名,殆得之于裴铏同名传奇集。其后,宋人称诸宫调为"传奇",元人亦称杂剧为"传奇",明人复以戏曲之篇幅长者为"传奇",故鲁迅加一"文"字,以示区别。"传奇文"与唐诗大抵共始终,然其轨迹线有别,具见下图:

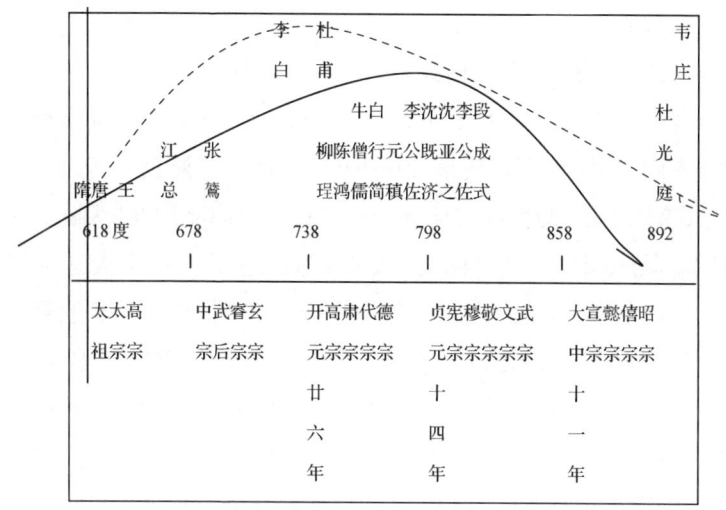

（按李公佐特长寿，故二见之——分别示其出生、逝世时间也。）

可见唐传奇文创作之高潮比唐诗创作之高潮出现在后。

（一）关于《古镜记》

王度，或疑历史上并无此人，非；鲁迅以其为王通之弟，疑其或即王凝，亦非。据《文中子》有关内容，该书所附《文中子世家》及《王氏家书杂录》、王勃（王通之孙）《续书序》、王绩《与陈叔达重借隋纪书》、陈叔达《答王绩书》可知：王凝，字叔恬，乃王通亚弟，王氏后人称之"太原府君"（以其曾任太原令也）。对于王度，王氏后人则称之"芮城府君"，并谓其"重阴阳"；且非王通之弟，乃其兄也（《文中子·礼乐篇》："芮城府君读《说苑》，（文中）子见之曰：'美哉兄之志也！于以进物，不亦可乎！'"）；鲁迅所推生年因而亦未确，当生于开皇四年（584）之前；卒年则近似。王通在当时地位相当重要，唐初著名政治、军事家魏征、房玄龄、李靖、薛收等皆出其门下，人或称之"河汾学派"。其学说重农，倡民本，说无为而治，主利用三教，反对征辽。河汾学派对于"贞观之治"之形成具有决定作用。①

（二）关于《补江总白猿传》

江总,仕梁时为太子中舍人,入陈,官至尚书令,擅作艳体诗;入隋,卒于江都。所谓"补……传",指江总原撰此传,已佚,后人追记之也;乃伪托之词。——《白猿传》称欧阳纥"为陈武帝所杀",与史不合。按《南史》卷十《陈本纪下》:宣帝大建元年(569),"冬十月,新除左卫将军欧阳纥据广州反。辛未,遣开府仪同三司章昭达讨之。二年春三月癸未,章昭达禽欧阳纥送都,斩于建康市,广州平。"欧阳询生于557年,其时已14岁,武帝亦不在位矣(武帝在位时间为557—559年)。江总安能如此无知?

欧阳询貌类猿猴,同僚或嘲之,确有其事。长孙无忌为太宗长孙皇后之兄,官至尚书右仆射;欧阳询则官太子率更令,二人常互为调侃。长孙有诗嘲询曰:"耸膊成山字,埋肩不出头。谁家麟阁上,画此一猕猴?"询亦赋诗反嘲之。然此似不属恶意人身攻击,互无诬蔑之意。若《白猿传》,则既诬询,亦诬总,颇卑劣也。

《白猿传》之构想,或以为出于《易林·坤之剥》:"南山大玃,盗我媚妾。怯不敢逐,退然独宿。"然猿类攫人之说,当早已流于口传。

话本《陈巡捡梅岭失妻》②本于此传。

（三）关于《游仙窟》

该书所述,乃《驸马都尉》(《搜神记》)式之白日梦(《汉武内传》亦然)。日本西行法师所传《唐物语》及平康赖《宝物集》以为

---

① 详见徐斯年:《关于唐人小说〈古镜记〉作者的考证》,《求是学刊》1981年第4期;孙望:《蜗叟杂稿·王度考》,上海古籍出版社1982年1月版。
② 见《清平山堂话本》。

张文成爱慕武后之作；辛田露伴非之，殆是（详见汪辟疆《唐人小说》按语）。

该书于华土早已失传，或谓约于唐宪宗元和间（806—821）流入日本。盐谷温（《中国小说概论》）谓嵯峨天皇（909—821，相当于唐元和、长庆间）时，曾"召纪传之儒者传受《游仙窟》"，而竟无人能传，乃有"本岛大明神"化现，向学士伊时传授该书之传说。可见传入时间当早于嵯峨天皇时。另一说或更确切：由于《万叶集》及其前之山上臆良氏《沈河自哀文》中已引该书文辞，彼邦字书《倭名类聚钞》中，亦颇采《游仙窟》内名物词语，由此可见影响之大；故传入时间当在圣武天皇（724—748）时，即唐开元间，文成犹在世也（亦见汪辟疆《唐人小说》按语）。盐谷称其"在我国（日本）数为第一淫书"，而"今日关于《游仙窟》训读讲释之本甚多，风流之士，没有不读《游仙窟》的，在我国文学史上留了很多的印象，相传连紫式部的《源氏物语》都受了他的影响。"

在中国本土并非上乘之作，却每为外邦所看重，此书是其中之一（另如《玉姣梨》、《平山冷燕》、《好逑传》之在法、德皆然）。其原因，除鲁迅所谓外邦人士视为"新奇而且有趣"（《中国小说的历史的变迁》）之外，尚可探讨。

1929年，章廷谦（川岛）据日本醍醐寺等两种版本及朝鲜所流传之又一种日本版本加以校订标点，由北新书局出版，全文始复归华土。鲁迅为之作序（序文收入《集外集拾遗》），以为文成诸作皆"诋诮浮艳"（书中除极力渲染"仙窟"之绮旎、华贵外，又多以歌诗等双关语咏性行为），文品不高，然而鲁迅认为该书仍有价值：(1)"始以骈俪之语作传奇，前于陈球之《燕山外史》者千载，亦为治文学史者所不能废"。(2) 留存"当时之习俗如舞咏，时语如瞵眄（垂眼貌也）婪娭（羞涩貌也），可资博识"（其中歌谣亦有近"鄙语"者）。此外，《游仙窟》尚有如下价值：1) 唐代进士群体之佻达风流,于此可见一斑。2)唐传奇文多狭邪之作,并常以"仙"指称平康女子或其他艳遇对象;此种称谓,殆亦始作俑于文成。3)《周秦行纪》等后起之作,意想每本于文成此作。

(四)关于《枕中记》

此篇与《焦湖玉枕》(出《搜神》,又见于刘义庆《幽明录》)及唐人《樱桃青衣》(《广记》二八一)出于一辙,并与李公佐《南柯太守传》相类,皆以尘世实境为虚无,以出世为解脱。《传奇·韦自东》、《续玄怪录·杜子春》为其变种,盖《枕中》观念偏于道家,《韦》、《杜》则源于释氏;前者"悟",后者则不悟(终未"六根俱尽");前者主旨单一,后者则增"护丹"之说;前者印度痕迹隐,后者则印度痕迹显。①

唐李肇《国史补》谓此篇与韩愈《毛颖传》皆"良史才也";盖韩愈以史笔写寓言(故贬之者讥为"传奇"),此篇亦以史笔写卢生梦中经历(贬之者亦"病其俳谐"),褒者、贬者,似皆以"史法"衡"文学",而结论截然相反。细辨之,则褒词与贬词殆有不同:褒者所以称"史才"者,谓"小说"中含有"史识",格调不凡(例如不同于《游仙窟》之诮诋、浮艳),叙事有史笔之简洁,寓意有良史之规诲;是论述"史才"对于"小说"创作之作用、意义,可视为有见地之"小说理论"。贬之者以"史法"绳传奇,则"失小说之意矣"。故二说所见,有得失之别。

宋赵彦卫《云麓漫钞》引申李肇之说,谓传奇"可以见史才、诗笔、议论"。所谓诗笔,若仅理解为篇中常含诗作,则未尽得唐人传奇神髓也。其神髓乃在诗意与哲理色彩(挣脱对有限之"现实"的执着追求,时空处理之自由流动,风格之空灵等等),是为"诗的时代"之精神,非"乡愿"所能拥有者也(参见《侠的踪迹》相

---

① 参见拙著《侠的踪迹》第55—57页。

关章节)。

【注解】**吕翁**,汤显祖《邯郸梦》始指实为吕洞宾,大误。盖洞宾于开成间入山,时在开元以后。**嘉谟密命**,谓出诸君王秘密谋划之策令。**献替**,献可替否,陈善去恶;**启沃**,开启我之心扉,灌沃彼之心胸,谓尽贤相之责也。**制狱**,钦命之要案。

(五) 关于沈亚之

李贺《送沈亚之歌》前四句为"吴兴才人怨东风,桃花满陌千里红。紫丝竹断(断字疑讹)骢马小,家住钱塘东复东。"时元和七年,歌诗序谓其时亚之"以书不中第"返归吴江。按唐制,贡士有进士、明经、书学等科;凡书学,先口试,继试《说文》、《字林》二十条,通十八条以上者为第。诸科之中,以进士最受崇尚。是则亚之先考书学,落第;三年后改试进士而得中也。亚之虽终身未曾显达,然文名颇著,尝游韩愈门,杜牧、李商隐皆有拟沈下贤诗,与之唱和。所作传奇,不以情节曲折或人物性格突出取胜,而以情绪、意境、氛围气见长;然亦有颇平实者,如《冯燕传》。

《**湘中怨**》,作者于文末谓:欲以此篇为"南昭嗣《烟中》之志""偶倡"。昭嗣,名卓,所撰《烟中怨》叙水中仙女与谢生唱和,七年后枕生膝而逝。又二年,生见之于江上。亚之以此篇拟之,盖欲以辞赋胜彼也。篇中龙女、郑生皆善楚词。

《**异梦录**》,叙元和十年亚之为"陇西公"记室时闻公述邢凤梦"弓弯"事及吴兴姚合梦吴王葬西施事,各有歌诗,殆实录所闻焉。后段成式《酉阳杂俎》(十四)亦有记元和初士人梦屏上妇人于床前踏歌、舞弓弯事。亚之所记歌曰:

> 长安少女踏春阳,何处春阳不断肠。
> 舞袖弓弯浑忘却,罗衣空换九秋霜。

成式所记歌曰：

长安女⬚儿⬚踏春阳，⬚无⬚处春阳不断肠。

舞袖弓⬚腰⬚浑忘却，娥眉⬚空⬚带⬚九秋霜。

成式所记殆即亚之所述，惟流传中产生变异耳。情节之变异，则成式所记者演变为"画里真真"模式，是又宋乐史《杨太真外传》所述杨国忠梦楚宫弓弯（及话本《水月仙》等）之所本。

《秦梦记》，乃亚之所撰传奇中之最幽眇顽艳者，其中亦多歌诗。其记"白日梦"并炫才略如《游仙窟》，然而无其芜秽；以"近史"之笔稍寓人生如梦之慨，略如《枕中记》，然而无其出世之旨。

【注解】橐泉，秦孝公宫名，即祈年宫，在今陕西凤翔南。萧史，周宣王史官，善吹箫，弄玉适之。传说夫妻乘龙凤仙去。亚之稍异其说，更增意境之幽眇。

（六）关于陈鸿

《唐文粹·〈大统记〉序》称，陈鸿"少学乎史氏，志在编年"；《文苑英华》有元稹所撰授鸿员外郎《制》，称其"坚于讨论"，可见确有史才。鸿之任主客郎中，当在元和三年（829），此职为从五品，初举进士时不能授也。

【注解】晁错，西汉景帝御史大夫，号"智囊"，建言削藩。后吴、楚六国叛，请"清君侧"而诛之。奉氂缨盘水，手托氂牛毛所制之冠缨[以示"白冠"]及盘水利剑，请求赐死[赐自刎]。盘水，或曰象征君王处事平正如盘中之水，或曰备事后君王涤手。尺组，短而阔之带。

所引一段文字与对应之《长恨歌》词,比较如下:

歌:翠华摇摇行复止,西出都门百余里,六军不发知奈何,宛转娥眉马前死。

传:天宝末……(国忠)死于道周。(79字)左右……之下(53字)。

歌:花钿委地无人收,翠翘金雀玉搔头,君王掩面救不得,回看血泪相和流。

传:(无)

可见:论叙事,歌不及传;论抒情,则传不及歌。陈鸿史笔之简洁而不失细致,颇见"古文"功力。此篇及《李娃传》、《玄怪录》等,最能显示传奇文与古文运动之关系。

(七)关于白行简

《李娃传》——(1)叙事委曲有致:遣子—识娃—求住—遭弃—斗歌—父笞—乞遇—发愤—团圆,极富戏剧性。(2)对话生动,行为描写亦颇入骨。例如:"生扣其门。俄有侍儿启扃。生曰:'此谁之第耶?'侍儿不答,驰走大呼曰:'前时遗策郎也!'娃大悦曰:'尔姑止制之,吾当整装易服而出。'……"又如:"(西肆)有长髯者,拥铎(大铃也)而进,翊卫数人。于是奋髯扬眉,扼腕顿颡而登,乃歌《白马》之词,特其凤胜,顾眄左右,旁若无人,齐声赞扬之;自以为独步一时,不可得而屈也。有顷,东肆长于北隅上设连榻,有乌巾少年,左右五六人,乘翣(shà,或指羽车)而至,即生也。整衣服,俯仰甚徐,申喉发调,容若不胜。乃歌《薤露》之章,声举清越,响震林木,曲度未终,闻者唏嘘掩泣。"此类笔墨,较《长恨传》之史笔及《三梦记》之简质,均大不同焉。(3)虽写实,然有飘渺之趣。(4)以今视之,结局未免庸俗。

胡应麟则以为娃虽收郑生,何足赎其背弃之罪,不得称贤;鲁迅称应麟此论,乃"以《春秋》断传奇,失之"(《〈唐宋传奇集〉稗边小缀》)。

《三梦记》——所记第一梦为"天后时"(690—704)事,第二梦为元和四年(809)元稹、白居易千里神交事,第三为贞元(785—894)中韦质与赵姓女巫异地同梦事。故此篇当作于元和四年或梢后(汪辟疆《唐人小说》据《说郛》本引有所谓行简附记,述张氏女梦王尚书授音乐,觉而自知将死云云;文末署"会昌二年(842)六月十五日也",然其时行简已卒,因疑非行简所作)。胡应麟曰:"《太平广记》梦类故事皆类此,此盖实录,余悉祖此假托也。"所论虽不免武断,然确道出其影响;然而异地同梦之事,《搜神记》已见记载,此篇未必为"祖"也。

第九篇　唐之传奇文(下)

(一) 关于《莺莺传》

以艺术性言之,此篇不如《李娃传》(殆因有所拘泥焉),然描写莺莺之言动,如示人笔札则"艺必穷极,而貌若不知;言则敏辩,而寡于酬对。待张之意甚厚,然未尝以词继之。时愁艳幽邃,恒若不识,喜愠之容,亦罕形见。"表现其矜持性格及心理颇为细腻。其所以闻名,除艳迹素为历代所喜闻,文字确亦不俗外,元微之之盛名以及歌台戏文之一传再传,且经高手加以再创作,乃重要原因。

【注解】**异派之从母**,异派,谓非嫡系。张生母郑姓,莺莺之母崔氏亦郑姓,"绪其亲",为生之姨母。**浑瑊**(jiān)(736—799),铁勒族,以从李光弼、郭子仪平安禄山、史思明,讨吐蕃等军功,受封咸宁郡王,任河中节度使,贞元十五年(799)卒。**廉使杜确**,廉使,指观察处置使,掌考辖区吏政,可兼管军事。杜确,原同州刺使,于贞元十五年十二月受命为河中尹、河中绛州节度使。

本事考辨,计有三说:

(一)张籍说,出诸宋人。王性之已辨其非。

(二)张君瑞说,见王懋《野客丛书》(二十九),然无确证,《西厢记》取为张生之名。

(三)微之自传说,见宋赵德麟《侯鲭录》及所引王性之说。所列元、张相合之处凡五:(1)庄季裕谓有微之所作《姨母郑氏墓志》(今不见)云:"其既丧夫遭军乱,微之为保护其家备至。"(2)微之作《陆氏姊志》:"予外祖父授睦州刺使郑济"。白乐天《微之母郑夫人志》亦言"郑氏女"。唐《崔氏谱》:"永甯尉鹏,亦娶郑济女"。则莺莺者,崔鹏之女,微之中表也。(3)微之贞元十六年二十二岁,传言生贞元中二十二岁(或作二十三),不知女色。(4)韩退之作《微之妻韦丛墓志》:"作婿韦氏时,微之始以选为校书郎",时贞元十八年,与传谓后岁余,生别有所娶合。(5)微之所作古艳体诗若干首,或见诸传中,或所叙与传合。陈寅恪(《元白笺证·艳诗与悼亡诗》)同意自传说,但以为莺莺不可能出于崔氏望族,否则微之不必另娶,时人亦不至于以其为"善补过者"。盖唐时犹承南北朝之流风,婚姻之是否配于高门,与仕途极有关系,而微之虽为隋兵部尚书元岩六世孙,然式微久矣,其弃"莺莺"而娶韦氏,犹改明经(微之原出身明经科)而复举进士科也。此举为当时士夫伦理所认可,故人不仅不责以不情,且许以"善改过"焉(陈寅恪以所传《姨母郑氏墓志》为捏造,或然;但《韦丛墓志》等非捏造,故莺莺身份是否如其所称,仍待证明)。

图 28 《西厢记》杂剧剧本书影

图 29 《西厢记》绘图

传奇与杂剧之比较

序号	传 奇	杂 剧
1	叙蒲乱甚略。	增孙飞虎围寺,崔夫人悬赏,张生致书白马将军杜确解围等情节(时崔张已有情)。
2	家宴,不存在夫人变卦问题。莺莺辞疾,不肯出。	夫人变卦,莺莺掷杯,张生致疾。
3	传简;待月;定情。	大致相似,增问病、拷红、(夫人)允婚(但以夺鳌为条件)等波澜。
4	终弃。	张生夺鳌。郑恒(莺莺之表兄)拨乱(谣生已娶韦尚书女)。团圆(生归,恒愧死,崔张成婚)。

(二) 关于李公佐

公佐仕历:

大历(766—780)中,"在庐州"(《酉阳杂俎》十四)。

贞元十一年(795),闻白行简说李娃事(《李娃传》)。

贞元十三年(797),泛潇湘,登苍梧(《古岳渎经》)。

贞元十八年(802),自江南去洛(《南柯太守传》)。

元和六年(811),任江淮从事,奉使往长安(《庐江冯媪传》)。

元和八年(813),罢江西(钟陵)从事(《谢小娥传》、《神仙感遇传》)。

元和九年(814),泛洞庭,登包山(《古岳渎经》)。

元和十三年(818),归长安(《谢小娥传》)。

(宣宗)大中二年(848),三司推勘江都县尉吴湘狱,所列同案有"前扬府录事参军李公佐"(《旧唐书·宣宗纪》)。

若《酉阳杂俎》与《宣宗纪》所载公佐与传奇作者确为一人,

则其生年当早于鲁迅所设,而享年殆九十余岁矣。

《南柯太守传》——"非《枕中》所及"者约有五:(1) 彼为梦中之"人事",此为梦中之"蚁界事",而其中又见故人(酒徒周弁、田子华,随任南柯郡),设幻更进一层。(2) 又"以实证幻",增其余韵。(3) 复又"以幻证实"——"生感南柯之浮虚,悟人世之倏忽,遂栖心道门,绝弃酒色。后三年……亦终于寓。……将符宿契之限矣。"宿契之限,谓槐安夫人有言:"后三年,当令迎卿。"(4)《枕中》"史笔"更多,此则"幻笔"为主。(5) 此篇波澜更多,叙述亦更细腻。

《谢小娥传》——其演变,除鲁迅所述外又有:1)《新唐书》取以入《列女传》。2) 南宋王象之《舆地纪胜》"临江西路"有谢小娥,父自广州运金银纪纲,携家入京,遇盗。小娥溺水得免,后佣于盐商李某,见其酒器皆父物,乃乘醉杀之。报仇后入尼庵修道,即今金池坊尼寺也。则将谢传与《尼妙寂》捏合为宋时之事。3) 清王夫之演为《龙舟会杂剧》。

《古岳渎经》演变轨迹:1) 宋时讹禹为僧伽(西域僧人,观音化身,多异能;《高僧传》等则谓葱岭北人,唐龙朔二年至淮泗,居楚州龙兴寺,多灵异)。2) 复讹无支祁为水母①。3) 元吴昌龄《唐三藏西天取经杂剧》②"定心"一折中,孙行者述家世曰:"小圣弟兄姊妹五人,大姊离山老母,二妹巫枝祁圣母,大兄齐天大圣……";"女国"一折中又曰:"似摩腾伽把阿难摄在瑶山上,若鬼子母将如来圈定在灵山上,巫枝祁把张僧拏在龟山上。不是我魔王苦苦害真僧,如今个个要寻和尚。"(按摩腾伽,即摩登伽

---

① 见王象之《舆地纪胜》四十四:"水母洞在龟山寺,俗传僧伽降水母于此",又有"水母井"等;按水母,汉王褒《九怀·思忠》已见,曰"玄步武兮水母,与吾期兮南容。"自注:"天龟水神,待送余也。"故或唐时已有僧伽、水母传说,惟未遗文字记载耳。

② 见《纳书楹曲谱》。

图 30　京剧《泗州城》剧照

图 31　哈努曼

女,曾以幻术蛊惑阿难,将使淫乐,佛说神咒以解其难。鬼子母,本名阿梨帝,即欢喜,恶神也,后归于佛,为护法。)则以无支祁为女妖(水母或由此演变而来)。4)其他戏曲,《录鬼簿》、《太和正音谱》、《元曲选·目录》均载高文秀《木义(当为"叉")行者降妖怪 泗州大圣降(或作"锁")水母》杂剧一本(已佚),明天一阁本《北曲拾遗》有正德间名"洗尘"者所作套曲[双调新水令],有句曰:"鲍老儿将婴孩送,扮一个神灵,锁的是龟山水母精。"可见当时有此戏曲。现则有《泗洲城》《虹桥赠珠》)。——无支祁演进之迹有二:一为由猿猴之形,转为女性,害僧;复转为男性,护僧。一为由猿猴之形转为美貌女妖,情节与僧人脱离(由《西游记·女国》至《泗洲城》)。

胡适或以为无支祁-孙悟空形象来自印度史诗《拉麻传(罗摩衍那)》(Ramayana)之哈奴曼(Hanuman),然既未列示直接影响之轨迹,亦未列示间接影响之轨迹。

(三) 其他

关于《柳毅传》,因太湖亦名"洞庭"(左思《吴都赋》:"集洞庭而淹留"),故今苏州东山犹存"柳毅井"古迹,盖附会者也。唐传奇文又有《灵应传》,述乾符五年泾州节度使周宝遣部将郑承符魂赴龙宫,助龙女九娘子抗击恶龙朝那故事。敷衍《柳毅传》,固乏创意,然叙龙宫世系之悠远复杂,九娘子之贞淑坚毅,幽明两界之互助抗敌,郑承符之侠义智勇,亦颇可观。

关于《霍小玉传》,杜甫《少年行》与传奇无关,偶合耳。按子美卒于大历五年(770),《少年行》作于大历间(766—770)。李益,大历四年(769)进士(传云二十岁),元和初为牛僧儒榜考官,太和(827—835)初以礼部尚书致仕,卒。传云二十二岁弃小玉,时当771年,杜甫安得知其事而赋之?(又,蒋防,元和[806—820]中以右拾遗进司封郎中,长庆[821—824]间贬汀州、寻改连州刺使。设824年蒋防50岁，则生于774年，杜甫卒时防仅9岁。）

关于《虬髯客传》，1）化"实"为"幻"之手法颇巧妙，关键在使太宗"分身"为虬髯（后者之形象及其对李靖之助力，皆系被"幻化"之"实"），再以此化身明"窥神器为大戒"之旨。2）或以此为"侠情小说"之祖，则似是而非：主人公（虬髯客）与"情"无关；红拂对李靖乃慧眼识英雄，或关乎"情"，但未充分展开。3）影响后世武侠小说颇为深远。

第十篇　唐之传奇集及杂俎

（一）关于牛僧孺

关于《玄怪录》，程千帆断《玄怪录》为行卷之作。鲁迅以《玄怪录》为明确自承"作意""设幻"之典型："元无有"者，"原乌有"也（司马相如《子虚赋》杜撰"乌有先生""亡（wú）是公"与"子虚"互为问答，后即用以指代妄言）。该篇或有嘲讽附庸风雅者之意。《元无有》所述物魅，与第五篇所引《异苑》"徐氏婢"条有别：彼信其有，此以其为"原乌有"；彼称纪实，此称杜撰；彼所含有之"有效信息"为巫风，此则为"作意"（《广记》卷四百九十又有无名氏《东阳夜怪录》，与之相类，主人公名"成自虚"，亦有意显露诡谲之迹）。《玄怪录》素称文辞雅洁，与《游仙窟》相较，可见骈散（"古文"）之别。至其诡谲，如《崔书生》篇中之（母）误以西王母之女为狐魅；《张佐》篇中（所述薛君胄）之耳中有洞天，出僬僥小人，小人耳中复有洞天（"阳羡鹅笼"之演变也）；《岑顺》篇之以"阳官"观"象戏"成魅之征战（与《灵应传》之意想略近），皆颇匪夷所思，于后世志怪之作影响不小。

关于牛李党争，牛党为进士集团（僧孺之父牛弘为隋仆射、奇章公，然其祖位卑，非出丁世族），李党为贵族集团（李氏为世族,南北朝以来历居高位);前者尚词翰,后者重礼法。史家或以为其争始于牛僧儒、李宗闵等于贤良方正对策时攻讦时政,指摘德裕之父吉甫(时任宰相),吉甫怒,泣诉于帝,杨于陵、郑敬、韦贯之、李益等考官皆坐"考非其宜"罢去,僧儒贬伊阙尉(或谓牛、李原极相谐,某次聚会,牛戏称李为"纨绔子",遂结怨)。史家又以为两人皆有政绩,而为人则皆执拗、结党排他,故其争难断是非。然而,僧儒鲠直(或亦偏狭),且绝未以排陷伎俩攻李,则可断言者也。

李党攻牛,蓄谋甚为周密,先由韦瓘(guàn)托僧儒之名撰《周秦行纪》,由刘轲撰《牛羊日历》("羊"谓杨虞卿),皇甫松撰《续牛羊日历》(松,僧儒表孙,因僧儒不荐,乃于襄阳大水时作《大水变》极力谤之[见《唐摭(zhí)言》;今二《历》均佚,惟《藕香零拾》录一则,为《续历》佚文,汪辟疆列为刘轲之文,误),再由李德裕亲撰《〈周秦行纪〉论》,引据上述诬蔑、嫁祸之作而集中攻击,必欲置僧儒于死地而后快。

所加罪名,一为"心非人臣"(指《行纪》假薄后——汉高祖妃——之语称德宗为"沈婆(之)儿",且令王嫱为僧儒伴寝);一为"姓应图谶"(《论》引其谶曰:"首尾三鳞(或作'麟')六十年,两角犊子恣狂颠,龙蛇相斗血成川";且谓开元中,御史曾弹奏牛仙客姓应此谶,而未合"三六"之数,至太牢则合矣——牛僧儒生于780年,时恰唐朝立国一百八十年),用心极毒。宋张洎《贾氏谈录》:"失传《周秦行纪》……是德裕门人韦瓘所撰。开成中,曾为宪司所核,文宗览之,笑曰:'此必假名,僧儒是贞元中进士,岂敢呼德宗为沈婆儿也。'事遂寝。"是亦捣鬼既有术、亦有限之一例也。

（二）其他传奇集

关于李复言及其《续玄怪录》：

李复言，据《续玄怪录·尼妙寂》中自叙，其闻妙寂事在太和、开成间(827—840)。《南部新书》甲卷载："李景让典贡年，有李复言者，纳省卷，有《纂异》一部十卷。榜出曰：'事非经济，动涉虚妄，其所纳仰贡院驱使官却还。'复言因此罢举。"李景让知贡举在开成五年(840)，此复言殆即《续玄怪录》之作者；《纂异》与《续玄怪录》卷数相同，二书殆为一书①。

《续玄怪录》中有《杨恭政》，述村女成仙；《张逢》，述人化虎（《广记》又有《南阳士人》、《李征》，亦述人虎故事）；《订婚店》，述婚姻定于阴鸷；《薛伟》，述人化鱼；《李卫公靖》，述入龙宫，代为行雨事（此篇即鲁迅称"不知作者之《李卫公别传》"，明人《古今说海》改其题且不列撰人）；《杜子春》，述护丹。可见书中多仙鬼、怪异之说。

裴铏及其《传奇》：

晁公武谓高骈"之惑于吕用之，未始非与裴铏辈导谀所致"。鲁迅"谀导"之论盖出诸此。按裴，道号谷神子，习"炼养"，有专著《道生旨》在《道藏》，于"《庄》、《老》、《黄庭》等经文，如数家珍，龙虎、绛雪等丹药，了如指掌"（周楞伽《裴铏传奇》序）。故其"导谀"，与"投其所好"有所区别，当不无"引导"之意。

《传奇》以写"剑仙"、法术（如《聂隐娘》、《金刚仙》、《韦自东》）及异域奇人（如《昆仑奴》、《周邯》）为其题材特色；汪辟疆谓其"文采典瞻，拟诸皇甫枚、苏鹗之伦，未能轩轾"，"文奇事奇，藻

---

① 卞孝萱以为撰《续玄怪录》之李复言乃与白居易同科之李谅［字复言］，然于时未合，见程千帆《唐代进士行卷与文学》，上海古籍出版社1980年8月版。

丽之中,出以绵渺,则固一时钜手也"。所论甚确①。

又,**袁郊**及其《**甘泽谣**》,郊,懿宗咸通间人,曾与温庭筠相酬唱;书为久雨卧疾时所著,以春雨泽应谓甘泽成谣,故名。所存《陶岘》篇述摩诃为陶岘潜水取宝;《圆观》述三生石上旧精魂故事;《懒残》写"清于中而混其外"之方外异人;《红线》写女侠法术。题材、意想与《传奇》等略同,此亦中晚唐传奇集之一大特色。

(三) 段成式及其《酉阳杂俎》

该书并非传奇集,而近乎类书;然其中亦有相当成型之短篇,完全可以视为传奇,如"盗侠"编中之《僧侠》,"怪术"编中之《李秀才》、《云安井》等②。

【注解】**壶史**,后汉王壶公,费长房之师也,常在街头悬壶卖药,夜则宿壶中;又有鲁人施存,亦常悬壶并宿壶内,以壶中有日月,故称"壶天"。后人因称道家生活为"壶中日月"。**尸窀**(zhūn),窀,墓穴也。**诺皋**,禁咒之发语词[详见余嘉锡《四库提要辨证》十八]。**贝编**,当得名于贝叶,即贝多罗叶,其树似棕榈,佛家用以写经,有"贝文连珠,龙章金响"之说。

第十一篇 宋之志怪及传奇文

(一) 关于《太平广记》

宋太宗以降臣佐中名士修《御览》、《英华》、《广记》,与太祖"杯酒释兵权"有异曲同工之效。"宋人反多未见"之说,殆据谈恺(明嘉靖间之重刻者)《识语》所谓郑樵"自谓博雅"而"《崇文总目》不及《广记》"云云,实则北宋末年已有蔡蓄节取《广记》编成

---

① 参见《侠的踪迹》第三篇。
② 参见《侠的踪迹》相应部分。

《鹿革事类》及《文类》①；1941年发现并影印出版之宋罗烨《醉翁谈录》（称"宋椠"，殆元版）则谓说话人须博览该通，必"幼习《太平广记》，长攻历代史书"而后可。是则南宋及元时，其书已颇通行矣（南宋确有复刻本之著录，杂剧、话本多有取材《广记》者，亦为明证）。

（二）吴淑《江淮异人传》与《剑侠传》

《江淮异人传》与"飞剑乘空之说"：1)《江淮异人传》之历史地位，在于首次"荟萃诸诡幻人物，著为专书"。2)"乘空飞剑之说日炽"之动因，当上溯至唐人传奇，盖《剑侠传》虽系"伪作"，然段成式（《京西店老人》、《蓝陵老人》）、裴铏（《聂隐娘》）、袁郊（《红线》）等确已传写"飞剑乘空"之人、之事，至于术士道流、怪民奇事之记述，更为屡见不鲜。3)《江淮异人传》之内容固然诡异，然以道流术士为多，记飞剑者甚少；其艺术性或稍高于《稽神录》，然远逊于唐人传奇文。所以，"乘空飞剑之说日炽"之因，并非仅在《江淮》。

追究"飞剑乘空之说"产生根源，殆仍在中国传统之玄学思维。工具（武器为特殊工具）乃器官之"延长"；由现实工具想象出非现实工具，想象出其所具有之超常功能（此功能实为想象者所欲达而实际未达之"愿望"或"目的"），此为"实学"与玄学思维重合阶段。进而据"物情"而实现新工具之设计、制作、操作，使"新工具"及其使用成为现实者，为科学思维；据想象（愿望）而进一步"推演"设幻，使"新工具"及其使用在想象中不断发展、"完善"（即在想象中"设计"达到目的、欲望之手段），是为艺术思维。玄学重"意""象"之辨，重以"意"化"物"，以"意"控"物"，其思维途径最适宜于设幻；加以佛、道二教之玄理及器物崇拜之传统

---

① 见晁公武《郡斋读书志》十三。

（剑为神器，自古而然），至于唐代，"飞剑乘空之说"乃必然产生矣（聂隐娘式、京西店老人式、蓝陵老人式之飞剑意象，皆可见圆融互摄观念之影响）；由"物"、"我"并非合一之飞剑意象至"物我合一"之飞剑意象，又可见道教"元神"观念之影响）。

关于《剑侠传》，余嘉锡考定为明王世贞编（《弇州山人四部稿》有《〈剑侠传〉小序》），共 33 条，出诸《广记》"豪侠"门者 19 条，《吴越春秋》者 1 条（亦见《广记》），《江淮异人传》者 3 条，宋何薳(wěi)《春渚纪闻》1 条，宋罗大经《鹤林玉露》1 条，《南唐书》、《青琐高议》各 1 条，《夷坚志》4 条，《灯下闲谈》2 条。由于录入各丛书时署名不一，而致混乱。

明吴琯(guǎn)刊入《古今逸史》，每卷均题"明新安吴琯校"。

明末清初陶珽《说郛续》录其 11 条，题"唐□□□"撰，未注出处。

清汪士权《秘书十一种》录入王世贞本，题"唐亡名氏"撰。

清乾隆间，陈世熙以《说郛续》本增 1 条，补入明桃源居士辑本《唐人说荟》，题"段成式"撰。此后乃常有"段成式《剑侠传》"之说。①

（三）洪迈与《夷坚志》

洪迈仕历(补)：绍兴十五年中第，授两浙转运司幹办公事，入为敕令所删定官（敕令所，相当于清之律例馆，主官为提举，下设详定官、删定官）。三十二年春，金主完颜褒遣使告位、议和，迈（以吏部郎）为接伴使。三月，充贺登位使赴金，并洽归河南地。至燕，因书用敌国体，金人以为不如式，令改，迈不允，被困锁于使馆。七月遣还，孝宗已即位，御史中丞张震以迈辱命论罢

---

① 参见《集外集拾遗补编·破〈唐人说荟〉》，其中未及王世贞本及其沿革；余嘉锡则未及《说郛续》及《说荟》。

之。明年,起知泉州。

《夷坚志》序之价值:《夷坚志》,取《列子》"夷坚闻(怪异)而志之"为书名。今有民国间商务版 205 卷(补 1 卷、附录 1 卷),最全(1981 年中华版即以此为底本);另有 50 卷本(乙志摘录本,见《四库》及《小说笔记大观》)等。全书分 32 集,有 31 序(五十卷本又有《〈夷坚志〉后序》一篇,乾道七年[1171]五月十八日作;待核赵与时《宾退录》)。序虽短小,而对志怪小说本质颇有见解,如谓:自齐谐至《夷坚》,天下"怪怪奇奇"之志,"皆不能无寓言于其间";至若征信,则须"往见乌有先生而问之"(乙志序)。又谓:萃集此书,"颛以鸠异崇怪,本无意于篡始人事及称人之恶";纵有得于容易、删削未尽、不免诬善之篇,"辄私自怨曰:'但谈鬼神之事足矣,毋庸及于其他也!'"(《后序》,按黄霖等所编《中国历代小说论著选》谓惟前序"尚有可观之处",所见不如赵与时。)

(四)乐史《绿珠传》背景

赵王司马伦,晋宣帝第九子,时领右军将军,掌京师兵要。贾后专权,废太子,左卫将军司马稚等谋废贾后,复太子,商诸伦及其嬖人孙秀。秀知太子聪明,若立,则不利,乃说伦泄其事,使贾党先杀太子,然后发动宫廷政变,诛贾后及重臣张华、裴颜等,挟惠帝自重。孙秀又借机杀石崇、潘岳。后诸王发动勤王,斩伦、秀。按宋元话本有《绿珠坠楼记》,或题《绿珠记》,敷衍为王恺因与石崇斗富不敌而诉于帝,诛崇,绿珠不屈,坠楼而殉。

【注解】**收兵**,谓往捕石崇之兵也。崇之别业金谷园在今洛阳。**白州**,绿珠故里,在今江西南昌。归州,即今湖北秭归,昭君故里。

(五)秦醇诸作

关于《赵飞燕别传》"兰汤滟滟"等语:宋人所刊《五色线》、《丽情集》、《京本大曲》引陈鸿《长恨传》有"贵妃赐浴华清池,清澜三尺,中洗明玉,莲开水上,鸾舞鉴中。既出水,娇多力微,不胜罗绮"语。鲁迅以为系误引秦醇语为陈鸿语(具见《古籍序跋集·〈唐宋传奇集〉稗边小缀》第三分),可见秦醇固拘谨,然亦确有"规抚唐人"之语(按此问题颇复杂,详见《鲁注拾稗》)。

所谓伶玄撰之《飞燕外传》,纪昀《四库全书总目提要》已辨其伪,鲁迅在本书第四篇亦曾辨之。

(其他略。)

(六)隋炀帝传奇四种

炀帝于大业元年(605)始凿运河。工程分四期,当年通江都,大业六年(610)全线竣工。下江都凡三次:元年,六年,十二年。征辽则为大业八年、九年、十年事。四种传奇于史不合之处甚多,断非颜师古辈史家所作。

《海山记》自出生述至自缢,乃总述;《迷楼记》叙晚年造迷楼沉湎女色,至"大业九年"将再幸江都时闻迷楼宫人歌谶语止;《开河记》叙"大业五年"令麻叔谋开运河,掘墓屡得鬼神警示等事;《隋遗录》则叙大业十二年幸江都途中宠御车女、殿脚女及至广陵后诸事。其文字则以《隋遗录》(《大业拾遗记》)为佳。

【注解】**虞世南**,炀帝为晋王时任晋王府学士,后任秘书监。**丽华**,即陈后主宠妃张丽华,髪长七尺,陈亡时与后主同投井,出而被斩。**桃叶山**,在今江苏六合县东南。开皇六年(589)杨广平陈,屯军于此,陈后主则以青龙舰八十艘巡弋白下御之。韩擒虎、贺若弼分两路攻建康时,杨广令宇文述在桃叶山渡江,取西头山(在今江宁县西北)为呼应。**东郭𡺎**(jun),见《新序·杂事》:"齐有良兔曰东郭𡺎(jun),盖一日而走五百里。"又见韩愈

《毛颖传》。**江令**,即江总,在陈任尚书令,擅作艳体诗。**韩擒虎**,平陈时为庐州总管,与贺若弼南北夹击宫城,陈镇东大将军任忠降,引擒虎自南掖门入宫。后主与张丽华、孔贵人投井,军人欲下石,后主于井内大叫,乃下绳,曳之奇重,竟是三人同束而上焉。**玉树后庭花**,陈后主所作曲,其声甚哀。**萧妃**,后梁明帝之女,十三岁嫁杨广。**王义**,侏儒,自宫而侍炀帝,隋亡前为说败亡之由而自尽。《**迷楼记**》**末之童谣**,帝闻宫人静夜抗歌曰:"河南杨柳谢,河北李花荣。杨花飞去去何处?李花结果自然成。"问之,曰民间儿童多唱之。

本事演变诸作:《隋唐两朝志传》(122回)、《唐书志传通俗演义》(8卷)、《隋唐演义》(114节)、《隋炀帝艳史》(40回)、《隋史遗文》(60回)、《醒世恒言·隋炀帝逸游召谴》(以上明代)、《隋唐演义》(100回)、《大隋志传》(46回)、《说唐演义》(68回)、《瓦岗寨》(20回)(以上清代)。曲艺尚有同类评书书目。

第十二篇 宋之话本

魏晋、唐、宋,为中国小说史之三大转折时期。若谓唐传奇文为"进士文学",则宋话本当为"市民文学"(其初始形态为"勾栏文化")。前者之动力来自上层文化政策,后者之动力来自下层"文化市场"(勾栏);前者之作者为(广义的)官僚贵族文士,后者之作者为平民的"书会才人"(及其他平民化之文人);前者重炫才,后者重娱人;前者与"古文运动"关系密切,后者与说唱文艺关系密切;前者为非商业的文化活动,后者为商业化的文化活动。上述作为文化活动所表现的宋代小说创作特征,除"话本"变为"拟话本"外,其他方面直至清末基本未曾发生质的变化。

唐(宋)传奇文与宋人话本关系似不直接,然题材承传关系颇为密切。

(一) 关于变文

鲁迅称"俗文",此系郑振铎当时所用概念。学术界后来确定之名称为"俗讲"(巴黎所藏敦煌伯字 3 849 卷有《俗讲仪式》),其话本即"变文"(画图则称"变相","变"字或以为译自梵文)。唐时俗讲,分官方(宫廷)举办与民间举办两种形式(宋之杂剧、杂艺亦然,民间之活动场所即为勾栏);其内容或敷衍佛经,或演讲人事、人情;文献载有当时俗讲法师姓名、事迹,其中且有女子;亦有讲道经者,然不风行。现有王重民等所编《敦煌变文集》(人民文学出版社 1984 年版),共收 78 篇。

《伍员入吴故事》,即《伍子胥变文》(原无题目),现存残卷四卷,分藏伦敦大英博物院、巴黎国家图书馆,编号:伯 3 213、2 794(王重民等定为甲卷、丁卷)、斯 6 331、328(乙卷、丙卷),"中国某氏"似不可能藏有原物。

《唐太宗入冥记》,鲁迅此段引文,与王国维《敦煌发现唐朝之通俗诗及通俗小说》一文(原载《东方文库》第 71 种《考古学零简》)所引基本相同;而原卷缺字颇多,此引文未能反映,可参阅《敦煌变文集》。

【注解】引文中之**使人**,即引太宗见判官之鬼卒;**判官躁恶,不敢道名字**,乃"使人"答太宗询问之语。**崔子玉**,《记》中谓其生前为"辅阳县尉"。按"辅"当为"滏",其地在今河北磁县。

《入冥记》本事,初见于张文成《朝野佥载》(中华版卷八):"太宗极康豫,太史令李淳风见上,流泪无言。上问之,对曰:'陛下夕当晏驾。'太宗曰:'人生有命,亦何忧也。'留淳风宿。太宗至夜半,奄然入定,见一人云:'陛下暂合来,还即去也。'帝问

'君是何人?'对曰:'臣是生人判冥事。'太宗入见,冥官问六月四日事(按指杀建成、元吉事),即令还。向见者又迎接引导出。淳风夜观玄象,不许哭泣,须臾乃寤。至曙,求昨所见者,令所司与一官,遂注蜀道一丞。上怪问之,选司奏,逢进止与此官。上亦不记,旁人悉闻,方知官皆有天也。"

《入冥记》之后,宋《滏阳神异录》有该地崔府君奉命断冥狱,而及于太宗之说①;宋仁宗景佑二年,有诏加崔府君封号。明《永乐大典》、《西游记梦斩泾岳龙》及其他有关《西游记》故事,多有此说。后又有《西游记纪传》、《翠盖宝卷》、《唐王游地府》等,皆敷衍本事也。

《梁公九谏》,有佚名者所作序,谓原名《梁公九谏词》,则应是词话;此为散体,殆即作序者所改写。

变文对宋话本之影响,关德栋以为:(1)造成一种以朴实平易的白话文构成的新文体。(2)其丰富的想象力,对于较缺乏想象力的中国文学有很大的解放作用。(3)使中国小说成为具有注重布局结构,散、韵并用的文学体裁。②

(二)"说话"分家

关于"**宋人通俗小说**"之渊源,鲁迅以为"与唐末之主劝惩者(按指变文)梢殊",而"实出于杂剧中之'说话'"。此"杂剧",当即段成式所谓"杂戏",唐人或称"百戏","小说"为"杂戏"或"百戏"之一,其艺人则称"市人"。除鲁迅所举段成式、李商隐二例外,尚有元稹《酬白学士代书一百韵》"翰墨题名尽,光阴听话移"自注:"……尝于新昌宅说一枝花话,自寅至巳,犹未毕词也。"据《醉翁谈录》,"一枝花"为李娃艺名,若此"话"为"市人""说话",

---

① 见近人郑朗《崔府君祠录》。
② 《谈"变文"》,见《敦煌变文论义录》,上海古籍出版社 1982 年 4 月版。

图32 唐代说唱俑

图33 河南金代墓葬出土说书俑

其话本之长,可以想见(宋人著作则称"说话"为"杂技"或"杂伎艺"之一,而不以之归诸"杂剧")。然而,"主劝惩"之"俗讲"对宋人小说之影响,亦不应低估(其演说程序、话本结构、题材承传皆然)。

关于"说话"分家之岐见:

鲁迅所引四种宋人著作,按时间序次当为:孟元老《东京梦华录》(写作时间未详,或以为作者即为徽宗督造艮岳之孟揆),所述"京瓦伎艺"为汴梁风貌;灌园耐得翁《都城纪胜》(作于南宋理宗端平[1234—1236]间);周密(1232—1298)《武林旧事》(作于元初);吴自牧《梦梁录》。后三书所述,则均杭州风貌。《东京梦华录》"举其目",然未明确提出"分家"。首先提出说话分四家者为《都城纪胜》,《梦梁录》承之,《武林旧事》所述分科略异(有"说诨话","合生"则作"合笙"——鲁迅谓其"无合生",未确——实为五科)。因而,耐得翁之"分家"最具"权威性";但因古书并无标点符号,复因读法(断句)不同,学界对"四家"之理解首先有别。《都城纪胜》原文如下:

……说话有四家　一者小说　谓之银字儿　如烟粉灵怪传奇说公案皆是发迹变泰之事说铁骑儿谓士马金鼓之事　说经　谓说佛书　说参请　谓宾主参禅悟道等事　讲史书　讲说前代书史文传兴废征战之事　最畏小说(人)盖小说者能以一朝一代故事顷刻间提破　合生与起今(令)随今(令)相似　各占一事　商谜旧用鼓板吹贺胜朝　聚人猜诗谜字谜戾谜社谜　本是隐语……

1) 鲁迅(《史略》)认为,"四家"指:① 小说,② 说经说参请,③ 说史,④ 合生。(此一解读,将以上引文理解为均系对"'说话'四家"之阐释；将"说经""说参请"理解为一家；似亦将"合生""商谜"理解为一家。——郑振铎《中国文学史》、陆侃如冯沅君《中国文学史简编》、梁乙真《中国文学史讲话》、杨阴深《中国文学史大纲》、陈子展《中国文学史讲话》等皆同。）

2）王国维（《宋元戏曲史》）以为当指：① 小说，② 说经，③ 说参请，④ 说史书。（此一解读认为"合生"不在"说话"之列：上述引文中，阐述"四家"分类之文字，应止于"争战之事"或"提破"，以下文字皆非阐释小说分家；"说经"与"说参请"当为两家。——胡怀琛《中国文学史概要》同。）

3）赵景深（《中国小说丛考》）认为，以上引文所述"说话"，只有三家：① 小说，② 说经（含说参请），③ 讲史；耐得翁或遗漏"说诨话"，是为第四家。（此一解读基本与王国维相同，但未将"说经"与"说参请"分列。——陈汝衡《说书小史》、青木正儿《中国文学概说》、谭正璧《中国小说发达史》同。）

4）王古鲁（《南宋说话人四家的分法》，见《二刻拍案惊奇》附录）则分为：① 银字儿，② 说铁骑儿，③ 说经说参请，④ 讲史书。（其舍弃"合生"以下文字与二、三两派同；然将"小说"分为两家——以"说铁骑儿"与"银字儿"等并列。①）

按以上三种解读，似以第二种较为妥帖：盖"合生"以后文字，确不应理解为对"四家"之阐释，正如引文前略去之述介"傀儡"、"影戏"等文字。

（三）关于"小说"分科及其他

"**小说**"**分科之歧见**：诸家于此，解说亦颇纷纭（亦可详参赵、胡二书），主要可归纳为两派：

---

① 详见赵景深《中国小说丛考·南宋说话人四家》，齐鲁书社1980年10月版；胡士莹《话本小说概论》第四章亦有概括，大同小异。

1) 鲁迅等认为分三科:银字儿(烟粉灵怪传奇);说公案(皆是搏拳提刀赶棒及发迹变态之事);说铁骑儿(士马金鼓之事)。

2) 王古鲁等则分为两科:银字儿(烟粉灵怪传奇说公案,皆是朴刀杆棒及发迹变泰之事);说铁骑儿。

(两派之分歧,在于鲁迅断第一句于"灵怪传奇";王古鲁则断第一句于"变泰之事"。)

关于"合生"及"起令随令":《史略》未作解释。《坟·宋民间之所谓小说及其后来》引《新唐书·武平一传》关于胡人"合生"之记载,以为唐之合生乃以咏歌舞蹈及诨词,戏谑、讽嘲人物者,"惟至宋又稍有变迁,今未详"。赵景深以为鲁迅解读《武》传不确,其中所谓合生,并无诨词戏谑。合生当与"唱题目"、"起令随令"相似:(1)以唱为主;(2)"也许是由一个人(也许是听合生的人)出一个题目"即"起令","唱的人立刻唱出,这就是随令";(3)"商谜是谜面求谜底,合生则是谜底求谜面"。所说颇近理。

关于"捏合"、"提破"、"引首"、"得胜头回":鲁迅于本篇述介《京本通俗小说》时,对于"捏合"、"提破"有三次解释:其一,谓"在说一故事而立知结局"(第113页,第1行);其二,谓"每篇各具首尾,顷刻可了,与吴自牧所记正同"(第115页,第2行);其三,绍介《碾玉观音》时,又似将"引首"理解为即是"捏合"、"提破",而"得胜头回"即"其上半"(此"上半"当指《碾玉观音》所引王荆公以前三首泛咏"孟春"、"仲春"、"季春"之词),此处所云,似仅将"捏合"、"提破"理解为由引首进入正话之手段。——以上三说,对捏合、提破之理解似不一致,至少解说不够明晰。

胡士莹以为,"捏合"、"提破"即"入话";而"引首"即"头回"("引首"乃明人语),二者有别。"入话"皆以诗起,然后引入正话。其作用除广知识、显文才外,还在聚集听众、肃静作场。其内容为解释性的,可重见于不同话本。"头回"则为故事性的,或从正面、或从反面映衬正话,或以甲事引出乙事;与正话联系紧密,不能各本兼用;但可与入话交替为用,亦可二者并用。(鲁迅在《坟·宋民间所谓小说及其后来》中认为郎瑛以进御解释"得胜头回"不可信,但因瓦舍为军民所聚,故以"利市语"命之,则近情理;又以"须讲近世事","什九须有'得胜头回'","须引证诗词",为宋市人小说必备三条件。王古鲁则谓,当时杂伎艺开场必鼓吹[得胜令],故以之为"头回"之名。)

"捏合"、"提破"似可理解为技巧概念,指处理"入话"、"头回"与"正话"的衔接关系之手法(亦系程序——一种程序化的、处理衔接关系的手段);"入话"、"头回"则属文体概念(区别于"正文"即"正话"的、程序化的开头文章)。

第十三篇 宋元之拟话本

(一)拟话本——由"话本"向"著作"(即文人化之小说)过渡之"枢纽"

《青琐高议》之意义:本篇所引《高议》四篇,《唐宋传奇集》收其三(《流红记》、《赵飞燕外传》、《王谢》),然皆删却"题解",是作为传奇文而收录;此述《高议》则注意其有"题"有"解"之形态已与传奇文不同,而似元人杂剧体制。"疑汴京说话标题,体裁或亦如是",此一推想甚准确。按《醉翁谈录》所录话本,体制已然如是,如《李雅仙》之题解为"李雅仙不负郑元和",《王魁负心》之题解为"王魁负心　桂英死报",等等;而《水浒》第51回白秀英说《苏小卿》时,书场水牌则书"豫章城双渐赶苏卿",皆其证也。除此之外,《流红记》等之语言亦较乐史辈所作更为通俗,因而不妨视为由"传奇"向"拟话本"演进之先声。

《取经记》与《宣和遗事》之所以被鲁迅视为拟话本,主要根据如下:1)"近讲史而非口谈,似小说而无捏合";2)"虽亦有词有说,而非全出于说话人"(是亦与钱曾所列诸篇之区别)。可知"拟话本"者,取话本之体制,而非为"说话"所作者也,是为由"说话"向明代"讲史"、"神魔"、"人情"诸"著作"演进之"枢纽"(至于"说话消亡"之论断,似乎尚可斟酌)。

(二) 关于《大唐三藏法师取经记》

1)"世因以为宋刊",主要指罗振玉。《取经记》原本收藏者为日本"汉学"名宿德富苏峰。中国影印出版该书时,罗振玉有跋,主要根据书中对宋朝帝讳均作缺笔,而断定为宋椠。鲁迅《史略》出版之后,苏峰氏曾发表专文,对鲁迅"或为元人撰"之判断加以嘲讽。鲁迅因作《关于〈大唐取经记〉等》一文(收入《华盖集续编》),引举多种例证,指出单凭缺笔决不足以论定时代,在无更确实之证据以前,仍须存疑。

2) 唐僧取经故事,宋元之前当已流传。五代后晋天福七年(942)所凿杭州将台山摩崖龛像,已有唐僧师徒四人及白马取经浮雕①。据《欧阳修集·于役志》,周世宗(954)之前有取经壁画,北宋时犹存。是则南宋以前已有不同于《取经记》之"西游"故事(如《记》谓"僧行七人",而将台山所刻已是师徒四人;沙僧故事殆亦不同;所列国名可能不同,等等)。加以元杂剧中所见,可以推测在吴承恩之前,取经故事当存数种模式,而《取经记》非吴承恩所直接取材。在《取经记》与杨志和《西游记传》之间,尚有《永乐大典》所录古本《西游记》及朝鲜《朴通事谚解》第 88 话《车迟国斗胜》(殆均元椠),均可证"非《取经记》模式"存在之早。

3)《取经记》中之诗,均出诸人物之口,不同于一般"诗话"之由说话人用作入话、煞尾或诗证。其第一章、第八章标题原缺;"香林寺"后为第五章"过狮子国树人国处";第十二、十三、十四、

---

① 见 1956 年《文物参考资料》第 1 期。

十五章分别为"过沉香国处"、"过波罗国处"、"过优钵罗国处"、"入竺国渡海之处";第十六章为"转至香林寺受心经本",十七章为"到陕西王长者妻杀儿处"。其余各章标题皆见鲁迅所列地名(第三章,入大梵天宫处;第四章,过香林寺处;第六章,过大蛇岭处;第七章,过九龙池处;第九章,过鬼子母国处;第十章,过女人国处;第十一章,至王母池处)。

(三)**《大宋宣和遗事》**

1)关于版本。按"省元"并非元人语,宋王铚(zhì)《默记》即有"王君臣榜,是时欧(阳修)公为省元"语。"南儒"当为元人语;《宣和遗事》又直称高宗为"康王构",不避其讳;又据考,书中称李师师为"上院行首",乃元人对官妓之特称,称高俅为"平章相国",亦元人特用语。故此书当为元椠或经元人增益者。今常见之涵芬楼金陵王氏洛川校正重刊本分元、亨、利、贞四集,盖将前后集各分为二也。

2)书中所述"逼上梁山"本事之与《水浒》异同者:**"杨志卖刀"**,谓李进义、杨志、林冲、王雄、花荣、柴进、张青、徐宁、李应、穆横、关胜、孙立等十二人为花石纲指使。李进义等十人押纲入京,杨志在颖州候孙立,不至,阻于雪。盘缠将尽,乃卖宝刀,与无赖子争执而杀之,获罪放流。孙立遇杨于途,到京后遂邀十人,同赴黄河渡口,杀防送公人,救出杨志,同往太行山落草。**"黄泥岗"**,劫生辰纲者为晁盖、吴加亮、刘唐、秦明、阮进、阮通、阮小七、燕青,后得宋江报信,逃脱围捕,邀杨志等,二十人同上梁山。**与宋江同上梁山者**:雷横、李逵、戴宗、李海、董平、索超、杜千、张岑(文中称"九人",实则杜、张、董、索已持宋江所写书信先行)。**三十六天罡名单之与《水浒》不同者**:① 杜千(迁)、孙立,《水浒》入"地煞";② 此名单无《水浒》中之解珍、解宝;③ 绰号、姓名有别者(括号内为《水浒》之名号):玉麒麟李进(卢俊)义,混江龙李海(俊),浪里白条(跳)张顺,立地太岁阮小五(小二),短命二郎阮进(小五),大刀关必胜(关胜),一直撞(双抢将)董平,赛(病)关索王(杨)雄,没羽箭张青(清),没遮拦穆横(弘),铁(双)鞭呼延绰,火船工(儿)张岑(横)。《宣和遗事》天罡名单中并无黄泥岗八人中之阮通,后文随呼延绰落草者又有"一丈青张(李?)横",亦不见于名单。又,其中并未交代石秀、武松、张顺、公孙胜、史进落草经过。是皆可见其书甚为简略粗疏。

3)"其五"以下相关人、事之注解:**曹辅**,谏议大夫,书中因谏徽宗幸李师师而被罢官,编管外州。**张天觉**,名商英,谏议大夫。书中初谏节用、爱民,不听;继谏斩李师师之夫贾奕,因除胜州太守,途中仙去。**林灵素死葬之异**:林灵素为温州人。将死,嘱徒见地坼而有龟蛇之处即下棺。届时,徒果见地坼,深不可测,然无龟蛇,遂下棺,次日地平如故。后朝廷下温州伐其墓,不知所在,朝命遂废。**结论所谓二失其机**:所谓建炎之初失其机,指康王奉元佑皇后诏,为勤王大元帅,宗泽、汪伯彦副之,率兵解京师之围,而未继续用兵;伯彦与黄潜善皆为宰相,嫉宗泽还都之议,力主偏安东南。所谓绍兴之后失其机,指岳飞、韩世宗诸将连获十三大捷,而不许直捣黄龙。实则源于赵构不愿钦徽二帝南归。

小结

由宋之"话本"、"拟话本"发展至明之"拟话本"及小说"著作"的过程,既是古代白话小说从"杂技艺"之附庸(为"说书"作记录或提供底本)发展为独立之文学体裁("切断"与说书的联系,专为读者提供阅读文本)的过程(或可称为"文体化"过程),又是古代白话小说由民间文学形态发展为作家文学形态之过程

(或可称为"文人化"——"雅化"过程)。前一形态并非没有优秀之作,后一形态并非没有平庸、拙劣之作,然而从总体考察,这是一个文学进化过程。(文学史分工专门化之后,对于前一形态的作品,往往归入民间文学史和戏曲史范畴,而不作为一般文学史研究的重点。但在断代研究或"辨源"时,又可以、而且必须是研究的重点。)

2001.5

2005年版《鲁迅全集》第10卷修订札记

1980年初秋某日,当王仰晨同志在他的办公室里找我谈话,要我接替周振甫先生担任《古籍序跋集》(1981年版)的责编时,绝对是在"赶鸭子上架",因为我既不是专攻古代文学也不是专攻文献学的。只得采用笨办法:第一步,寻找手稿,核校有关篇目正文(限于客观条件,这步工作当时做得不够细);第二步,逐条核对"红皮本"原注涉及的文献和相关资料,为审改注文掌握依据;第三步,逐项查核全书正文涉及的书名、引文、人名、地名、事件等及与之相关的资料(常需大海捞针);第四步,以上述工作为基础,审改红皮本原注,选立未注条目并补写注文。这是一个自学过程,收获不小,却也留下一些遗憾。

此次又叫我兼做《译文序跋集》的修订工作,同样是在"赶鸭子",因为我也不是专攻外国文学的;虽然学过一点俄语、法语,却早就奉还给老师了。依旧采取老办法,但主、客观条件已和当年大不相同,资料的查阅范围较窄,工作也做得不如那时细密。

"架"是趔趔趄趄地"上"去了,"鸭子"总归不能变成鸡或孔雀——"出身"所带来的局限性是无法消除的。这就决定了在这个2005年版一、二印次的《鲁迅全集》第十卷里,仍会存在因我

图34 2005年版《鲁迅全集》

2005年版《鲁迅全集》第10卷修订札记

而造成的不足之处。下面集录的修订扎记中,也难免存在同样的局限性。

这些札记,写的或是非交代不可的内容,或是修订过程中自己费力较多、思索较多而又往往尚未完全解决或想通的一些问题,兼及现在发现的一些明显疏误及其补正。其他内容,有的已经写过(例如《〈中国小说史略〉注疏补证(第一篇至第十三篇)》①里,就已包含一些关于《〈唐宋传奇集〉稗边小缀》的资料),有的过于琐碎,全都从略。

校勘工作的特殊性

《古籍序跋集》所收篇目,有一些是据手稿编入的,还有一些是虽曾发表,但印行于鲁迅逝世之后的。校勘这些篇章正文的底本,当然应是手稿。但是,手稿难免存在讹误;《〈唐宋传奇集〉稗边小缀》虽在鲁迅生前就已印附于《唐宋传奇集》里了,手稿和印刷本的讹误却又最多。所以,《古籍序跋集》的校勘工作除遵行编委会颁布的相应规则之外,还需制定一些特殊规则。下列规则基本都是注释1981年版时业已确立的,这次又提请定稿会议讨论,并且得到认可:

(一)《〈嵇康集〉跋》、《〈嵇康集〉逸文考》、《〈嵇康集〉著录考》三篇,1981年版标题皆与手稿不同,修订时保持该版原题,其根据均见《〈嵇康集〉序》手稿。

(二)繁体字原则上均改为简体,但对个别体现鲁迅当时习惯或改动之后可能导致误解的繁体字,则酌情保留(前者如《会稽郡故书襍集》的"襍"字;后者如《〈嵇康集〉逸文考》中"託心"之

---

① 载《鲁迅研究月刊》2001年第10、11期。是为本书《〈中国小说史略〉(第一至十三篇)疏解》的"压缩版"。

"託"字和"記以"之"記"字,见2005年版52页1行)。

（三）手稿里的个别笔误和标点符号使用错误,均直接在本版正文中予以改正,不加校注(前者如《〈嵇康集〉序》中的"弥失其旧",手稿原作"弥失甚旧",见05版64页9行;后者如"余谓绿珠",手稿原作"余谓《绿珠》",见05版147页18行)。疑是衍文者一般保留,另加校注说明之(如《〈范子计然〉序》中的"计以"之"计",见05版30页2行)。正文中的引语常有缩略,或者实为引述语(《汉文学史纲要》中也有这种情况),此类文字均不标加引号。

关于标点符号的使用规则,在尊重手稿、底本原貌的前提下遵行国家标准。应该指出,现行国家标准是存在不够严密之处的,例如:旧规矩有人名线和地名线,对于阅读理解很有利;现在取消了,容易出问题。2005年版第一、二次印本127页12、13行的"或乌有。无是类,不可知。"前一个句号在送审稿中原为顿号,不知怎么印出来变了样。旧版均作:"或乌有无是类,不可知。"读起来就不会出这样的笑话了。又如第103页第7行:"父诫令作《秋河赋》",其中的"诫"是人名;若用人名线,也就不必在注文里特别说明了。

（四）手稿和旧时版本正文中存在的一般性资料疏误,例如征引古籍书名、卷次的错讹以及引语中的细微差异、脱失,亦均在本版正文里直接予以校补(1938年版已作如此处理,但是直至1981年版,仍然不乏遗漏之处)。凡此亦不另加校注。

（五）正文引用文献资料疑有笔误者,专列校注或在相应注文中用按语方式加以说明(如05版32页注[2],7页注[4])。

（六）修订中查核相应文献内文,发现与正文所引出入较多者,亦用校注或在相应注文中加以说明,并且注明所据版本(如05版60页注[3])。

（七）正文引述文献内文，经查核发现出入甚大者，在相应注文中引录查得之原文，以资比勘（如05版115页注[10]）。

我的工作程序是先修订注释，后校勘正文。不料前项工作基本结束时眼睛开刀，《译文序跋集》大部分正文的校勘只得请王锡荣兄代劳。《古籍序跋集》正文幸有赵英同志与手稿做过认真比勘，并于生前提供了一份详尽的《校读记》，使我获得捷径。我与她素未谋面，为此不胜感荷、怀念之至！

尽管在正文校勘方面比1981年版多做了一些工作，但是这个本子仍难视为"定本"；而且我以为《鲁迅全集》是不可能出现"定本"的，盖因"定"的标准太难统一。不如出版一种"鲁迅著作重要版本比勘录"，将手稿、初版（初刊）本（篇）、其他重要版本（鲁迅生前正式出版者）与几种《全集》逐篇加以比勘，细致纪录异同，以供学术界、出版界参考。这项工作非鲁迅博物馆不能胜任，因为其他单位、个人都不可能直接掌握如许书刊原本。当然，眼下做这种事，除了"人"的因素之外，必须解决"钱"的问题，否则全是空话。

补正意见的取舍

对1981年版《全集》第10卷的补正意见，凡是拜读过的，多数皆在修订时吸纳了。谨对提供指教的各位同仁致以衷心的感谢！

还要感谢日本版《译文序跋集》的几位日本译者，他们补写的译者注，为修正、补充相关注释提供了大量可贵的国外文化资料。

少数意见未敢采纳或全部采纳，还有个别补正意见是最近才读到的。现将前一类涉及的问题以及修订时的处理依据，后一类的吸收、处理情况，列述如下：

(1)《〈范子计然〉序》:"又郑樵《通志·氏族略》引《范蠡传》:蠡师事计然。姓宰氏,字文子。"其中的"宰氏"是否"辛氏"之误?

按此"宰氏"为复姓,不误。关于"计然",历来争议甚多,这里不赘,仅就作为人名而产生的姓氏分歧略作梳理。

《范子计然》本文曰:"计然者,葵丘濮上人,姓辛氏,字文子,晋国亡公子。"(据鲁迅辑本上卷,又见玉函山房辑本中卷;辑自《意林》、《御览》)这也是许多目录学著作经常征引的说法,当然会被视为定论。但是,文本既属辑佚,就不一定可靠,前人已经颇有指摘。例如,玉函山房辑本《范子计然》三卷,辑者即云:"书于物之出皆用郡县,后人羼入者有之"①;又有《文子》一种,亦称计然著。目录书对此二书多所著录,并也常引前述关于"姓辛氏"的文字以考作者,而陈振孙则云:"自班固时已疑其伪托,况又未必当时本乎。至以文子为计然之字,尤不可考。"②鲁迅在序文中引录《通志·氏族略》关于计然姓氏的另一种说法,并举"章宗源以辛为宰氏之误"为解释,其意义不仅存其异说,而且可能揭示的是一种更为原始的记载。

按郑樵《通志·氏族略》,先在"以国为氏"类(见卷二十六)的"辛氏"之下注云:"即莘氏也……又计然,本辛氏,改为计氏……";后在"以官为氏"类(见卷二十七)的"宰氏氏"下又注曰:"《范蠡传》云:范蠡师计然,姓宰氏,字文子,葵丘濮上人。"前一种说法与《范子计然》辑本内文一致,并和《史记·货殖列传》所列裴骃《集解》也一致(其实,辑本所据《意林》文字,很可能倒是源于《集解》的)。至于后一种说法所据之"《范蠡传》"云云,也

---

① 见《玉函山房辑佚书》《范子计然》序录。按本文所引古籍文字,原无标点符号者均由笔者予以标加。
② 陈振孙《直斋书录解题》(四库本),卷九,道家类,"文子"条考语。

只能是指裴骃《集解》的相应文字。然而《集解》既作"辛氏","宰氏氏"一说岂不成了空穴来风？其实,问题并不这么简单。

王先谦《汉书补注》引叶德辉曰:"《元和姓纂》十五海①,'宰氏'姓下,引《范蠡传》云:'陶朱公师计然,姓宰氏,字文子,葵丘濮上人。'"按《元和姓纂》为唐林宝著。裴骃是南朝宋人,所著《史记集解》原单行,北宋时始被分列于《史记》正文之下。据此可知,唐人所见《集解》本至少在这一个"宰"字上,是与后人所引有所不同,而且可能更为确实的。《元和姓纂》是《通志·氏族略》的祖本②,所以后者关于计然为"宰氏氏"的记载,保存了唐人所见《史记集解》本的原文。

所谓章宗源之说又出于何处呢？注释1981年版和修订时都未查明,因为章宗源的《隋书经籍志考证》一直没有找到。最近想起可再查查《玉函山房辑佚书》,果然在其《范子计然》的序录里,找到了针对"辛氏"说和《通志》"宰氏氏"说而云"意者'辛'为'宰'字之误"一语,署名却作"历城马国翰竹吾甫"。这与章宗源也不是没有关系的:《玉函山房辑佚书》,或以为原系章宗源辑集于乾隆间,至道光时又由马国翰再加补辑而刊行。這篇《范子计然》的序录,会不会原出于章宗源之手呢？或者,"意者"一语是否原见于章氏所著《隋书经籍志考证》,后为序录所援引呢？这些都有待进一步查考。

又《〈范子计然〉序》文末:"故《越绝》即计以计然为计倪之说矣。""计以"之"计"应是衍文,1981年版已列校注加以说明。但是,2005年版第一、二次印本将注码打在正文句末,注文则曰"此

---

① 按《元和姓纂》依《唐韵》206部排列各姓,"宰氏"之"宰"为"海"韵。
② 《文献学词典》,第85页"元和姓纂"条:"《通志·氏族略》祖其文而损益之。"江西教育出版社1991年版。

'计'字疑为衍文",就显得表述不清了,因为句中有三个"计"字。如果注码位置不变,应将"此"字改为"第一个"方妥。至于"以计然为计倪之说"中是否有夺漏之字?应否在"计然"之后补加"之说"二字?这个问题在1981年版定稿组内就讨论过,该组成员除笔者外还有林辰先生、周振甫先生、降云小姐以及"红皮本"注释的执笔者陈翔耀先生。我们达成的共识是:可以理解为鲁迅在此原来就省略了"之说"二字;况且,改动正文必须极其谨慎,可以不改就不要改,这是编委会一再强调的原则。所以,这次修订也未采纳补加文字的意见。

(2)《姚辑本谢氏后汉书抄录说明》中所录印文"布衣暖菜根香读书滋味长"中的"读书"二字是否改为"诗书"?

鉴于手稿字迹十分清楚无误,所以修订时未改。李文兵兄在通稿中查核《四库全书》本《宋诗纪事》,发现其中"菜根"作"菜羹","读书"作"诗书",但也未能觅得何梦华钞本核对印文,故仍取在注文中说明的办法处理之。不过,2005年版一、二次印本将送审稿原注文的书证标记为"《四库全书·宋诗纪事》",则不妥。按1995年12月13日发布之《中华人民共和国国家标准·标点符号使用法》(GB/15834—1995)4.14.3项规定:"书名与篇(章、卷)名之间的分界,用间隔号标示。"《宋诗纪事》不是《四库全书》的篇或章、卷,故应写作"《四库全书》本《宋诗纪事》"或"四库本《宋诗纪事》"方妥。这一"乱改"标记体例的现象可能涉及全卷和其他各卷,纠正起来比较麻烦,但下次印刷前仍宜加以通检、通改为是。

(3)《〈嵇康集〉跋》"二以朱校一校新"七字,是否应该断为"二以朱,校一校新"?

按1981年版标点为"二以朱校,一校新",无误。此语交代的是底本校迹原貌,含有两层意思:以颜色论有朱、墨两种,第二种为朱校；以校次论则有三种，即朱校为两次，其中有一次的校迹比较新鲜（"一校新"之"校"字通"较"）。《〈嵇康集〉序》云"后又有朱校二次"，又云"经朱墨三校"，可资比证。核鲁迅博物馆影印之《鲁迅辑录古籍手稿》第五函中《嵇康集》，朱校笔迹确有新旧之别。

（4）《〈唐宋传奇集〉稗边小缀》第八分考述《青琐高议》云："近董康校刊士礼居写本，亦二十卷，又有别集七卷，《宋志》所无。然宋人即时有引《青琐摭遗》者，疑即今所谓别集。《宋志》以为《翰府名谈》之《摭遗》，盖亦误尔。"其中的"《青琐摭遗》"是否指《青琐高议》和《翰府名谈摭遗》二书？

按非是。《宋志》著录"刘斧《翰府名谈》二十五卷，又《摭遗》二十卷。《青琐高议》十八卷。"是以《摭遗》为《翰府名谈》之别集。鲁迅推测："时有引《青琐摭遗》"之"宋人"，是把《青琐高议》的别集当成《青琐高议》的《摭遗》加以引注，从而与《翰府名谈》的所谓《摭遗》发生了混淆。"《青琐摭遗》"是那些宋人的"误读"，而不是两种书名；《宋志》则可能把《青琐高议》的别集当成了《翰府名谈》的《摭遗》，并且成为导致混淆的一个原因。

误读、误引的是哪些宋人呢？尚待查考，但是上海古籍出版社1983年版《青琐高议》的《出版说明》提供了一个佐证：

> 鲁迅先生校录《唐宋传奇集》（引者按，此处原无标点）在附录《稗边小缀》中说董康刻本中别集为《宋史·艺文志》所无，"然宋人即时有引《青琐摭遗》者，疑即今所谓别集。《宋志》以为《翰府名谈》之《摭遗》，盖亦误尔。"鲁迅先生的推测有一定的根据，因为在《绀珠集》总目中有《摭遗》一种，不著撰人，其文在第十二卷第一篇，惟作"拾遗"不作"摭遗"，它

的第一条"乌衣国"即是董康刻本别集第四卷《王榭》一篇。但《绀珠集》内收《摭遗》共五则，其后四则均不见于董刻本别集，因此《宋志》所著录的《摭遗》究竟是否今之《别集》，尚难下结论。

1981年版《全集》印行之后我已注意到这个《出版说明》，鉴于《绀珠集》的例子不够典型，故此次修订仍未采入注文。按《绀珠集》，《郡斋读书记》称宋人朱胜非编（《四库提要》疑"公武原有误记"），十三卷。亦见录于《宋志》，但不注撰人。其四库本第十二卷中题曰"摭遗（阙名）"者，除"乌衣国"一条稍长外，另四条分别为"头颅可知"、"题诗得水仙"、"日窟月河"、"蓬莱都水"，均甚短。（按宋张邦基《侍儿小名录》又曾引《摭遗》所载王魁故事，见周贻白《中国戏曲发展史纲要》，上海古籍出版社1979年版，第125页。）

（5）书名号的使用问题，例如"《唐书》《艺文志》"是否改为"《唐书·艺文志》"？

作为孤立的例子，这是没有问题的；通盘考虑全书，就有问题了。例如"隋志"、"唐志"（见《谢沈〈后汉书〉序》），"新旧唐志"（见《孔灵符〈会稽记〉序》），倘若标记为"《隋·志》"、"《唐·志》"、"《新旧唐·志》"或"新旧《唐·志》"，是不大说得过去的。这个问题，1981年版定稿小组内讨论过，并又专门征询了林辰先生和周振甫先生的意见，他们也都同意采用"《唐书》《艺文志》"这样的标记法。《中华人民共和国国家标准·标点符号使用法》（GB/15834—1995）4.15.2项规定："书名、篇名、报纸名、刊物名等，用书名号标示。"既可用于"篇名"，看到"《新唐书》《艺文志》"、"《唐志》"和"《旧唐志》"，就不应解释为前者之"《艺文志》"必指"独立的书籍"、后者必指"两书并作一书"了。此类语例，属于目录学论著的常用写法,例如写作"唐志",一般皆指"旧唐书之经籍志",否则必作"新唐志"或"唐书艺文志"①,这是因为《旧唐书》只有《经籍志》而不会有《艺文志》,圈内读者是不至于发生误解的。即使一般读者(肯读此类篇章的读者已不同于"一般"),随着阅读的进展也会渐渐理解,正如对于加有引号的文字,渐渐就能分出何处是引语、何处指着重论述的对象、何处指具有特殊含意的词语一样。

(6)《〈月界旅行〉辨言》中的"辨言"是否"弁言"之误?

按"辨"字并非只有"辨正"一义,还有"辨别章明,分辨明白"之义,所以用为"辨言"并无不当,而《摩罗诗力说》中"乃辨言曰"之"辨"字,亦非"错字"。

(7)关于《一个青年的梦》何时最初发表于《国民公报》的问题,由于未能找到《国民公报》进行核实,所以第一、二次印本来不及作出修订。拟在以后印次进行补正。

(8)关于《域外小说集序》中提及"一种杂志"上登载的《乐人杨珂》另一种译文,我在修订过程中查检过苏州所藏《小说丛报》,也托友人查检过上海图书馆的藏刊,均未见到创刊号,所以定稿时只能在注文中转引平襟亚的相关记述作为旁证。近见吴作桥先生在《2005年版〈鲁迅全集〉注释补正五则》②一文中,对李定夷译文的标题、内文情况、刊出时间、刊资以及栏目名称等,一一作了翔实的补正。读后非常惊喜,当在下一印次据以补正。谨向吴先生致以深切的谢忱!

---

① 例如余嘉锡《四库提要辨证》第三册第869页就有"唐书世系表及艺文志"的写法,见中华书局1980年版。鲁迅《〈范子计然〉序》亦有"《唐书》《艺文志》"的写法。

② 载《鲁迅研究月刊》2006年第10期。

李公佐和李公度

1980年末朱正兄为编印《鲁迅研究百题》约稿,我写过这个问题(又见《鲁注拾稗》一文)。现在又有一些新的发现和想法,不避烦琐考证之嫌,再来细写一次。

李公佐是一位多产的唐代传奇作家,鲁迅在《〈唐宋传奇集〉稗边小缀》第三分中对其身份、履历有所考析。他提到三个"李公佐"——"传奇作家公佐"(亦即《全唐诗》录其仆之诗者)、"扬府录事参军公佐",以及作为李说之子、李公度之弟的"千牛备身公佐",并论定前二者当为同一人,后者则为"别一人"。

鲁迅认为"千牛备身公佐"不是那位传奇作家,主要依据之一应该是"千牛备身"这个官职始终不见于后者仕履,而古代史传通例,单列人名之时,加署的应是此人的最终职官。

"千牛备身"是皇帝的贴身侍卫,"'千牛左右'、'备身左右'曰'千牛备身'"(《新唐书》卷四九上《百官志·左右千牛卫》注)。唐制,中央禁军设十六卫,"左右千牛卫"掌侍卫及供御兵仗。"凡千牛及备身左右,以御刀仗升殿供奉者,皆上将军领之,中郎将佐其职。"(《新唐书》卷四九上《百官志》)"凡受朝之日,则领备身左右,升殿而侍列于御坐之左右。"(《旧唐书》卷四四《职官志》)《新唐书·百官志》注又云:"千牛备身掌执御刀,服花钿绣,衣绿,执象笏,宿卫侍从。"按唐制,文武官员六、七品者均衣深绿或浅绿,可知"千牛备身"的品阶不算很高,约相当于清代宫中三等御前侍卫以下的蓝翎侍卫[1],但是比"录事参军"要高一点(录事参军,上州从七品上,中州正八品上,下州从八品上[2]);更重要

---

[1] 参见[清]黄本骥编《历代职官表》,上海古籍出版社1980年版,第212页。
[2] 陈茂同:《历代职官沿革史》,华东师范大学出版社1988年版,第299页。

的是,其地位远比后者尊贵得多。

唐代重资荫,宫廷侍卫属于热门,谋求之宗室或高官子弟,"每月番上者数千人……择少壮,肩膊齐,仪容整美者,本卫印臂送殿中省,肄习仗下。……其后入官路艰,三卫非权势子弟辄退番,柱国子有白首不得进者。"(《新唐书》卷四九上《百官志》)①李说的这位公子,想必也是以资荫而充任千牛备身的,或许年轻时随侍于皇帝左右,年长之后,他的这个官职也就成为"虚衔"了罢?

现经仔细斟酌,觉得2005年版一、二印次114页注[2]"千牛备身,唐时宫廷警卫职衔"的说法,是不够精确的。应改为:"千牛备身,唐时御前侍卫;'千牛',原为刀名。"修改理由:第一,"千牛备身"虽有"宿卫"之任,更多地还是仪饰性的职务,称为"警卫"稍嫌宽泛。第二,以"千牛"为官名,不作解释一般读者可能会有疑问。按用此词指称宝刀,所据典故见《庄子·养生主》——庖丁释刀曰:"今臣之刀十九年矣,所解数千牛矣,而刀刃若新发于硎。"第三,"职"指官职,"衔"指官阶;"千牛备身"是官职,苛求一点,"职衔"二字还是删去为好。

我在修订中又发现一位"李公佐",即《建中河朔记》的作者,并且认为他与"千牛备身公佐"当系一人。这个问题,必须从李说讲起。

据《新唐书》卷七十上《宗室世系表》:李说,字岩甫,终于河东节度使。有子五人:长子,太子通事舍人李公敏;次子,灵盐朔方节度使李公度;三子,李公辅;四子,千牛备身李公佐;幼子,李公宥。

---

① 又郑樵《通志》卷五十五《职官略第五·武官第八上》:"左右千牛备身各十二人,掌执御刀,宿卫侍从(皆以门荫子弟年少美丽者补之,为贵胄起家之良选)。"

要谈李说,又必须涉及中唐时期的大将马燧及其部将李自良。《旧唐书》卷一四六有李说传,新旧《唐书》均有马燧传和李自良传。

李说卒于贞元十六年(800),享年六十一。初"以门荫历仕,累佐使幕。"大历十年(775),马燧以商州刺史兼御史中丞、防御水陆运使升任检校左散骑常侍、御史大夫、河阳三城使(河阳,在今河南,检校,系诏命之查核官);十四年(779)任检校工部尚书、太原尹、北都留守、河东节度使留后,寻拜河东节度使;期间均辟李说为从事(从事乃州郡官自辟之幕僚,李说当以原有品阶到任)。

建中二年(781),成德、魏博、淄青三镇节度使反,涉及今河北、河南、山东等黄河北部广大地区,后又有多处方镇参与,以至攻陷京师,德宗被迫逃往奉天(今陕西乾县)。马燧、李晟、浑瑊等奉命讨伐,于贞元元年(785)初定河中。这几年中,李说累转御史郎官、御史中丞、太原少尹(唐制,京兆、河南、太原三府为三京,各设少尹二员,从四品下),出为汾州刺史;贞元三年(787),马燧被夺兵权,部将李自良接任河东节度使,复奏李说为太原少尹、检校庶子兼中丞;十一年(795),李自良卒,李说因扭转乱局有功,以行军司马充节度留后、北都副留守,寻正拜河东节度使、检校礼部尚书。

可见,李说自始至终处于平定"建中河朔之乱"的军政核心。他的第四子公佐,无论曾否亲历,对于这场叛乱的前因后果应是相当清楚,并且可能占有第一手资料的,这就是他可以撰写《建中河朔记》的基础。

按陈振孙《直斋书录解题》(四库本)卷五"杂史类"著录:

《建中河朔记》六卷,唐亭公佐撰。序言与从弟正封读国史至建中、贞元之际,序述河朔故事,未甚详备。以旧闻于老僧志融及《燕南记》所说略同,参错会要,以补史阙。

又著录:

> 《燕南记》三卷,唐恒州司户魏郡谷况撰。专记成德一镇事。自建中二年至太和七年,起张孝忠,终王承元。古语"自燕南垂,赵北际",今以其在燕之南,故名。然河北诸镇连叛事迹,大略具矣。

按《新唐书·艺文志》"杂史类"著录记叙建中史实的杂史六种,无《建中河朔记》,而第六种即为"谷况《燕南记》",注云:"张孝忠事"。张孝忠为奚族人,天宝末为安禄山部将,后在成德节度使李宝臣麾下。建中二年(781)宝臣死,其子惟岳联合淄青田悦、魏博李正己两镇反,范阳节度使朱滔奉命讨伐成德,张孝忠以易、定二州(今河北易县、定县)降,朝廷任为成德节度使①。其后朱滔亦反,张孝忠参与讨伐(《新唐书》卷二一二《藩镇传》)。元和五年(810),诏命王承宗为成德节度使,十五年(820)死,弟承元继之,旋调义成节度使,又调鄜方节度使。但是,直至太和七年(833),河朔事变仍不断。由《燕南记》的内容,可以大略推知《建中河朔记》撰写时间之上限。

《直斋书录解题》引《建中河朔记》序称"与从弟正封读国史"云云,查《新唐书·宗室世系表》,李说有兄四人:李谓(太常少卿,字伯英)、李诵、李諲、李谔,但表上均未列其后嗣。李说为淮南靖王李神通后裔,神通之弟为襄邑恭王李神符,《世系表》在这

---

① 《中国历史大事年表(古代)》,上海辞书出版社1983年版,第268页。

两大支系内均列有与公佐同辈的后嗣,但亦未见其名或字为"正封"者。然而,《宗室世系表》有时只列名而不列字,甚至也有名、字皆无而仅列终官者,所以,千牛备身公佐确有一位名或字为"正封"的从弟,这一可能性仍然不能排除。

值得从另一方面注意考析的,还有鲁迅提到的灵盐朔方节度使李公度,即千牛备身公佐的那位二哥。

北岳恒山有李公度题名刻石,打本具见《碑帖菁华》,文曰:

勅大中二年十二月廿一日□□□祭
初献银青光禄大夫检校工部尚书使持节定州诸军事兼定州
刺史充义武军节度易定等州观察使处置北平军等使御史大夫上柱国李公度

按"剌"同"刺"。吴廷燮《唐方镇年表》据此刻石推定,李公度当于大中二年(848)至六年(852)在义武军节度使任。今宁夏吴忠市(古灵州)"吴忠新闻网"则根据有关史料(包括少数墓志)列出一份唐代历任灵盐朔方节度使(含灵州、灵武等节度使)人名表,约大中十一年至十三年(857?—859)在朔方节度使、朔方昭义节度使任者为唐持;约咸通七年(866?)在灵武、凤翔、忠武、太平、邠宁节度使任者为裴炽,故推定李公度当于咸通元年至约六年(860—865?)间在灵盐朔方节度使任,与吴廷燮之推测基本一致。咸通元年距李说逝世已六十年,假设李说四十岁即大历十四年(779)时生公度,而公度确于咸通元年(860)赴任,此时也要八十二岁了,他应该是相当长寿的。千牛备身李公佐既然行四,便几乎不存在生于大历十四年以前的可能性;如果此人确为《建中河朔记》的作者,这或许也可作为推测该书写作时间的一点参考:假设他比公度小五岁即生于建中四年(783),太和七年(833)《燕南记》终结时当为五十一岁。

据《新唐书》卷六六《方镇表》,义武军置于建中三年(782)。又据有关史料,元和之后历任义武军节度使者有:张茂昭(810年之前)、迪简(810—815?)、浑镐(816—?)、张璠(823—838)、韩威(838—?)等①。韩威与李公度之间,或许还有其他人曾领其职。至于灵盐朔方节度使,其时不仅管辖今宁夏全境,而且包括今陕西、甘肃、内蒙地区,为唐代十大节度使之最,看来李公度确非等闲之辈。至于他到此任之前究竟在何处任何职,尚待考证确切;他在大中二年(848)之前的仕履,目前亦未见到足以坐实的确切史料。

尚难坐实的资料倒是存在的,以下记载值得注意:述及"建中之乱"和随后发生的"淮西之乱"的历史文献里(包括《资治通鉴》和两《唐书》的相关纪传),也出现过一个"李公度"。现将与之相关的史料整理为一份年表,如下:

> 建中二年(781),淄青节度李正己参与成德之叛,同年死,子李纳继之。贞元八年(792)李纳死,子师古继任平卢帅。
>
> 元和元年(806),李师古病。其弟师道召亲近李公度等谋。师古死,李公度等拥师道为平卢帅。
>
> 元和十二—十三年(817—818),李师道谋逆,判官高沐与同僚郭日户、李公度屡谏之。及淮西平,师道犹惧,不知所为。公度及牙将李英昙因其惧而说之,使纳质献地以自赎。

---

① 均见《中国历史大事年表(古代)》,上海辞书出版社1983年版。

元和十四年(819)，师道反悔，欲杀公度，因幕僚劝阻而囚之。部将刘悟迎讨伐军入城，斩李师道等，"见李公度，执手唏嘘；出贾直言于狱，置之幕府。"宪宗以刘悟为义成军节度使，悟辟李公度、贾直言等以自随。

长庆元年(821)穆宗立，徙刘悟昭义军节度使。

敬宗宝历元年(825)，刘悟死，子从谏继之。

由上表可知，这个李公度先任李师道的幕僚，但反对叛乱；后被刘悟辟为僚属，刘悟任昭义军节度使时，他很可能仍在其幕中或属下。昭义军领有邢、洺、磁三州，均在今河北南部，离定州不远。这就不免使人发生联想：后来出任定州刺史的李公度，会不会就是此人呢？如果是，则两位李公度便是同一人，千牛备身公佐撰写《建中河朔记》，就不但能从父亲那边得到"王师"掌握的第一手资料，而且还可能从兄长这里得到关于叛军的第一手资料了。当然，目前这还仅仅是一种推论。按照上文对公佐二哥出生年代的假设，李师道被拥立时他当二十八岁左右，在年龄上是合乎逻辑的。但是，对于"公度"在元和十五年(820)之后的履历，我们毕竟还未看到白纸黑字的记载(戴伟华著有《唐方镇文职僚佐考》和《唐代使府与文学研究》二书，均未见，不知其中是否含有相关资料)。

值得注意的是：卞孝萱先生在所著《唐传奇新探》中也提到前述《直斋书录解题》的两条著录，并且根据《南柯太守记》隐含的政治倾向，论定《建中河朔记》的作者就是传奇作家李公佐。①倘若这一论断成立，"千牛备身公佐"便是"录事参军公佐"的可

---

① 按新华网甘肃频道(02—2309；38：27)也直接将《建中河朔记》的作者认定为《南柯太守记》的"小说作家"，《国义报告》网亦然。

能性也就增大了。

窃以为,仅据《南柯太守记》隐含的政治倾向而论定其作者亦即《建中河朔记》的作者,这是缺乏说服力的。据卞先生的考证,《南柯记》反映的是"不满于德宗把公主下嫁给藩镇子孙"①,而《建中河朔记》则写平叛史,只能推定二书均不满于藩镇割据,不能凭此即断定同为一人所作。我在上文中从千牛备身公佐的家世考析他与建中河朔之乱的关系,虽也未必足以断定此人必系《建中河朔记》的作者,但是根据可能要更合理一点。至于这位李公佐与《南柯记》的作者,则可确定绝非一人:除了前述最终职官的区别以外,更有说服力的理由便是年龄,这是可以进行合理推算的,推算的依据便是三组已知数字:(1) 李说的年龄;(2) 李公度题名刻石以及他两任方镇的年代;(3) 传奇作家李公佐作品里叙及的年代。

鲁迅在《小缀》里列过一份传奇作家公佐的经历表,所据均见其作品,最早的年代是贞元十三年(797)的"泛潇湘登苍梧"(《古岳渎经》)。其实还有两处见诸他人著作的记载,所述年代更早。其一是白行简的《李娃传》:"贞元中,余与陇西公佐话妇人操烈之品格,因遂述汧国故事。公佐拊掌竦听,命余为传。"末署"时乙亥岁秋八月",即贞元十一年(795)秋,当时行简(776—826)二十岁;而云"公佐命余作传",可见这位公佐声誉不低,年龄也不会小。其二是段成式的《酉阳杂俎》前集卷十四,《诺皋记》上:述"李公佐大历中在卢州",闻书吏王庚述鬼神抽其姨之脊筋,以修车乘鞘索的怪事。既云大历(766—779)中,则又在《李娃传》所述之前二十年左右矣。

如前所述,千牛备身公佐几乎不可能生于大历十四年(779)

---

① 卞孝萱:《唐传奇新探》,江苏教育出版社2001年版,第196页。

之前，这就排除了他和传奇作家公佐为同一人的可能。而就目前我们所能掌握的资料分析，上述两处记载中的"公佐"，似应均指那位传奇作家。《李娃传》提供了他出于"陇西"的背景，指的应是郡望（唐代李姓述郡望，非"陇西"即"赵郡"）。《酉阳杂俎》所记载的游历地卢州，则与潇湘、苍梧、洞庭、包山、江淮等在地域上相当贴切——目前尚未见有这位公佐到过京师以西地区的记载。如果上述分析成立，他也可能相当长寿：假设大历十四年（779）二十一岁，则闻李娃事时或已三十七岁；元和十三年（818）归长安时（见《谢小娥传》）或六十一岁；大中二年（848）推勘吴湘案时，这位"前扬府录事参军"就有九十一岁了。① 此时距李说之卒四十八年，如果千牛备身公佐真是这位《南柯记》作者，则李说十九岁便应生第四子，而第二子公度至迟亦需生于其父十七岁时，单就这一点而言，在那个年代是并非绝对不可能的；然而倘若这个假设成立，那么李公度出任灵盐朔方节度使时，至少也要一百零三岁了，即使考虑到假设数据可能存在的误差，这种情况显然也是无法想象的。

按关于吴湘一案的发生时间，2005年版第一、二次印本第114页注[3]里说："大中二年（848）復按武宗会昌四年（844）李绅诬奏江都县尉吴湘赃罪一案"，不够严谨；我在《〈中国小说史略〉注疏补证（第一篇至第十三篇）》中曾定为会昌三年，仍有此弊。这个案子在正史里有两种说法：《旧唐书·宣宗纪》曰会昌二年

---

① 按周绍良先生在所著《唐传奇笺证》（人民文学出版社2005年版）中估计，传奇作家公佐当生于肃宗上元时代（760—761）。并认为段成式"大历中"之说或系误记，否则勘吴湘狱时此人已近百岁了。而按我的推算法，其生年只比周先生估计的早两三年。又，推勘吴湘案时，不排除这位录事参军已经亡故的可能性：当时李绅已卒，同样受到削职的处分。但是，吴湘案发的会昌二年（842），此公佐必定健在，按我们的假设推算，也该八十多了。

(842)吴湘如何卷入逼嫁民女的纠纷,李绅如何决定将他计赃处死;容易使人以为这些事都发生在会昌二年一年之中。同书《李绅传》里则说吴湘"下狱"、"伏法"均在会昌五年(845)。所以,注文还是改用《新唐书·李绅传》的含糊说法,将"会昌四年(844)"改作"会昌初"为宜。大中二年怎么会翻这本旧账呢?直接原因是吴湘的哥哥吴汝纳为老弟申冤翻案,深层原因则与党争有关。所以,注文里的"復(覆)按"宜改为"推勘";"李绅诬奏江都县尉吴湘赃罪一案"宜改为"李绅处江都县尉吴湘赃罪致死一案"。

图35　本书作者摄于2005年版《鲁迅全集》首发式

李匡文与周中孚

《〈唐宋传奇集〉稗边小缀》第六分中的"唐李匡文《资暇集》",1973年版《全集》改其作者名为"李匡乂",但在手稿以及1928年北新版(下册)、1934年联华版、"三十年集"版《唐宋传奇集》和1938年版《全集》中,原均作"李匡文"。注释1981年版时,我根据余嘉锡《四库提要辨证》相关资料提出:写为"李匡文"是对的。这一意见得到《古籍序跋集》定稿组、《中国小说史略》定稿组和编辑室的首肯,并在《朝花夕拾·后记》及《中国小说史略》第一篇的相关注文中吸收了上述辨正。但是,人民文学出版社后来出版的《鲁迅辑录古籍丛编》中则仍作"李匡乂"。

余嘉锡是针对纪昀《四库全书总目提要》将《资暇集》作者著录为"李匡乂"而作辨正的;主要引证周中孚《郑堂读书记》卷五十四关于《资暇集》的考述,以为"得周氏此条,足订其误矣!"当年我未细核《郑堂读书记》原文,此次修订中读得仔细一些,发现中华书局版《四库提要辨证》对所引周中孚语虽然标加引号,其实却非完整引文,而是有所缩略的引述。现据吴兴刘氏嘉业堂刊本《郑堂读书记》(校以《续修四库全书》本),将全文转录如下:

> 资暇集,三卷,墨海金壶本,唐李匡文撰。匡文字济翁,郑惠王元懿五世孙,宰相夷简子,昭宗时官宗正少卿。旧本作"匡乂",字之误也。四库全书著录。新唐志(小说家)、崇文目(小说家)、读书志、书录解题、通志、通考、宋志(俱见小说家)俱载之。崇文目"集"作"录",陈氏、马氏及宋志俱作"集",馀皆无"集"字;马氏又于小说类重出此种,无"集"字,盖从晁氏载入也。诸家俱作"匡文",惟袁本读书志作"匡乂",衢本及马氏所重出者俱作"匡义",此则"文"与"乂"乃

字形相涉而讹,又因草书"義"字作"义"而讹为"義"也。考济翁之名匡文,见唐书宗室世系表及艺文志史部编年类、谱牒类与子部小说家类,凡四见,皆作"匡文"。又陆放翁渭南文集跋此书亦作"匡文",王勉夫野客丛书引此书则作"正文",盖避"匡"为"正"也。自晁氏始讹作"匡义"(此据袁本),又讹作"匡義"(此马氏所据本),从此刊是书者皆作"匡义"矣。书曰:"三人占则从二人之言。"今济翁名"匡文"不名"匡义"证据如此之多,吾从其多者为定论焉。晁氏载济翁自序,称世俗之谈类多讹误,虽有见闻默不敢证,故著此①书,上篇正误,中篇谭元,下篇本物,以资休暇云。然书中乃不标此目,而所说凡九十条,分隶各卷,则一一与此目相应。其书考证古语旧事以及名物,皆援据典核而间失之疏舛,大约与李氏刊误、苏氏演义诸书相近。济翁雅材博瞻,著述颇勤,自唐志所载数种外,两汉至唐年纪、天潢源派谱、唐偕日谱、玉牒行楼、皇孙郡王谱、元和县主谱、家谱各一卷。

按周中孚的上述文字,稍有不够确切或不够明了之处,例如:(1) 经核丛书集成本及四库本《直斋书录解题》、《资暇集》在卷十杂家类,而非如中孚所云在小说家类;又,《崇文总目》未注作者名。(2) 核《宋史·艺文志》,小说类所著录为"资暇录",未作"集"字。(3) 核《新唐书·艺文志》,周中孚文末所列《两汉至唐年纪》等七种书目均已载录,不知"自《唐志》所载数种外"一语所指何意(按《旧唐书·经籍志》未见著录匡文之书)。上述著作亦部分见载于《通志》、《通考》,但已有所出入。《宋志》别史类则著录"李匡文《汉后隋前瞬贯图》一卷及《两汉至唐年纪》一卷,

---

① 按原作"自",四库本同。《郡斋读书志》作"此",是。

前者周中孚未录；谱牒类著录《天潢源派谱说》（注：一作"统"）、《唐皇室维城录》、《李氏房从谱》各一卷，第一种书名较《新唐志》多一"说"字（或"统"字），第二种《新唐志》列于柳璟名下，第三种则被列于谱牒类之末，未注撰人。(4) 核《文献通考》，"李匡文"《资暇集》三卷著录于杂家类而非小说家，小说家类所列"李匡义""《资暇》三卷"乃跨类"复列"，而不应视为"重出"（前者盖从《书录解题》载入）。(5)《宋史》成于元至正五年（1345），而仍作"李匡文"，晁公武为南宋人，则晁氏之后并非"皆作'匡乂'"也。

又查光绪六年（1880）六月会稽章氏用艺芸书舍重刊本《郡斋读书志》卷十三所著录之"《资暇》三卷"，作者名字已被改为"李匡文"，下有按语曰：

> 案原本作"匡義"，袁本作"乂"，俱误。今据瞿钞本书录解题、唐宋艺文志改正。通考杂家、小说家此书两见，前引陈氏语多"集"字，作"匡文"，后作"義"。钱氏大昕曰，"義"与"文"乃字形相涉而讹也。

钱大昕生于雍正六年（1728），卒于嘉庆九年（1804）；周中孚生于乾隆三十三年（1768），卒于道光十一年（1831），《郑堂读书记》是他道光初年客居于上海李筠嘉寓所之时，为李编定《慈云楼藏书目》而别录之副本①。上述按语证明，在周中孚之前，已有钱大昕对"李匡乂"当为"李匡文"作过辨正。

尽管如此，周中孚那段鉴别文字仍可视为相当严谨、精审的

---

① 按《慈云楼藏书目.》又作《慈云楼藏书志》，有两种稿本流传，但均未见刊行，著录书目计计 5 772 种，《郑堂读书记》则 2 635 种（当指残本 71 卷所收之数）。参见周子美《〈慈云楼藏书志〉考》，《善本书所见录》，商务印书馆 1958 年版，第 195—207 页。

目录考订之作。他的结论也不仅是"从其多者"而作出的，因其立论根基建立在正史《新唐书》的四处记载之上，同时列举旁证多种，又对"文"字讹为"乂"或"義"字的缘由、过程作了合情合理的解释，所以才被目录学界视为定论。

但是，把《资暇集》的作者写作"李匡乂"，似又不能认定为绝对错误，因为事情也不那么简单。

余嘉锡认为，"周氏所考济翁仕履，亦止据《唐书》《世系表》及《艺文志》"，有所不足。所以，他补充了三条有关李匡文仕履的资料：第一条，《直斋书录解题》卷八："《李氏房从谱》一卷，唐洛阳主簿李匡文撰，时为图谱官。"第二条，同书同卷："《圣唐偕日谱》一卷，前贺州刺史李匡文撰。"第三条，《唐会要》卷十六："中和元年，僖宗避贼成都，有司请享太祖以下十一室，太子宾客李匡乂建议。"①这三条材料固然补充了李匡文的四种仕履，但也引出了一种把李匡文记为"李匡乂"的新证——《唐会要》卷十六（《庙议》下），其原文如次：

中和元年，黄巢犯阙，僖宗避贼于成都。夏四月，有司请享太祖已下十一室。诏公卿议之，太常卿牛丛与儒者同议其事。或曰：王者巡狩，以迁庙主行。如无迁庙之主，则祝史奉币帛皮珪告于祖祢，遂奉以出，载于斋车，每舍奠焉。今非巡狩，是失守宗庙。夫失守宗庙，则当罢宗庙之事。丛疑之，将作监王俭、太子宾客李匡乂、礼部员外郎袁皓，建议同异。

这段文字又先见于《旧唐书》卷二十五《礼仪志》，虽微有异

---

① 《四库提要辨证》（第三册）卷十五"杂家类"，中华书局1980年版，第869页。

同,当同出一源。《旧唐书》成于后晋天福五年至开远二年(940—945),前半部悉因唐代实录、国史旧本,故为史家所珍视。《唐会要》则成于北宋建隆二年(961),乃王溥据唐苏冕《会要》、杨绍复《续会要》二书整理补辑而成①。至于《郡斋读书志》的作者晁公武,大约卒于乾道七年(1171)或稍后②。《读书志》里著录《资暇集》作者为"李匡乂",不排除以上述两种更加接近唐代原始文献的史籍为根据之可能。这一判断如果得到更多旁证而得以确立,那么周中孚称"自晁氏始讹作'匡乂'"的判断,乃至"李匡乂"为"李匡文"之误的结论,至少就要面临严重的挑战了。

　　《旧唐书》与《唐会要》的例子目前属于单文孤证,尚不足以推翻周中孚的结论,所以余嘉锡也是把它作为周中孚说的补证而不是反证而加以引用的。

<h3 style="text-align:center">两处标点问题</h3>

　　上面说到的《〈唐宋传奇集〉稗边小缀》第六分中,又引有《郑堂读书记》批评《海山记》的文字。1981年版中的这段引文,是据《郑堂读书记》作过校正的,与手稿有一些出入。这次修订,恢复了手稿原文,而在注文中引录修订者所见《读书记》原文作为参照。但是查阅2005年版第一、二次印本第143页,发现这段文字的标点与修订稿有所不同,但欠妥帖。兹引录如下(下划线是笔者为了说明问题而加上去的):

---

　　① 见《文献学词典》,江西教育出版社1991年版,第708页。按《旧唐书》刊行时间则在《唐会要》之后。
　　② 据《郡斋读书志》光绪六年会稽章氏用艺芸书舍刊本卷首,海宁钱保塘诠次之公武事迹。

周中孚(《郑堂读书记》)更推阐其评语,以为后称"大业九年,帝幸江都,有迷楼。"而末又云"帝幸江都,唐帝提兵号令入京,见迷楼,大惊曰:'此皆民膏血所为也!'乃命焚之。经月,火不灭。<u>则竟以迷楼为在长安,等诸项羽之焚阿房,乖谬殊极</u>"云。

上述标点方式的问题在于,没有把周中孚的话(加下划线者)和他所引的《迷楼记》文字区别开来,而且与注[11]所引《郑堂读书记》本文的标点方式也不尽相符。

比较稳妥的订正方案是将"乖谬殊极"后面的后引号挪到"火不灭。"的后面去。这与手稿完全一致,引号内的都是《迷楼记》本文;至于周中孚语,对照注[11]自可明白。

按"大业九年,帝幸(按《读书记》原作'再幸')江都,有迷楼。"一语,可能反映着周中孚的"误读",因为《迷楼记》的相应文字是:"大业九年,帝将再幸江都。有迷楼宫人静夜抗云……"(据鲁迅《唐宋传奇集》本)显然不能断在"有迷楼"。这个问题是可注可不注的,所以修订时未写入注文。

还有一处标点问题,我已在《鲁注拾稗》中写过(《〈中国小说史略〉注疏补证(第一篇至第十三篇)》亦提及),这里还想详细申述一下。

《〈唐宋传奇集〉稗边小缀》第三分正文所引《五色线》语,手稿及1981年前各版均作如下标点:

《五色线》(下)引陈鸿《长恨传》云:"贵妃赐浴华清池,清澜三尺中洗明玉,既出水,力微不胜罗绮。"今三本中均无第二三语。……盖引者偶误,非此传逸文。

1981年版在"清澜三尺"后面加了一个逗号,但是后来出版的《鲁迅辑录古籍丛编》又把这个逗号删去了,而这个逗号,无论从编辑加工的角度还是从校雠学的角度考虑,却都是不可不增添进去的。

《五色线》(卷下)引录的是一则逸文,标题曰"清澜洗明玉",引文之前有"陈鸿长恨传"五字。鲁迅以之与《文苑英华》卷七九四所录《长恨传》(以下简称"英华本"),明人附于其后的《丽情集》、《京本大曲》本《长恨传》(简称"英华附本")以及《太平广记》卷四八六所录《长恨传》(简称"广记本")的相应文字加以比勘,得出"今三本均无第二三语"的结论,从而认为《五色线》所录并非《长恨传》逸文,而可能是秦醇《赵飞燕别传》的文字。我在注释1981年版时,曾取上述四种本子做过比较,具见下表:

五色线	贵妃赐浴华清池	清澜三尺中洗明玉	既出水	力微不胜罗绮
英华附本	明日诏浴华清池	清澜三尺中洗明玉莲开水上鸾舞鉴中	既出水	娇多力微不胜罗绮
英华本	诏赐澡莹		既出水	体弱力微若不任罗绮
广记本	诏赐澡莹		既出水	体弱力微若不任罗绮

按,表中就是按照"清澜三尺"之后没有逗号的"规矩"划分句读的。经核《丛书集成》据《津逮丛书》影印本《五色线》,"既出水"原作"政出水";"力微"原作"力役"。

比较四种文本的结果,可以概括为两点:

(一)《五色线》所有而他本所无者,"清澜三尺中洗明玉"八字也;诸本均有者,"既出水"三字也。倘以"清澜三尺中洗明玉"为"第二语",则"第三语"并非"三本中均无"。所以,"第二三语"当指"清澜三尺中洗明玉";所以,"三尺"之后当有逗号。

（二）"无第二三语"的，并非"三本"，而是"两本"即"英华本"和"广记本"，至于《文苑英华》所附本即所谓《丽情集》及《京本大曲》本，则与《五色线》相同的文字甚多。这样一来，鲁迅认为盖《五色线》"引者偶误，非此传逸文"的判断，也就不一定准确了。汪辟疆先生在其校录的《唐人小说》《长恨歌传》篇按语中也曾指出："英华附本"的相关文字为"广记本"和"英华本"所无，秦醇《赵飞燕别传》"则又沿袭此文而依托者也。""后人但据《广记》，颇疑《五色线》所引，不载传中，而断为误引《飞燕别传》。则是明刊《文苑英华》所附引之《丽情集》，故未尝寓目也。"①其中隐含对鲁迅的批评。至于鲁迅究竟是否亲自查阅过《英华》所附引之《丽情集》本呢？按情理推测，答案应是肯定的；如果推测不错，则上述问题应该属于他立论或行文时出现的疏误。

《太平广记》成书于太平兴国二年（977）；《文苑英华》成书于雍熙三年（986）；编纂《丽情集》和《京本大曲》的张君房为真宗景德间（1004—1007）进士，祥符间（1008—1016）自御史台谪官宁海，旋任著作佐郎，专司编纂《云笈七签》事②；故《丽情集》与《京本大曲》亦当成于北宋前期。如此看来，《长恨传》中参入"香艳"文字的现象，当出现得比鲁迅所预料更早。

顺便说说应该重视辨别古籍版本的问题。马兰同志曾对1981年版《全集》第八卷（我也是该卷责编之一）《破恶声论》的几

---

① 汪辟疆：《唐人小说》，上海古籍出版社1978年版，第121页。
② 《中国人名大辞典》，上海书店1980年据商务印书馆1921年版复印本，第933页。又张君房《〈云笈七签〉序》云："祀汾阴之岁，臣隶职霜台，作句稽之吏。越明年秋，以鞫狱无状，摘掾于宁海。""又明年冬，就除著作佐郎，俾专编纂《云笈七签》之事（《云笈七签》，齐鲁书社1988年影印本）。按汾阴，即今山西万荣，汉武帝时于此得宝鼎，乃改元为宝鼎元年；所谓"祀汾阴之岁"，疑指大中祥符元年。霜台，御史台。

条书证提出十分宝贵的补正①,同时指出"读古书而不讲究版本是很容易陷入混乱的。"这是极为正确的批评。就我本人而言,在1981年版的编注工作中,往往只是当正文中出现明显疑窦时,才会注意这个问题;其他情况,则一旦查到出处,便已十分欣喜,通常不会顾到版本的选择与校雠。这就是本文开头说到的自身局限性之一。此次修订,对这个问题有所重视,但是限于条件,仍难处处顾及,仅对《郡斋读书记》、《野客丛书》等若干文献做过版本校核,其他情况,只能做到在注文里注明所据古籍版本而已。这是仍很抱歉的。

与版本相关的还有一个问题,就是印刷时间和出版时间的区分。在这方面,2005年版一、二印次《全集》似乎还有可以改进之处。这里也顺便提一下第九卷第4、5页的这条注文:中国人所作之本国文学史,"二十世纪初有林传甲《中国文学史》(1904年编印)……黄人《中国文学史》(1907年陆续出版)等……"在文字表述方面,尚可商榷。

关于林传甲《中国文学史》的编印出版情况,互联网上资料相当丰富,可以概括为:1904年6月首印北大校内使用的讲义本,1906年又印一次;1910年在《广益报》连载,同年6月由武林谋新室正式出版。一位版主并对某作者"竟将印刷年代当作出版年代用来立论"的情况提出批评,这是有道理的。所以,上面所引那条注文的相应文字宜改为:"有林传甲《中国文学史》(1904年编印,1910年出版)"。

该注文对黄人《中国文学史》出版时间的表述,不知是否受到拙文《〈中国小说史略〉注释补证(第一篇至第十三篇)》的影

---

① 马兰:《关于〈破恶声论〉注释中几个问题的商榷》,《鲁迅研究月刊》2002年第7期。

响。我在此文中说:"该书初为东吴大学教材,1904年开始编撰,随编随印,于1907年出全三十册。"现在检讨,这一说法有两个问题:第一,说1907年出全,是根据徐允修《东吴六志·志琐言》"如是者三年,……所编《东亚文化史》、《中国文学史》、《中国哲学史》"的说法推出来的,不属"铁证"。第二,没有说到这个讲义本与后来出版的国学扶轮社本(出版年代未详,当在1911年后)的区别。后来我在2005年12月《鲁迅研究月刊》上发表《黄摩西的〈中国文学史〉》一文,作了比较确切的介绍,但是文中以为黄著的始撰时间早于林著,则是错误的,其实都在1904年。所以,前述注文的相应文字宜改为:"黄人《中国文学史》(1904年开始编印,1911年后出版)"。

注释当然应求简洁,但对不多用几个字便说不清楚的问题,还是多用几个字为好。

苏州大学图书馆赵明女士又提供了一份资料——民国廿三年(1934)十二月廿日由上海中孚书局初版发行的《茶烟歇》,作者范烟桥。内有"黄摩西"条,谓摩西卒后,"无锡稽健鹤继之,袭用"黄之文学史稿,"亦未整理,付诸誊写,都三十余册,为从来讲义未有之巨帙。"这是对国学扶轮社版摩西《中国文学史》所以存在不少缺欠之原因的一种阐释,可资参考。

"王父"和"帕夏"

这里再对我在修订第十卷时的两处疏漏加以补正。

(一)2005年一、二次印本第128页,鲁迅在《〈唐宋传奇集〉稗边小缀》第四分里说《上清传》的作者柳珵"盖璟之从兄弟行",是正确的(珵为柳冕之子,卞孝萱先生有考证),但上一行里的"记其世父柳芳所谈"就有错误了,因为"世父"是伯父,而柳芳是珵、璟的祖父即"王父"。其世系如下表:

```
        ┌ 登―璟、环
柳芳 ―┤
        └ 冕―珵
```

这个错是晁公武在《郡斋读书志》里犯下的,鲁迅引用时未发现。所以,应作如下改动:1)把正文中的注码[52]挪到"记其世父柳芳所谈。"的后面。2)应在第136页倒数第4行,注释[52]的注文"二传附。"后面,插入"按'世父'(伯父)为'王父'(祖父)之误。"这样一句话。

(二)关于《译文序跋集》。2005年版一、二次印本第180页第18行,提到阿尔志跋绥夫的第一篇小说"《都玛罗夫》"(Pasha Tumarov)";第185页注[8]沿用1981年版的注文曰:"**《都玛罗夫》应为《托曼诺夫》(原题《托曼诺夫将军》)。**"现在细加推敲,觉得有两个问题:第一,"《都玛罗夫》"和"《托曼诺夫》"均为Tumarov的音译,无所谓"应""不应"的问题,所以宜将"应为"二字改为"即"字。第二,括号内"原题《托曼诺夫将军》"的说法不够确切:首先,《托曼诺夫将军》无非是另一种译法,"将军"是Pasha的意译,故也无所谓"原题"与"非原题"的问题;其次,所谓Pasha,原是奥斯曼帝国和北非高级文武官员的称号,这篇小说既是"显示俄国中学的黑暗的",则翻译成《托曼诺夫老爷》"之类也未尝不可。所以,可将这条注文改为:"**《都玛罗夫》**(Pasha Tumarov)即《托曼诺夫》,或译《托曼诺夫将军》。按Pasha,通译'帕夏',原为奥斯曼帝国和北非高级文武官员的称号。"

高尔基的"尼采色彩"

鲁迅在《〈恶魔〉译者附记》(《译文序跋集》)中说:

创作的年代,我不知道;……但从本文推想起来,当在二十世纪初头,自然是社会主义的信者了,而尼采色彩还很浓厚的时候。至于寓意之所在,则首尾两段上,作者自己就说得很明白的。

从修订、补充注释的角度,我首先想到的是:这里所说高尔基的"尼采色彩"究竟指什么？首先想了解的则是:高尔基是否曾对尼采作过非贬抑性的评论？

由于手头资料有限,所以在定稿会上通过陈早春兄,辗转向专家咨询。很快就得到答复,早春的朋友写道:"关于高尔基与尼采关系的问题,我询问了陈斯庸（20卷《高尔基文集》总责编）和原社会科学院外文所副所长、高尔基研究专家张羽同志。他们的回答可概括为:这个问题一般是泛指,讲的是高尔基早期作品中'突出人'的思想与尼采的'人的哲学'相符。张羽说,好像只见过一句高尔基直接提到尼采的话,也只是一般的解释的意思。故而,可以说,高尔基的原著中没有直接的具体文献佐证。"

以上答复虽然简要,但我相信具有权威性。这样,就可先从自己所掌握的资料入手,作些初步的探讨了。

人民文学出版社印行过高尔基《论文学》的正、续两集,我只有一本1979年版的续集,其中收入《保尔·魏伦与颓废派》一文。该文虽未提到尼采,却曾提及查拉图斯特拉。高尔基说:在七十年代巴黎公社革命之后,继波德莱尔和"帕那斯派"而出现的,是以魏伦为代表,包括梅特林克、马拉尔梅等的新一代。这一代作家"终于开始模模糊糊地感觉到要革新。他们从古代伊西达和奥西里斯、释迦牟尼和查拉图斯特拉的宗教崇拜中找到了它;他们以通灵术这一新名称来复兴中世纪的魔法,从而找到了革新。"文中又概括上述颓废派群体的主张说:"他们认为失去理性比有理性好,不正常比正常好。"①他对这一文学流派的总体评价则是:"他们这些被损害的人们,仿佛是对把他们创造出来的社会进行报复的人,他们创作的邪恶的作品里的无限多样的东西像藤条一样,命运用它们来鞭打欧洲有文化的阶级,为的是他们虽然已经存在很久,但是却没有给自己创造出和人们相称的生活。"②按此文初载于1896年4月13日的《萨马拉报》,而《恶魔》则创作、发表于1899年。由此可见,至迟在创作《恶魔》之前三年,高尔基就对非理性主义③持贬抑性的批评态度了,这也可以视为对尼采哲学的间接批评。但是,从上述文字里又可看出,他对以魏伦为代表的非理性主义流派在法国文学史上的地位、作用和价值,又是有所肯定的。而在俄罗斯,十九世纪九十年代也出现过鼓吹超人哲学并具颓废倾向的象征主义流派,阿尔志跋绥夫(М. П. Арцыбашев,1878—1927)虽然自己声明从未读过尼采的著作,通常却被认为属于该派的代表性作家。

---

① 高尔基:《论文学》续集,冰夷等译,人民文学出版社1979年版,第8、9页。按帕那斯派,或译巴那斯派,即高蹈派,提倡"为艺术而艺术"的唯美主义流派。魏伦(Paol Verlaine,1844—1896),通译魏尔伦;马拉尔梅(Stéphane Mallarmé,1842—1898),通译马拉美,均为法国象征主义诗人。伊西达,古埃及丰收女神;奥西里斯,古埃及水与植物之神。

② 高尔基:《论文学》续集,冰夷等译,人民文学出版社1979年版,第19页。

③ 使用"非理性主义"一词,我是有过犹豫的:在中文里,这个词组既可以理解为偏正结构,也可以理解为动宾结构,含义不尽相同;而且对于此词作为哲学史术语是否具有规范性,学术界的看法是不尽一致的。后来在一个英文网站(http://www.tiscali.co.uk reference/encyclopaedia/Hutchinson/mooo6607.html)里查到此词及其解释如下:irrationalism Feature of many philosophies rather than a philosophical movement. rrationalists deny that the world can be comprehended by conceptual thought, and often see the human mind as determined by unconscious forces. (非理性主义是许多哲学的特征,而不是指某种哲学运动。非理性主义者否认世界可以通过概念性的思维加以认识,他们认为人类的思想是由各种无意识的力量决定的。)按英文前缀irr表示与原词"相反",这对于我们准确理解"非理性主义"这个词语的含义是有帮助的。

那一时期的高尔基虽在理论上摒弃这种文化思潮，但是作为一个对西欧文学极为熟悉的俄国作家，他对这种思潮的历史地位和价值并不完全否定，而且自己在创作方法、美学观念以至哲学思想等方面仍然留有受其影响的痕迹，都是并不费解的；例如他笔下的"流浪汉"形象，与由波德莱尔为开端而出现的法国"浪子"，就应蕴涵相当的亲缘关系，而后者又可溯源到尼采。

关于高尔基早期作品中"突出人"的思想，阿·托尔斯泰在《早期的高尔基》一文中曾有比较全面的述评。他说，1905年以前即"第一个时期的高尔基，——在形式上是一个浪漫主义者"。他把高尔基在早期作品中创造的流浪汉形象与惠特曼的抒情主人公相提并论，认为都表现着一次世界性的"抽象的革命"，预告着"一场世界规模的大雷雨已经慢慢地形成了"。高尔基通过他的流浪汉形象呼唤、赞美着"大写的人"，认为这样的人"才是最高尚的喜悦，因为这既不需要有官衔，不需要有财富，不需要有住宅，也不需要有妻室，什么都不需要……只要有一双破皮鞋，一根拐杖，一支藏在心里的歌曲……"面对由此而引起的担心人道主义和传统文化将被颠覆的惊慌，高尔基的回答是："如果文化把人变成了奴隶，那就让文化去见他妈的鬼吧。自由的，在太阳底下的赤裸裸的人本身就有着绝对的智能，——他是善良的，他是慷慨的，他是高尚的。"①阿·托尔斯泰虽然没有直接谈及早期高尔基与尼采的关系，但是他的述评实际已经涉及这个问题，并且留下一个悬念："尼采色彩"与高尔基早期浪漫主义的关系究竟如何？关于这个问题，只要对照一下尼采的相似论述，即可

---

① 阿·托尔斯泰：《论文学》，程代熙译，人民文学出版社1980年版，第177-181页。

有所领会——尼采在《瞧,这个人·为什么我这样智慧》(此书动笔于1888年10月15日,系作者病重之前所作自传)中曾这样说:

> 我允诺去完成的最后一件事是"改良"人类。……打倒偶像非常接近我的工作。一旦我们捏造了一个观念世界,我们就剥夺了现实世界的价值、意义和真理……"真实世界"与"表面世界"——用一般英语来说,虚构世界和现实世界……这个观念的谎言一向是现实世界的祸因;由于它,人类最基本的天性变成为厚颜和虚伪;而因为过于厚颜和虚伪,这些价值已渐渐被人尊崇,其实,这些价值是与确保人类繁荣、人类未来以及对这个未来的最大要求的那些价值正相反对。①

显然,高尔基"突出人"、颠覆传统价值体系的思想里,确实透露着某种"尼采色彩"。

《恶魔》是一篇带有魔幻色彩的短篇小说,写的是:"恶魔"使墓穴里的作家骸骨复活;而当亲眼看见妻子靠卖自己的遗著发了大财,并且投身于书商的怀抱之后,作家就摇着骸骨逃回坟墓里去了。关于这篇作品,我们可以找到高尔基本人的间接阐释,还有卢那察尔斯基的直接评论。

---

① 《尼采生存哲学》,杨恒达等译,九州出版社2003年版,第2页。按这套"哲人咖啡厅"丛书,以一位哲学家的著作为一本分册,对于既无财力亦无精力购读全集的读者来说是很有用的。可惜的是作为"精选译本",对于所选原著情况——例如版别、所选著作全部内容与所选内容之关系等,往往缺乏交代;至如《荣格性格哲学》分册,内文以第三人称介绍荣格学说,封面却署为"[瑞士]荣格/著",尤为不妥。这些缺陷都使丛书的学术品位大为受损。

高尔基在《我的文学修养》中曾说：歌德的《浮士德》是将想象、空想再现于形象的艺术杰作。它的基础便是"由观察着热衷于创造黄金和仙药的中世纪的'大化学家'们的生活和工作，而发达起来的"中世纪的民话。欧洲的许多民话里都创造过"和浮士德的不幸的模样"类似的"傀儡喜剧的主角，无论对于什么人，什么事，他都得胜。警士，教士，连鬼和死也都被他所征服，而自己就得了长生。这是劳苦的民众，将终必得胜的自信，再现在毛糙的，幼稚的，这样的形象里面。"①这些论述不但揭示了欧洲文学有着借助中世纪传说、民话中的人物或鬼神形象来"再现""思想"的传统，而且还间接告诉我们：《恶魔》中出现的既是"伟人瞿提（Goethe）所通知我们的，和我们最为亲近的恶魔"②，那么它显然也就是那位诱惑过浮士德博士的靡非斯特菲勒斯了。

卢那察尔斯基在其《艺术家高尔基》一文中，于论证高尔基完全属于"艺术上的现实主义者"的同时，又专对《恶魔》（或译《魔鬼》）的创作方法作过评论：

从高尔基这个基本的艺术方法中产生了一些旁支，——第一是属于虚拟、夸张或漫画艺术的领域。这在他那里虽不常见，然而是有过的，譬如说，故事《魔鬼》、《再谈魔鬼》、《黄色魔鬼》和《美丽的法兰西》就是最好的例子。你可以看到，他在那里完全不求逼真，——相反地，他想出了一些显然虚幻无稽的形象，不过用意却在使它们像一幅好

---

① 《鲁迅译文集》第10卷，人民文学出版社1958年版，第419、420页。
② 《恶魔》正文，见《鲁迅译文集》第10卷，人民文学出版社1958年版，第617页。瞿提，即歌德。

漫画一样，能揭示事物的内在本质。①

卢那察尔斯基指出了《恶魔》等小说的非现实主义特征，但他回避了包括《恶魔》在内的高尔基早期作品中的"尼采色彩"。对于这种"色彩"，我们通过对比《恶魔》和尼采著作里的相关文字，应该可以看得更加清楚。

例如，高尔基在《恶魔》中写道："在这人生上，绝无什么常住不变的东西，只有生成和死灭，以及对于目的的永远的追求的不绝的交替罢了。"②这与尼采所说人类"是一座桥而不是一个目的"，"是一个过程与一个没落"③的观念，几乎可以视为一脉相承，都叙说着"人"和"人生"的相对性与非恒定性。

又如，《恶魔》中写到那位作家希望自己的儿子能够成为一个"切实的人"，恶魔冷冷地回答道："切实的人，世上多得很……世上所想望的，是完全的人。"于是它便"唱起勇壮的进行曲来了。"④这与尼采认为"应当被劝告就死的人"与"应当被劝告寻求'永生'的人"并无区别的观念⑤，也是具有相似之处的：既认为人是一个"过程"，又表现着对"完全的人"的渴求。

以上是哲学观念上的关联。从格体上考察，则《恶魔》与《查拉图斯特拉如是说》类似，也采用寓言的表达方式，寓意义价值于荒诞故事之中。不仅意象的奇特性、多义性，语言的曲折性、哲理性与尼采相似，而且也和尼采一样"爱以逆理詩论的方式发

---

① 卢那察尔斯基：《论文学》，蒋路译，人民文学出版社1978年版，第310页。
② 《鲁迅译文集》第10卷，人民文学出版社1958年版，第617页。
③ 《查拉图拉如是说·查拉斯图拉之序篇》，尹溟译，文化艺术出版社1987年版，第9页。
④ 《鲁迅译文集》第10卷，人民文学出版社1958年版，第625页。
⑤ 《查拉斯图拉如是说·死亡的说教者》，尹溟译，文化艺术出版社1987年版，第49、56页。

表意见,目的是要让守旧的读者们震惊。他的做法是,按照通常涵义来使用'善'、'恶'二字,然后讲他是喜欢'恶'而不喜欢'善'的。"①例如:

> 当暮秋时,人们往往不感到向着拘禁灵魂的那沉思的黑暗,加以抗争的力……所以凡是能够迅速地征服那思想的辛辣的人们,是都应该和它抵抗下去的。惟这沉思,乃是将人们从憧憬和怀疑的混沌中,带到自觉的确固的地盘上去的唯一的道路。
>
> 然而那是艰难的道路……那道路,是要走过将诸君的热烈的心脏,刺得鲜血淋漓的荆棘的。而且在这道路上,恶魔常在等候你们。他正是伟人瞿提(Goethe)所通知我们的,和我们最为亲近的恶魔……②

在上述文字中,"沉思的黑暗"是一个多义的意象,"沉思"既是"拘禁灵魂"的黑暗之内涵,又是将人们"带到自觉的确固的地盘上去的唯一的道路"。能否找到、走通这条道路,取决于人们是否足够"辛辣",能否不顾心脏被"荆棘"刺得鲜血淋漓的艰险,将"抵抗""沉思"的争斗坚持到底。至于文中的恶魔,既然就是歌德笔下的靡非斯特菲勒斯,那么它便和在《浮士德》中一样,是"否定的精神",是"恶"的代表,同时却又蕴含着相反的命题;而在尼采看来,否定就是肯定的开始,"恶"里可以诞生道德、诞生"善",魔鬼可以变成天使③。在高尔基的这篇小说里,

---

① 罗素:《西方哲学史》卷下,马元德译,商务印书馆 2005 年版,第 314 页。
② 《鲁迅译文集》第 10 卷,人民文学出版社 1958 年版,第 617 页。
③ 参见《查拉斯图拉如是说·快乐与热情》,尹溟译,文化艺术出版社 1987 年版,第 35 页。

恶魔也正是引导"起死"的作家,让他看清活人世界之丑恶的"天使"。

在鲁迅翻译《恶魔》的时期,国内外是否出版过专门论述或谈及高尔基与尼采关系的论著,鲁迅又是否读过这类论著呢?这是一个尚待查考的问题。至于当前,这样的论著是有的,我在互联网上检索到两种英语文献:(1) Mary Louise Loe: *Gorky and Nietzsche*: *The Quest for the Russian Superman*, 1986. (玛丽·刘易斯·洛厄 1986 年所撰论文:《高尔基与尼采,探索俄国超人》);(2) *Fifty years on*: *Gorky and His Time*, Nottingham, Astra Press, 1987. (由诺丁汉阿斯特雷出版社印行于 1987 年的论文集《五十年后:高尔基与他的时代》。这是一本收有美、英、新西兰的斯拉夫语言文学专家所撰论文的评论集,内容涉及十九世纪九十年代青年高尔基及其作品的再评价,包括他与加尔洵、尼采的密切联系等。)遗憾的是,在互联网上都不能读到它们的全文。

三种"起死"的比较

《恶魔》使我联想到鲁迅的《起死》。前者的译文发表于 1930 年 1 月,后者则创作于 1935 年 12 月。二者都写髑髅的复活,关键情节之不同在于:前者"复活"的是现代作家的骷髅骨架,后者则是殷商时期"汉子"的血肉之身;前者由恶魔使之还阳,后者则由庄周这位哲学家祈求司命大神使之复生。它们的可比性显然很强。

要到《起死》里去寻找"尼采色彩",或许有点儿强人所难。但是众所周知,统观鲁迅著作,其中"尼采色彩"是很浓烈的。有的研究者曾指出,鲁迅对尼采的著作读得并不多,可能只限于《查拉图斯特拉如是说》。我们如将《查拉图斯特拉如是说》与鲁迅著作稍加对比,就可发现前者的许多语言、命题、意象、思维方式,都可在后者之中找到"对应"(或可称为"感应"),例如:人是兽与超人之间的中介;笑里有着冰霜的"群众";只知布施不问死生的老者与饥饿疲惫的跋涉者;破坏即创造;"死之说教者";不要仇敌的姑息,也不要爱我者的姑息;可恨而不可轻蔑者,才是真正的仇敌;奴隶的可爱之处在于反抗;人肉牺牲的恶臭;群众不知何谓伟大,只知赏识优伶;吸食鲜血还围绕着你营营赞颂的毒蝇;勿爱邻,而当爱远人、爱来者;对仇敌决不以德报怨,一个小的报仇比不报仇更近人情;消逝的青春与迟到的青春;给予者的寂寞,发光者的孤独,并且希望化为暗夜①……上述语言、命题、意象和思维方式固然更多地"复现"于鲁迅的前期小说、散文诗和杂文,但也经常依然蕴涵在他的后期作品之中,例如:对报仇的赞颂(《女吊》),对仇敌决不以德报怨(《死》),对卑劣的仇敌之轻蔑(《半夏小集》),对黑夜的揭露和歌颂(《夜颂》,按此篇中的黑夜意象与《恶魔》也有异曲同工之处),等等。看来,"托尼思想"必有"托尼文章","托尼文章"也是必含"托尼思想"的。所以,从深层或宏观的角度比较《起死》与《恶魔》,应该说"尼采色彩"倒也属于共性之一——至少鲁迅在《起死》中也是"爱以逆理誖论的方式发表意见"的。

于是,由这两篇小说又联想到爱伦·坡(Edgar Allan Poe,1809—1849)的《同木乃伊的对话》(*Some Words with a Mummy, 1845*)②,这不仅因为它写的也是"起死",还因为爱伦·坡

---

① 分别见于尹淇译本《查拉斯图拉如是说》第 9、13、16、17、18、30、47、50、51、55、57、59、78、79、84、125 页。

② 人民文学出版社 1998 年 2 月出版的陈良廷等所译《爱伦·坡短篇小说集》收有这篇小说的译文;又见三联书店 1995 年版《爱伦·坡集》下卷,文题译为《与一具木乃伊的对话》。

又是一位与鲁迅颇有渊源的外国作家。早在《域外小说集》里，就收入过坡的《默》(Silence：A Fable[Siope]，1839)，并赞其文曰"瑰异"，称其人为"鬼才"[1]。这篇作品及其"杂识"和"著者事略"虽然均由周作人译、撰，但是鲁迅无疑也很喜欢这位短命的美国作家。后来他还谈到过这一点，并在《〈朝花夕拾〉后记》、《二心集·〈夏娃日记〉小引》等文章以及书信中，数次论及爱伦·坡。

《同木乃伊的对话》以第一人称讲述几个美国人采用电流刺激法，使一位远古时代被制成木乃伊的埃及人复活的故事。这位埃及"伯爵"生命终止至复活之间跨越的时段，比《起死》里的"汉子"还要多四千五百五十年。作者通过木乃伊之口嘲讽了当时美国的物质文明和民主制度，以致使文中的"我"也"从心底里""厌倦了整个十九世纪"。特别令人注意的是，当那些美国人问木乃伊"对上帝创造天地这个人类普遍感兴趣的题目"有何意见时，得到的回答是："在我们那个时代……从未有人产生如此怪诞的念头"；"亚当"不过是"红土"的别名，"意指"人类乃是"从肥沃的土壤里自然生出"而已。对于"民主"，木乃伊的评价则是：与"暴君"的"专制统治"并无不同，那个暴君就叫"乌合之众"。在这里，我们竟也仿佛听到了"尼采声"！须知，爱伦·坡写这篇小说的时候，尼采方才一周岁！坡在尼采之前，就已提出了隐含"上帝已死"、"庸众专制"内涵的命题！波德莱尔还曾引述坡在另一作品里的话语："对于某些丑恶危险的行动不可能找到充分合理的动机，这可能导致我们将其看作魔鬼的暗示的结

---

[1] 1921年印行的群益版《域外小说集》"著者事略"谓亚伦坡"诗文均极瑰异，人称鬼才"。1909年7月初版的《或外小说集》第二册里的"杂识"则作"文极奇妙，人称鬼才"。按《默》是一篇寓言，讲述者也是一位魔鬼，文体近乎散文诗。后来，周瘦鹃编译的《欧美名家短篇小说丛刊》中也收有这篇作品，文题译为《静默》。

果,如果不是经验和历史告诉我们上帝也常常借此来建立秩序和惩罚恶人的话。"①其中同样表达了对"上帝"的谴责和将他等同于魔鬼之意。这正是我所以从《恶魔》、《起死》联想到《同木乃伊的对话》,而不是坡或别的作家另一些描写"起死"题材的作品之深层原因。

这三篇作品都属怪诞体裁。茨维坦·托多罗夫谈到爱伦·坡时说:"所谓怪诞,不过是对同一些事件所做的自然解释和超自然解释之间的持续犹豫。它不过是有关自然—超自然这一界限的游戏。"②这也可以称之为怪诞作品的"生成原则"。三篇作品都是借由"超自然"因素的介入而生成的,这就是死人的复活(在《恶魔》和《起死》中借助的是鬼神之力,而在《同木乃伊的对话》中则是类乎科幻作品里的"非现实"的"自然力");由此,已逝的时空与现实的时空得以交接、叠加,从而产生严重的悖谬和错乱,进而揭示意外的发现:高尔基笔下的作家,发现了商品经济的丑恶面;鲁迅笔下的汉子,发现一位五百年后风尘仆仆干求仕进的虚无主义哲学家,而他的哲学什么问题也解决不了,并且矛盾百出;爱伦·坡笔下的木乃伊,则从十九世纪的物质文明和精神文明中发现了愚昧和专制。在这三个"自然—超自然"的"界限游戏"中,鲁迅显得尤为高明,他在自己的剧作体故事中,竟然展示了三重时空:由复活的汉子带来的殷商时空,庄子所处的战国时空,以及由巡警等角色、道具、台词所体现的二十世纪三十年代时空(一位西方学者还提请注意第四重时空:"我们这些有

---

① 波德莱尔:《埃德加·爱伦·坡的生平及其作品》,《1846年的沙龙——波德莱尔美学论文选》,郭宏安译,广西师范大学出版社2002年版,第171页。
② [法]茨维坦·托多罗夫(Tzvtan Todorov):《巴赫金,对话理论及其它·七爱伦·坡的界限》,蒋子华、张萍译,百花文艺出版社2001年版,第99页。

着时代距离的后世读者"接受作品的时空①），因而具有更为广阔深远的思想内涵和穿透力、更为独特的讽喻风格和魔幻色彩。它的魔幻色彩，又因中国传统的玄学思维、神话素材和戏剧特征（包括鲁迅喜欢的《目连戏》中的"活白戏"②）的介入，而显得别具一格。

顺便对《故事新编·起死》的一条注文提点意见。

2005年版一、二印次《全集》第二卷第496页的注[6]，沿用的是1981年版的注文："**司命大神**　司命，我国古书中记载的星名。旧时认为司命主管人的生死寿命。"

窃以为这条注文存在几个问题：第一，司命星有大、少之别，职掌不同，并非都管"生死寿命"。第二，注文给人的印象似乎是一颗星的名字，其实"司命"指的是三颗星。第三，既云"司命大神"，就是人格神，作品中出现的形象也是大胡子道士的模样，但是注文没有说明"星"是如何变成"人格神"的。

关于"司命"，《十三经注疏》中的《周礼·大宗伯》注疏，辨析甚为详尽，但也比较难懂。为了说明这个问题，兹引录台北版刘继崇著《屈原评传》一段稍简捷的文字如下：

> 大司命：是命运神，职掌生死，诛恶护善。周礼大宗伯载："以槱燎祀司中司命。"星传说："三台，上台司命，为太尉。又文昌宫第四曰司命。"史记天官书说："文昌六星，四

---

① ［奥地利］R.特拉普：《时代性的反讽——对〈故事新编〉的接受学研究》，曹卫东译，《鲁迅研究月刊》1992年第9期，第26页。关于"时空"，文中原语为"时代层面"。

② 按又被写作"泛白戏"、"哦白戏"或"滑白戏"，在吴越语中读音皆相近（这个词儿里的第一个字，绍兴话的读音皆近乎[vá]）。此类剧作均以口语对白为主，多属鲁迅所说"真的农民和手业工人的作品"。

曰司命。"又晋书天文志说："三台六星，两两而居，西近文昌二星曰上台，为司命，主寿。"照以上说法，有两个司命：上台司命是大司命，文昌第四是少司命。大司命主管寿夭，少司命主管灾祥。（按引文中原无书名号）

对于大、少司命职掌的解释，《辞源》与之相同；王夫之则以为少司命主子嗣。"三台"和"文昌"均为"星官"名（古人以一组星辰为一个"星官"，用地面上的事物为之命名），其所在空域则称"宫"。"三台"又称"三能"，有六颗星，上、中、下两两相对，顺次为大熊座的 ι、κ；λ、μ；ν、ξ。文昌六星中的二、三、四星则为大熊座中的 υ、φ、θ（均见《辞海》其中字母为希腊文）。所以，大司命指的是"三台宫"中的两颗"上台"星；少司命则指"文昌宫"的第四星。《九歌》中已有对大、少司命的颂词，则说明至迟在楚辞时代，这两种星辰的人格神就已出现了。

因此，上述注文似宜改为：

司命大神　司命，我国古书中记载的星名，有大司命和少司命之分，分别指'三台宫'中的两颗'上台'星和'文昌宫'的第四星；前者主寿夭，后者主灾祥。《楚辞·九歌》有《大司命》、《少司命》两首，说明至迟在战国时代，它们的人格神即已出现。本篇中的司命大神当即大司命。

1981年版的注释工作开始于"文革"后期，当时以工人阶级为主体、"全民注鲁迅"，强调的是所谓通俗性和简明性，所以注文里往往存在把复杂的文化事象和内容加以简单化的倾向，多引书证即被认为"烦琐"，可能导致的后果就是科学性受损。记得《故事新编》是较早完成讨论稿的一本，2005年版这条注文似还遗留着此种历史痕迹,殆非注释者、责编和修订者不查有关资料而致。其他各卷或许也还留有此类遗存,这是今后修订时值得注意的。我个人倾向于强调注释的学术性,在这方面,日本版《译文序跋集》的译者补注是值得学习的。不过他们的补注也不平衡,后面一些篇章补注很少;估计全卷是由几位译者分段负责的,不知出于什么原因,导致最后那位的成绩欠佳。

鲁迅和非理性主义

爱伦·坡通常都被归属于典型的非理性主义作家,托多罗夫却说:"从更一般的意义上讲,可以认为坡受到怪诞体裁的吸引,其原因恰恰在于他的理性主义(并非出于无心)。……陀思妥耶夫斯基则以他的方式表达了同样的看法:'如果他是怪诞的,那也只是表面上的怪诞而已。'坡是怪诞的,因为他是超理性的,而不是非理性的"。① 坡写过七十多篇小说②,绝大多数都属怪诞体裁;其中又有相当一部分具有寓言特征,它们都以理性的视角来处理非理性题材,"作者"与"叙述者"的距离相当鲜明,在我看来,托多罗夫的评价对坡的这一部分创作尤为适用。《同木乃伊的对话》即为此类作品之一,这又是我取它与《恶魔》、《起死》加以比较的一个原因:总体而言,高尔基和鲁迅都是崇奉理性的作家,他们在《恶魔》、《起死》这样的作品中采用非理性主义的形式和话语时,都有明确的现实针对性和批判目的。坡在他的"类寓言体"怪诞小说中,同样显现着刻意揭示美国"不过是一座巨大的监狱",揭示"社会进步"不过是"轻信的糊涂虫的迷狂"

---

① [法]茨维坦·托多罗夫(Tzvtan Todorov):《巴赫金,对话理论及其它·七爱伦·坡的界限》,蒋子华、张萍译,百花文艺出版社2001年版,第105页。

② 坡的有些作品介乎小说、散文、散文诗之间,七十多篇"小说"是大部分研究者认同的统计数字。

这样十分自觉的动机①。

托多罗夫在阐析坡所偏爱的"提前埋葬""界限游戏"②时,曾举《同木乃伊的对话》为例子之一。这当然是可以的,但是在我看来,就这篇作品的立意重点或主旨所在而言,似乎并非侧重于表现"死亡—来世"主题。这就必须把目光转向爱伦·坡的另一类十分重要的怪诞小说了,其代表作包括《停止呼吸》(Loss of Breath A Tale Neither in nor out of "Blackwood." 1835)、《贝瑞尼斯》(Berenice. 1835)、《莫瑞拉》(Morella. 1835)、《丽姬娅》(Ligeia. 1838)、《鄂榭府崩溃记》(The Fall of the House of Usher. 1839)、《泄密的心》(The Tell-Tall Heart. 1843)、《黑猫》(The Black Cat. 1843)、《提前埋葬》(The Premature Burial. 1844)等(托多罗夫是结构主义美学家,或许着眼于坡的作品全都体现着结构的严谨性和文本的封闭性,所以他没有把这些作品列为"另类")。它们与"类寓言体系列"的不同之处在于,全都通篇弥漫、浸透着非理性色彩;在多数作品里,"作者"与"叙述者"的界限几近消弭,以致波德莱尔说:"坡的人物,就是坡本人"③。从谋篇布局、遣词用语的角度说,写这些作品同样离不开理性(坡的文论、诗论都承认并强调这一点),而从"表现"的角度考察,其中许多作品则几乎可以视为幻觉、迷狂状态下的产物

---

① 引语见于波德莱尔《埃德加·爱伦·坡的生平及其作品》,《1846年的沙龙——波德莱尔美学论文选》,郭宏安译,广西师范大学出版社2002年版,第149、150页。

② 参见[法]茨维坦·托多罗夫(Tzvtan Todorov):《巴赫金,对话理论及其它·七 爱伦·坡的界限》,蒋子华、张萍译,百花文艺出版社2001年版,第100、101页。按"提前埋葬",文中原作"安葬活人",这也是坡的一篇小说的标题:The Premature Burial,或译《过早埋葬》。

③ 波德莱尔:《埃德加·爱伦·坡的生平及其作品》,《1846年的沙龙——波德莱尔美学论文选》,郭宏安译,广西师范大学出版社2002年版,第167页。

（用坡自己的理论话语，即是"印象"的演化）。

有研究者认为，这些作品之所以具有浓厚的非理性色彩，是因为它们首先颠覆了西方理性主义的一个核心命题——"自我"（Self）。笛卡尔的名言"我思故我在"，可以视为理性主义"自我（Self）观"的概括；而在坡的上述作品里，却反复展示着一个为本能或潜意识、无意识所统治的"自我"，因此常常还是变态的。在他的笔下，"人"不仅是个血肉之躯，更是一个复杂的心理结构，他的主人公们并非毫无理性，不过在其心理结构中，"理性"反倒经常处于受压抑的潜意识层次。从理性主义的角度考察，这些作品反复表现的是"自我之失落"和"寻找自我"；而从非理性主义的角度说，它们展示的恰恰是"本真的自我"或"自我之本真"。这样，坡笔下的"自我"就与佛洛伊德理论里的"Ego"[①]十分相似了，而且往往呈现为"倒置"形态。然而，当爱伦坡离开人世之时，佛洛伊德尚未出生！

与对理性主义"自我（Self）观"的颠覆相一致的是，坡在上述作品里也一再消解着两性的界限；当然，更重要的是还一再消解着生与死的界限。"在主题层次上，死亡界限比其它界限更吸引坡"，而反复呈现的"提前埋葬"故事，则把这种界限游戏"提升到一种超常力量：不但生中有死（如同任何死亡），而且死中有生。下葬是死亡之路；但过早下葬则是否定之否定。"[②]在这一主题层次上，特别鲜明地显示着叔本华哲学及其悲剧理论对坡的影响

[①] 按佛洛伊德对他提出的"自我"即 Ego 概念的阐释，在不同时期有所不同。1920年所写的《超越快乐原则》中这样说："也许自我在很大程度上就是无意识。"见［美］欧文·斯通《心灵的激情》上册，朱安等译，中国文艺出版公司1986年版，第497页。

[②] ［法］茨维坦·托多罗夫（Tzvtan Todorov）：《巴赫金，对话理论及其它·七爱伦·坡的界限》，蒋子华、张萍译，百花文艺出版社2001年版，第100、101页。

（叔本华比坡早生二十一年）。坡的所有此类小说，表现的都是个体求生意志（即"生存意志"）在"种族意志"和类似"物自体"而永存不灭的"自由意志"面前的无奈，及其永不可能获胜的必然命运。这种哲学架构之下，一切个体的"降生"，同时也就是走向"死亡"的开端。因此，坡笔下的"复活"景象都是极为恐怖、凄惨的；对于那些"复活"（包括被"提前埋葬"而复生）的角色来说，他们重新面对的时空也就属于"来世"，而爱伦·坡笔下的"来世"，同样令人沮丧、绝望。这也正是叔本华的悲观主义人生哲学及其悲剧观的神髓所在。坡的此类作品，其主旨并不在于批判现实，而在表现主体的生命体验或生存体验，或者说，是在宣泄一种深沉的"人生苦"和"世界苦"。

前文曾对高尔基和鲁迅的"尼采色彩"作过比较，可以看出，在高尔基的《恶魔》中，不无类似于上述哲理、情感的痕迹。至于鲁迅，则从《狂人日记》、《孤独者》、《野草》到《故事新编》以及某些杂文，不仅也有类似的情感内涵和格体特征，而且甚至颇具"系列性"。不是说鲁迅的观念、风格与坡完全一致，而是说：在不仅把"人"视为"自然人"、"社会人"，而且更把"人"视为心灵的本体，在这方面，他们表现出了某种共通性；在以创作宣泄、表现（至少不仅仅是"再现"）人生体验和生命体验方面，他们也呈现着某种共通性。这也就是与非理性主义思潮的契合，而非理性主义正是二十世纪西方"现代人本主义美学的基本特点"①。通读《译文序跋集》（当然，最好是通读《鲁迅译文集》，但是此书现已十分难得，即便重印，也不大买得起），不难发现，鲁迅对这一

---

① 朱立元：《现代西方美学主潮》，蒋孔阳主编《二十世纪西方美学名著选》上册，复旦大学出版社1987年版，第3页。

图 36　周海婴与本书作者合影

派哲学思潮、文化—艺术思潮及其作家作品的关注几未出现过中断。不妨再拿坡来做个比较。

爱伦·坡和波德莱尔同"被认为是现代派的远祖"①。根据有关资料,可以开出一份与坡有渊源关系或受过他影响的思想家、文艺家的远非完整的名单,其中包括:柯勒律治(Samuel Taylor Coleridge, 1772—1834),*叔本华(Arthur Schopenhauer, 1788—1860),*雪莱(Percy Bysshe Shelley, 1792—1822),*华盛顿·欧文(Irving Washington, 1784—1859),*霍桑(Nathaniel Hawthorn, 1804—1864),艾略特(George Eliot, 1819—1880),*惠特曼(Whitman Walt, 1819—1892),*查理·波德莱尔(Charles Baudelaire, 1821—1867),维尔契·科林斯(Wilkie Collins, 1824—1889),但丁·罗赛蒂(Dante Gabriel Rossetti, 1828—1882),*儒勒·凡尔纳(Jules Verne, 1828—1905),*马克·吐温(Mark Twain, 1835—1910),塞法讷·马拉美(Séphane Mallarmé, 1842—1898),*尼采(Friedrich Wilhelm Nietzsche, 1844—1900),*奥古斯特·斯特林堡(August Strindberg, 1849—1912),*斯蒂文生(Robert Louis Stevenson, 1850—1894),*王尔德(Oscar Wilde, 1856—1900),*弗洛伊德(Sigmund Freud, 1856—1939),*萧伯纳(Bernard Shaw, 1856—1950),*叶芝(William Butler Yeats, 1865—1939),*威尔斯(Herbert George Wells, 1866—1946),*伊巴涅思(V. Blasco-Ibánez, 1867—1928),*安德烈耶夫(Леонид Николавич Андреев, 1871—1919),*福克纳(William Faulkner, 1897—1962)等;这个名单还可加上德彪西(Claude Debussy, 1862—

---

① 袁可嘉:《外国现代派作品选·前言》第2页,《外国现代派作品选》第一册(上),上海文艺出版社1980年版。

1918，法国），M·拉维尔（Maurice Ravel,1875—1937,瑞士），斯特拉文斯基（Игорь Фёдорович Стравинский,1882—1971,美籍苏俄人），普罗科菲耶夫（Сергей Сергеевич Прокофьев,1891—1953,苏联），奥尔班·博格（Alban Berg,1885—1935,奥地利）等音乐家的名字。①

上面这个名单里标有 * 号的那些作家，都是鲁迅感兴趣或曾经有所评述的。而从鲁迅的角度考察，名单中至少还可加上斯蒂纳（斯契纳尔），克尔凯郭尔（契开迦尔），陀思妥耶夫斯基（按尼采于1887年1月23日致欧佛贝克信中曾称陀思妥耶夫斯基是唯一的一位对他有启发的心理学家②），易卜生，梅特林克，迦尔洵，阿尔志跋绥夫，勃洛克，叶赛宁，厨川白村，亚波里耐尔等人，还应包括苏俄的许多其他"同路人"作家、许多日本作家以及介绍过"泛现代主义"文艺思潮的诸多国外评论家（如片上伸、凯拉绥克、山岸光宣、板垣鹰穗等），并应加上鲁迅喜欢或关注过的许多外国画家（如蕗谷虹儿、比亚兹莱、乔治·格罗斯、科勒惠支、麦绥莱勒等）。

将上面两个名单合在一起，尽管远非完整，却可看出：虽然其中有些人不一定是典型的非理性主义作家，但仍明显地呈现出一个与非理性主义相关的人物"谱系"。这个谱系是开放的——它与别的谱系实现"联网"，而那些并不典型的非理性主义作家，恰恰处于两个乃至多个谱系的交界位置上（高尔基、陀思妥耶夫斯基等，以至鲁迅本人，都处于或曾处于这样的位置）。这些谱系构成一个由继时性渠道与共时性渠道交织而成的信息

---

① 参见彭贵菊等《走近爱德加·爱伦·坡》第5页,《爱德加·爱伦·坡作品赏析》,彭贵菊等译著,武汉测绘科技大学出版社1999年版。

② 见陈鼓应《尼采新论》,商务印书馆香港分馆1988年版,第294页。

网络巨系统，每一位作家都是网络上的一个"节点"，以直接或间接的方式与其他"节点"实现信息交流。这些"节点"既然是"人"，必然具有能动性，所以间接信息的传输过程也就必然存在"失真"，而这"失真"往往同时意味着"创造"。

与上述文化谱系网络相应的，还有一个载体的网络，它是谱系内部及各谱系之间得以实现信息交流的物质基础。在二十世纪上半期的中国，书籍和报刊是主要的载体。这个网络体现着历史人物生存的文化环境。就我们这里探讨的问题而言，如果考察一下当时的载体网络就不难发现，对西方非理性主义哲学—文艺思潮的关注，曾是中国现代文化的明显倾向之一（这里所说的"现代"，主要属于时间概念，同时也含性质概念）。这个载体网络也应该是开放即实现"国际联网"的，但在当时的中国，它又远非健全、完整，因此必然存在"失语"、"堵塞"、"干扰"等较为严重的症状。国际交流在很大程度上必须借助翻译，因此又会受到"选择"与"误读"的制约。由于上述原因而导致的"失真"，其效果则几乎完全是消极的。

这些话题都不新鲜，但对我们考察相关课题仍然具有现实意义。

近些年来，鲁研界对鲁迅与非理性主义关系的研究开始热络起来了，这是十分可喜的现象。若干问题尚待进行深入探讨，例如：理性主义与非理性主义在鲁迅身上究竟是如何实现统一的，是不是仅仅限于"批判地"采用后者的某些非本质的方面来为前者"服务"？"个人主义"与"人道主义"的矛盾是否贯穿于鲁迅的一生？若是，如何表现于他的文艺思想、文学创作和"想象生活"①？他的"想象生活"内部又有什么矛盾（特别是后期）？……这种探讨还可以具体到一些微观领域，例如：鲁迅说过，自己与达夫先生"对于文学的意见"，"恐怕是不能一致"的（《伪自由书·前记》），然而，他们的文学观念是否也有一致之处呢？若是，一致之处又是什么呢？这种"可能一致"和"不能一致"是如何共存，如何在差异之中求得同一的呢？……把这些问题考察清楚，不仅对于进一步认识鲁迅，而且对于进一步认识中国的现代文化史和现代文学史，应该都会有所帮助。

承蒙王锡荣兄代为查核《域外小说集》等文献，又蒙李勇教授提供托多罗夫的《巴赫金，对话理论及其它》等数种关于爱伦·坡的评论资料，省却许多查阅、翻检时间，顺此一并致谢。

2006.12

---

① "想象生活"是英国形式主义美学家罗杰·弗莱(Roger Fry 1866—1934)在《论美学》中提出的。他认为，人经常过着双重生活：现实生活和想象生活。前者的重要组成部分是为适应自然淘汰而形成的本能反应，后者则不需要这种反应，所以可将意识集中于生活经验的知觉和情感方面。艺术即为想象生活的表现，而非现实生活的模仿。人在艺术活动中采取脱离利害关系的纯观照态度，因而尤其能够更充分地感受到情感的新价值。参见蒋孔阳主编《二十世纪西方美学名著选》上册，复旦大学出版社1987年版，第173页。

后记

动手编这本集子时,我的阴历、阳历生日均已度过,不知不觉,已置身于"八〇后"的行列了。因此想起一句古话:"白驹过隙"。

此语出于《庄子·知北游》。文中借老聃之口云:"人生天地之间,若白驹之过隙,忽然而已。"唐人成玄英疏:"白驹,骏马也,亦言日也。"今人陈鼓应则直接把"白驹"解释为"阳光"。在我看来,"日"和"阳光"之解,似乎都有点儿画蛇添足:盖"日"与"阳光"均非"白驹",因而,彼之"忽然",即非此之"忽然"也。

"忽然"是个时间概念,时间也是空间,时、空又都是一种感觉。对置身于"隙"的后面的观察者来说,"白驹过隙"之"忽然"究竟有多长,取决于"驹"和"隙"之距离。庄子没有给出确定的距离,他给出的只是一个泛指的比喻。这样推敲起来,他所说的"忽然"里面,应该包含着 n 个"非忽然"和"非非忽然"。庄子酷爱否定之否定,上述推论,谅不违背"庄周思维"。

产生上述感慨,原因在于回顾"我在鲁编室"的经历时,有一种既短暂、又充实的感受,也就是在"忽然"里面充满"非忽然"的感受。"鲁编生活"给我留下的记忆是永恒的,"鲁编工作"赋予我的收益是终身受用的,"鲁编师友"的印象是绝对不会磨灭的。

从另一方面思考,鲁迅研究乃是一门显学。把我所做的那点工作,放到鲁研界业已取得的诸多成果里去考察,那就绝对属于沧海之一粟了,而且这粒"粟"还有瑕疵。这样说来,"非忽然"又成了"非非忽然"。

于是回到庄周先生的教导。他在讲了"白驹过隙"之后又说:"不形之形,形之不形,是人之所同知也"。我对前两个分句作了一点"曲解"——把它们"翻译"成为"'无形'中蕴含着'有形','有形'中蕴含着'无形'",觉得这样"误读"一下,颇可作为考察时空、人生、学问等等大小问题的参考。在反观自己这"沧海一粟"时,又可引申出这样两句话:"渺小的,可以很充实;只要充实,渺小就值。"这点觉悟,如用"庄子语言"加以概括,或亦可以称之为"大得"吧!

感谢南京师范大学出版社,把我这"一粟"变成了书籍!感谢张元卿君,他为策划这个选题和进行编辑加工而花费了大量精力!

徐斯年

2017 年 3 月 14 日于姑苏香滨水岸